U0921323

UNDERGROUND AIRLINES

地下航线

BEN H. WINTERS

[美]本 · H.温特斯 著　邓超 译

中信出版集团 | 北京

图书在版编目（CIP）数据

地下航线 /（美）本・H. 温特斯著；邓超译 . -- 北京：中信出版社，2020.8

书名原文：UNDERGROUND AIRLINES

ISBN 978-7-5217-1884-3

I. ①地… Ⅱ . ①本… ②邓… Ⅲ . ①长篇小说—美国—现代 Ⅳ . ① I712.45

中国版本图书馆 CIP 数据核字（2020）第 082225 号

地下航线

著　　者：[美] 本・H. 温特斯

译　　者：邓超

出版发行：中信出版集团股份有限公司

（北京市朝阳区惠新东街甲 4 号富盛大厦 2 座　邮编　100029）

承 印 者：中国电影出版社印刷厂

开　　本：880mm × 1230mm　1/32　　印　　张：13.5　　字　　数：266 千字

版　　次：2020 年 8 月第 1 版　　印　　次：2020 年 8 月第 1 次印刷

京权图字：01-2017-5732

书　　号：ISBN 978-7-5217-1884-3

定　　价：49.80 元

服务热线：400-600-8099

投稿邮箱：author@citicpub.com

目 录

本故事纯属虚构。

如有人物、情节雷同，纯属巧合。

今后对宪法的修正不得影响前五条……也不得对宪法做出修正，该修正应授权或赋予国会任何权力，在其法律允许或可能允许的任何州废除或干涉奴隶制。

——《美国宪法》第 18 号修正案

这是六项修正案中的最后一项，与四项国会决议一起构成了所谓的“克里滕登妥协”，该修正案是由肯塔基州参议员约翰·J. 克里滕登于 1860 年 12 月 18 日提出，并于 1861 年 5 月 9 日由国会批准。

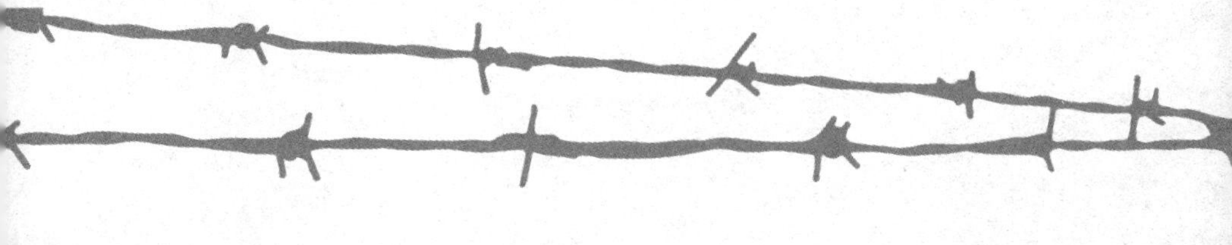

第一部分

北方

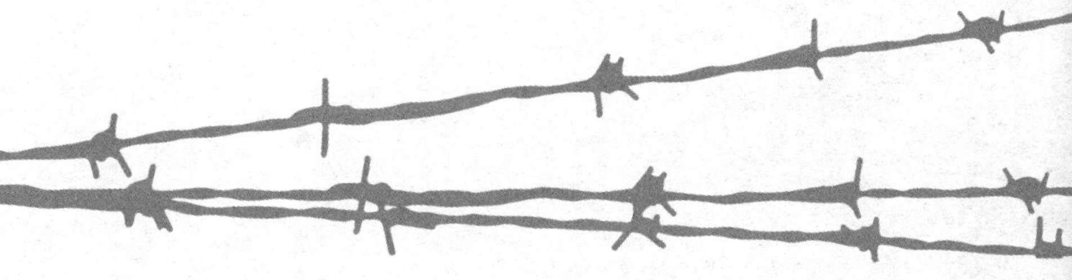

那是一种神奇的火焰，是自我正义之火。它的温暖令我们如此欣喜，却又无法真正穿透黑暗。

——摘自奥古斯丁·克雷格·怀特的《黑暗塔》

一本美国废奴运动宣传册，1911 年

1

“我想，”年轻的神父说，“我就是你要寻找的那个人。”

“希望如此。”我说，“噢，上帝，我迫切希望您就是那个人。”

我紧扣十指，身体微微前倾，靠在桌子上。我知道，这时的我看上去一定糟糕极了，我是那么可怜却又充满渴望，那么不安且满腹悔意。我甚至可以感觉到我那薄薄的廉价眼镜滑过鼻梁，以及我额头上大写的“贫穷”二字。我深吸一口气，想要说点儿什么。不巧的是，这时一位女服务员正走过来为我们续咖啡，当她把菜单递给我们时，我和巴顿神父不约而同地停止了交谈，僵硬而不失礼貌地望着这位女服务员，也不自觉地彼此对望了一眼。

女服务员走开后，巴顿神父率先打破了沉默。

“德克森先生，我必须要说……”

“神父您请说。叫我吉姆就好。”

“我想说，你把卢艾伦吓了一跳。”

我埋下了头，感到非常尴尬。我想起卢艾伦——神父的接待员、教堂的秘书，或者是其他类似的职务。那天，在梅里迪安街圣凯瑟琳大教堂里，她坐在桌子后面，面颊红润，头发斑白。我想，那个下午，我在她那间干净的小办公室里，表现得就像是一头野兽，从头到尾咬牙切齿地咆哮怒号。我看得出她很善良且富有慈悲心，于是使出浑身解数，恳请得到一次与神父见面的机会。方法虽然略显笨拙，却产生了效果。就这样，现在我才得以和这位年轻又优雅的神父坐在这里共进晚餐。如果只剩一件事是他们这些教堂的人可以理解的，那就是哀号与悲叹了。

不过，基于我所引发的这个小麻烦，我还是低头向巴顿神父道了歉，并请求他替我向卢艾伦小姐转达歉意。然后我放低声音，在他耳边小声说：“现在，我诚实地告诉您，我已经走投无路了，没有其他人可以求助。”

“我知道，所以我希望……”这位年轻的神父严肃地看着我，继续说道，“能为你做点儿什么，但是恐怕有心无力。”

“什么？”

他摇了摇头，我感到我的脸因为太过惊讶而开始颤抖，我的眼睛睁得巨大，两颊的皮肤因此变得滚烫。

“请等一等，神父，我还没说……”

这时，巴顿神父绅士地伸出一只手，掌心朝外示意我别再说话。原来是刚才那位女服务员回来取我们的菜单了。直到现在，我还深深地记得当时的情境，那一家喷泉餐厅的模样，以及穿透巨大窗户照耀进来的落日余晖。

我们就餐的地方位于印第安纳州的印第安纳波利斯，是一家家庭式喷泉餐厅。这个餐厅和教堂位于同一条街道——梅里迪安街，它比教堂离市中心更近五个街区。现在，这位年轻而英俊的巴顿神父就坐在我的对面，他看上去不到30岁：一头蓬乱的金发，一双蓝眼，典型的爱尔兰后裔，白里透红的皮肤仿佛刚被使劲搓洗过。

我们的位置正好位于餐厅正中间，在我们的正上方有一个巨大的吊扇，扇叶慵懒地转了一圈又一圈。空气中弥漫着某种油炸食物的火热味道，不时还有客人们使用刀叉时发出的叮叮当当的声音传来。

在我们身后的雅座上，有三位涂着红色口红的老妇人，她们的头发稍显稀疏但明显经过精心打理。她们三个人的助步车整齐地列成一排，犹如等候客人光顾的马车。在角落的位置，坐着两名警察：一个黑人，一个白人。黑人警察身体靠向前，探过大半张桌子去看白人警察手机里的内容。两人因一些只有警察才能听懂的笑话而放声大笑着。

就这样，我点完了餐。服务员走开后，神父对我展开了新一轮的说服攻势，他每一句话都如布道词一般，经过深思熟虑才出口。“恐怕你已经形成了一个错误的认知，当然这绝不是你的错。”他语气轻柔地说道，对那两个警察的存在，我们都心知肚明，“我知道外面关于我的流言，但那不是真的。我从未参与到……那些活动中。很抱歉，我的朋友。”他把手轻轻地覆在我的手上，“真的，十分抱歉。”

的确，他的语气中饱含歉意。噢，他真的感到抱歉！他那冷静的神职嗓音也因真诚的歉意而有些颤抖。他像一个真正的父亲一样紧紧地握住我的手，毫不在意我比他大了不止 10 岁。“我知道，这不是你原本想听的。”

“但是……神父，现在，您还是来了。”

“是的，出于怜悯，”他说，“是怜悯心驱使我前来。”

“天哪！”我木然地收回身体，感到自己像一个彻头彻尾的傻瓜，然后绝望地把脸埋入双手之中，内心传来一阵战栗。

“我同情你，也会为你祈祷。”我望向他的眼睛，他正直直地看着我。那双清澈透明的眼睛里毫无波澜，并且充满善意。“但是我必须坦诚地说，除此之外，我无能为力。”

他目不转睛地看着我，等我点头，然后说“我明白”。他在等我放弃，但是我不能放弃，我如何能放弃呢？

“我是一个自由的人，如您所见，先生，法律上来讲是这样的，”我在他打断之前继续说，“在还没实行奴隶解放之前，多亏慈悲的上帝和我主人那慈悲的遗嘱和证明，我拥有了合法的身份证明文件，拥有了合法的身份。我拿到了高中文凭，然后找到了一份不错的工作，还算活得很好。我需要您对我妻子施以援手，我已经寻找她很多年了，幸运的是，我找到她了……我终于找到她了，先生！”

“我理解。”巴顿神父这才开了口，他脸上浮现出痛苦的表情，摇着头说道，“但是，吉姆……”

“她叫简特尔，先生。她33岁，嗯，33或者34岁。我……”我顿了一下，泪水夺眶而出，但努力维持着自己的尊严，“虽然如此，但我却没有她的任何照片……”

“别这样，吉姆，请别这样！”

他摊开双掌。这时，我的嘴唇有些干涩，于是下意识地抿了抿嘴唇。吊扇一直在头顶旁若无人地转动着。其中一个警察，就是那个脖子粗大、肤色粉红的白人，不知道他和那位黑人伙伴说了什么，他们正笑得前仰后合，兴奋得直拍桌子。

我一动不动，紧紧地盯着神父，想以此让他注意到我，并能一字不落地听到我的话语。

“简特尔在卡罗来纳州西部的一处露天矿工作，先生。那里的条件极为艰苦。她的主人是一个监工，您知道吗？就是那种私人机构雇用的最冷血的监工。先生，您知道他们那些人爱用鞭子抽人，所以，现在，我一直在观察那个露天矿，它已经被黑人劳工局处罚好几次了。您知道吗，他们因为非法虐待工人，光罚金就交了数百万。但是您……您知道这些罚款对他们来说算什么吗？什么都不算……相较于他们的利润，罚款只是九牛一毛啊！”

巴顿晃着他的脑袋，紧紧地咬紧牙齿。但我还要说下去——我不能停下——我吐出的每一句话就像是一股激荡的气流，来势汹汹，怒气腾腾。“在这座铝土矿里，一名女性被强制服劳役，她的年龄，还有……还有她的体重，依照法律规定，您知道吗……”

“请你别再说了，吉姆。”

巴顿神父在桌面上轻轻地敲了两下他的指尖，一个细微但坚定的手势，就像是在叫我要遵守纪律一样。他目光里一开始的那种怜悯之情暗淡下去了。“现在，你要听我说！我们不会那样做的。我知道外界是怎么说我和我的教堂的。真的。我相信废奴运动，我的教堂也相信废奴运动，这关乎政策和信仰！我曾为这场运动发声，以后也会继续，但这就是我所能做的全部。”他又一次摇晃着那年轻的脑袋，飞速瞥了我一眼，然后移开目光，远离我的挫败和悲伤。“我对你的遭遇深感同情，我会为你和你的妻子祈祷。但我不是她的救世主。”

终于，我沉默了。我还有很多话想说，但我都生生地咽了回去。这样的结果实在令我感到痛苦。

我尽量体面地吃完了这顿毫无意义的晚餐。我一直盯着面前的餐盘和玻璃杯，三明治、卷心菜沙拉和冰茶。上帝知道我一直在渴望什么。当然，我也没有想过这个男子，这个“孩子”，会被我和可怜的简特尔的遭遇深深打动，以至于他能够当场跳起来，拔出他的枪向南冲去；抑或召集一帮人去砸开卡罗来纳州那座铝土矿的门；抑或掏出他的手机叫来一整支废奴队伍。

首先，压根就不存在这样的一支队伍。只要有些理智的人都心中有数，根本就没有“地下航线”这一说，这是从来没有真正存在过的。在新墨西哥的沙漠里，根本就不存在几年前存在于电影里的指挥中心；根本就不存在装备有直升机和闪光弹的军事武装，更别提他们还有一个威武的反奴隶制将军会对他们下令冲锋了。

然而，救援是有的，救世主是有的。就像星星之火，可以燎原——那是一些北方人组织的小规模的运动，他们或勇敢，或疯狂，一直在给蓄奴四州制造小规模袭击，救出黑奴，让他们重获自由。也有自发性的微型组织以及秘密基层组织，他们各自按照自己的步调组织“地下航线”运动。你只需要找到接头人。而这个男人，眼前的这位巴顿神父，他曾经就被认为是那个真正的接头人，那个值得跟随的人。我听到的所有传言，我收集到的所有信息，都指向了印第安纳州的首府印第安纳波利斯，这里的圣凯瑟琳教堂的巴顿神父，就是我要寻找的那个人。

而现在的我，就这样无助地看着他吃一块汉堡，看着他牧师服的衣领中塞着一张餐巾纸，看着他像煞有介事地擦拭着嘴角的番茄酱。我听到他柔声对我说：“放下你的顾虑吧！”他说，菜单上的所有东西，都是经过（位于蒙特利尔的）北美人权协会的负责检查食物供应链的分会鉴定过的。我木然地点着头，对着眼前的咖啡杯低声咕哝着：“噢，很好。”仿佛他所说的这些话真的很重要。

像大多数州一样，印第安纳州是一个废奴州，这个州出台了一部法律，禁止公共场所供应那些源自蓄奴四州的东西。至于其他的——加拿大籍供应链审计人员、独立检查团，以及非暴力（不用动物实验的）认证项目等——都是营销策略。花哨的字眼可以为反奴隶制非营利性组织博得捐款。巴顿神父用他那纤细的手指指着菜单上的一个金色小印章，就好像这是某种安慰奖似的：我虽不能拯救你的爱人于苦难，但是我可以保证你吃的番茄没有沾上奴隶的血泪。

晚餐结束的时候，巴顿拿出他的钱包来，这时，我伸手拦住了他。

“等一等。”我的声音带着几分颤抖，“我来买单。”

“噢，不！”巴顿神父摇着头，也没有抽回他的手。我们都保持着那个姿势，就像是一件已经定型的艺术品：一只白皙的手放在一个棕色的钱包上，一只黑色的手按在那只白色的手上。“绝不能让你来。”

“别这样。”透过我那可怜的镜片，我注视着他，“我想感谢您能花时间来见我，仅此而已。愿意为这样的事情花时间，您已经很好了。”

神父长出了一口气，轻轻地点了点头，然后缓缓收回了自己的手。此刻，他也许是这样想的：就这样吧，让这个人付账吧——这对他来说也是一种恩赐，好歹让他觉得自己已经努力做了些什么。并非我很疯狂，但我的确相信，在某些时候我拥有这种奇异的力量——窥测别人的内心。不是读懂对方的想法，而更像是读懂对方的感觉。读懂这个人，去了解他们的感受。

我从外套的兜里翻出几张皱巴巴的钞票，然后把它们放到账单上一张张抚平。紧接着我从桌子上递给他一张纸，其实是一块污迹斑斑的餐巾纸碎片。“这是我的手机号码，不管怎样，我留给您。万一您哪一天改变主意了呢……”

巴顿神父盯着这张餐巾纸。

“求您了，神父先生，”我说，“请您收下它吧！”

他收下了那张纸，然后起身理了理牧师服的衣领，就在那一刹那，我突然对这个男人充满了厌恶，这个自以为是的“男孩”。说什么“我相信废奴运动，这关乎政策和信仰”，有那么一瞬间，短短的一瞬间，我恨恨地想：见鬼去吧，孙子！带着你对我的怜悯和你那僵硬的衣领，还有那洁白的脸蛋……统统都见鬼去吧！不过，我没有说出口。一个字也没有吐出来。我没有提高分贝或者攥紧拳头重重地敲打桌面。愤怒是毫无用处的，顶多能招来角落里那两个警察的注意罢了。那个脖子粗大的白人警察和他那大笑不止的黑人伙计，可能会迈着警察惯有的闲散步子慢悠悠地走来，然后问神父是否一切安好，或者，如果他们不嫌麻烦的话，也会要我出示相关证件。

我借口说要去卫生间，然后匆忙离开，尽力保持镇定自若。

有一次，我在电视上看到一个商人，他在中西部拥有一个美式橄榄球特许经营机构。这个富得流油的人一面宣称自己是废奴主义者，一面又极力捍卫自己的“过渡时期”特权，购买黑奴，为自己的机构增加人手。

“我喜欢这个制度吗？”这个男人说完摇了摇头。他穿着一身价值数千美元的西装，梳着价值几百美元的考究发型。“我当然不喜欢。但我要告诉你们的是：这对于这些小伙子来说是一次机遇。而且，我爱他们。所以，我说这是一个糟糕的体制，但我爱这些小伙子。”

我极其痛恨那个夸夸其谈的男人，而在今天的这顿晚餐中，我也像恨他一样痛恨着眼前的巴顿神父。奴隶制度对这个“孩子”一样的人来说不过是一场游戏，正如电视上那位巧舌如簧的球队老板所认为的那样，也如那些明面上对黑人球队报以嘘声、不屑一顾，暗地里却躲在自家客厅看周日比赛的球迷一样。

对于巴顿神父这样的人来说，表达憎恶奴隶制的态度是轻而易举的，不仅简单而且实用，更可以取悦自己，产生居高临下的满足感。当然，奴隶制的残忍与无情，他们永远无从体会。

我的愤怒喷薄而出，然后偃旗息鼓。他走到餐厅的门口，安慰性地拥抱了我，紧接着，这位神父转身走向他的车，直到他中途停下回头向我投来忧虑的一瞥——正如我所预料的一样，我知道他一定会这么做。他的那一瞥，看到了静静站在门口的我，一个低声下气、伤痕累累的男人。这时，我摘下了我的眼镜，泪水缓缓滑落，一滴接着一滴，滑过我饱经风霜的脸。餐厅的服务员探出头来，告诉我已经打包好剩下的晚餐，但我对她的话恍若未闻，因为我正忙于在脸上流露悲伤。

2

我14岁时就已经是自由身了。但是在今天这个特别的夜晚，仪表盘上的GPS（全球定位系统）带着我穿过印第安纳波利斯陌生的街道时，我即将迎来40岁的生日。

我生命中的大部分时光都是在蓄奴四州之外度过的，在美国的自由之处。但即使过了这么多年，我每天还是会为这小小的自由而惊叹不已。

我就这样头脑清醒、肚中饱饱地走出了餐厅，手里还拿着一个塑料泡沫的打包盒子。在上车之前，我在停车场稍做流连，嗅着潮湿的沥青的味道，感受落在我额前的一丝轻盈细雨。我知道如果我愿意，我完全可以穿过这片街区，走进一处公园，在公园的长椅坐下，读一会儿报纸。但我还是坐进了那辆车，感受着屁股下坐垫的质感，引擎发出的咳嗽般的咔咔声，以及汽车低沉的颤动。这所有的一切细小的体验，于我而言，都是自由的奇迹。

我坐在一辆普通的日产阿蒂玛车里，它的引擎可提供175马力，车里的内饰是单调的褐色，但我还是很喜欢驾驶着它的感觉。在我开车的前些年，人们很难看到一辆日本车，因为日本在很多贸易领域一直都是被美国拒之门外的。但我很幸运，2012年上任的新首相，对之前的政策做了大幅变动，推行了“利益相关者影响”（该词组源自以色列语）政策。对罪恶要有恨，对罪人要有爱。开放边境就意味着开放对话，而且是全线开放。

我才不在乎什么国际外交关系，但我实在太爱这款阿蒂玛车了。因为这车发动起来十分方便，它的加热器、雨刷器、刹车、车窗以及磁带卡座，样样都运行得十分顺畅。

我小心地朝梅里迪安街的北边开去，驶离了喷泉餐厅，驶离了巴顿神父和他那空洞的歉意。收音机里所播放的那个世界跟我透过车窗看到的这个世界一样，同样的灰暗、肮脏，四处散发着暴力的气息，又充满了对暴力的恐惧。本周巴特里奇听证会的状况是：参议院充斥着怒喝声，街头巷尾也抗议不断。只是因为一个女人的提名就引发了“激烈的论战”，就像广播里常常宣称的那样。在华盛顿特区和候选人的家乡费城，甚至是更多的地方，示威的和反示威的人随处可见。这就是暴力——以及对暴力的恐惧。

在某些小地方，也有部分争论是关于一个名叫“苏西的衣柜”的募捐活动。民众聚集在教堂的地下室，一起为种植园制作爱心包裹——毯子、糖果和其他一些东西。起初他们采访了一个为流浪者辩护的人，追问我们为什么要关注其他事情，在“自家门前存在如此多苦难”的时候。接着，一个黑豹党[①]发言人站出来说这场运动“不过是改良运动”，而苏西本人太过天真。这些听来都很刺耳，因为那个叫苏西的小女孩也只有 9 岁而已。

这都是老生常谈的事——所有新鲜的故事都不过是历史的重演。

我关掉了收音机，从副驾驶座前的抽屉中掏出一张迈克尔·杰克逊的磁带。当我推入磁带的时候，嗞嗞声传了出来。这是一张很多年前我自己翻录的带子。他们说，不久之后，新的汽车内将不会再有磁带卡座了，因为美国的市场即将被 CD 唱片占领。不过，至少现在还没有。

我调高了音量。迈克尔·杰克逊唱着专辑《战栗》（*Thriller*）中的《人之本性》（Human Nature），我也跟着唱了起来。

当我开车返回旅馆时，我在路上的一个检查点停了车。由于巴特里奇事件和北纬 49 度[②]发生的几起严重事故，现在的印第安纳波利斯时局很是紧张。和许多城市一样，印第安纳波利斯宣称要建立一个“高度安全的环境”。所以警察有权利随时叫停黑人驾驶者，让其靠边停车，甚至不需要什么确切的理由。到了 79 街的迪奇路时，我听到了警车的鸣笛声，然后我

① 黑豹党（Black Panthers）：美国黑人社团，活跃于 20 世纪 60 年代，具有左翼的激进色彩。——编者注

② 此处指代美国与加拿大接壤的边境界线。——编者注

慢慢走下车，一点也不给他们添麻烦。我举起双手，他们让我站哪儿我就站在哪儿，目光空洞地看着路旁的一家杂货店的门口。这时，一个脸带伤疤、嘴里有异味的粗壮巡警走过来搜我的身。

他仔细端详着我的证件。此刻，夕阳西斜，犹如一个黄色的污点浮在洗碗池的水面上。

3

用餐接近尾声时，趁着我们为买单这事而争论的时候，我偷走了巴顿神父的钱包。这个天衣无缝的小伎俩对我来说简直是不费吹灰之力，而且，这也没有什么值得担心的，因为我曾经做过好几次类似的事情。他就在那里，那个可怜的男人，他被我的悲伤弄得窘迫不安，被我的固执弄得心烦意乱，他正抓狂，急于挣脱出这张煽情的罗网。在这样一个复杂的情形下，要追踪一些如此平常、世俗的物件的下落——比如说一个钱包——毫无必要，需要追查的事情实在太多了。在洗手间，我利用手机上的一个微型设备对钱包的内容物进行拍照，紧接着，在我们拥抱告别的时候，我顺势将钱包又放回他的衣兜里。

此时，我回到了位于 86 街的都城十字路口旅馆，锁好房门，拉上窗帘。然后，我打开笔记本电脑，开始在地图软件上输入数据。我输入了巴顿神父驾照上写着的家庭住址。接着，我依次输入了他最近去的三家餐厅和五个加油站的地址，这些信息是从他钱包里的信用卡收据上得知的。然后我又输入了他常去的健身房、图书馆，以及体育美发连锁店地址。我还输入了位于梅里迪安街那家我们俩此前用餐的饭店地址，还有那个圣凯瑟琳教堂的地址，几小时前就是在那里，我还装疯卖傻地搭讪可怜的老卢艾伦来着。

在此之前，我从没来过印第安纳波利斯，但我去过很多其他的城市，并且发现其实每个城市都一样，社区和水路，大路和小道，都别无二致。商业区在中心围一圈，高速公路又在外边围一圈，就像一层一层的狗栅栏。有穷人区，也有富人区，黑人区和白人区混杂在一起。不论你去哪里，这个世界好像都是一样的，到处都有 CVS[①] 和星巴克，沃尔玛和唐尼斯百货。

或者我应该说是在北边，每一个北部的城市基本上都是一样的。这些日子以来，我发现我对于南方远没有北方熟悉。

这个地图软件所做的工作，就是把我刚才输入的每一个地址都标示成一个发光的小红点。完成数据的输入后，我查看了一下完整地图，立马就有一个点闪动起来了，那上边显示着我的名字。

其他大多数的点都以神父所在的教堂为中心，集中分布在它的四周，子午线街以北，86 街拥挤的购物街沿线，以及距离我现在所处位置以西一两公里的地方。但是有一个点却与众不

① CVS：美国的连锁药店。——编者注

同，远在市中心的另外一个区域。它位于38街和格兰茨大街的十字路口处，在一个叫作落枫溪的地方。

“好了！”我大声喊道，“可以了。”我伸出一根手指放在这个发光点上，就像是要触摸它，去感知它的力量。

我的名字不是吉姆•德克森。

我也不叫达德利·文森特，那是在俄亥俄州的克利夫兰，我住在机场附近的希尔顿花园酒店时用过的身份。不过那个身份只持续到昨天晚上，当布里奇先生叫醒我并让我收拾行李为止。文森特的驾照和美国运通卡早已经被销毁成碎片，埋在克利夫兰购物中心背后一处施工现场的垃圾堆里。

我有许多名字。或者，更准确地说，在开始一份新工作前，我是一个根本没有名字的人，甚至都不是一个真正意义上的人。我是一个消失了、失踪了、藏起来了的人。我不是一个简单意义上的人，而是某种意志的呈现。我是一个机械装置，一个设备。这就是我。

我注视着38街上的那个发光点。这个点闪烁着，而我也冲它眨着眼。这个地址来源于一张三天前的取款交易凭证，时间是周日下午4点32分，交易发生于一个支行银行的自动取款机，交易金额是200美元。我又敲了几下键盘，电脑飞快地运转起来，按照我请求的人口统计数据信息刷新了地图。这项信息是根据美国黑人的人口数量做出相应的统计，用颜色的深浅标示出这个城市每个街区的黑人分布情况。

做完这一切后，我坐了回去，把双手平放在桌上电脑键盘的两侧。发光点集中的地方，代表着巴顿神父的日常活动区域，这些地方位于浅色区域，即美国黑人的比例占 5%~10%，或者更少的地方。但是其中有一个点很特别，它位于落枫溪。它并没有出现在地图上颜色最深的区域，而是在市中心西北部的一块区域。我想，那应该就是自由城。但毫无疑问的是，巴顿神父星期天下午取走钱款的那个地区是黑人聚集的地方。

我轻轻地吹着口哨，依然一动不动地坐着，双手还是静静地平放在桌子上。

“好吧。”我低声说，“好吧，好吧，好吧。”

4

夜里，9 点 49 分。

我从那张摇摇晃晃的木桌旁起身，舒展了一下身体，向上举起双手，直到它们轻轻碰到旅馆房间里那低矮的天花板。我在自己脱下的外套里摸索出一包香烟，将它在桌子边缘轻轻敲了几下，随后剥掉锡箔纸，抽出一根烟来。

9 点 50 分整的时候，我的电话响起。它总是在 9 点 50 分准时响起。

"你好。"

"晚上好，维克多。"电话那头的声音低沉而平稳，"你的进展如何？"

那是布里奇先生的经典开场白。只要一个案件开始，只要一份档案被激活，他都会这样说。他总是在 9 点 50 分打给我，连声音都听不出一丝变化。

"'进展'她很好，谢谢。"我回答道，"您母亲还好吗？"

布里奇没有笑，他从来没有笑过。他又重复了一遍刚才的问题：“你的进展如何？”

“到目前为止，一切顺利。”说话间，我悄悄溜到了小阳台上。我住的房间在二楼，站在这儿，我甚至可以闻到楼下停车场飘来的苦涩的烟味。“坦白说，如果我拥有完整的文件，一定会更加顺利的。”

“你会有的。”

“您已经说过了。”我点燃手中的烟，吸了一口。

“明天中午，珍妮丝会准时把完整的文件发送给你。到时候你可以用二号服务器下载。”

“明白。就这样。”

冰冷的沉默。他的坚定令我对他的话深信不疑。我的这位在美国执法官署的上司是一位严谨的人，对于自己做不了的事情，他很少做出承诺。虽然完整文件被莫名其妙地搁置了，但我已经知道了其中最重要的内容。

一个签了劳动协议的人潜逃了。他的服务名叫作“寒鸦”。他的身份证号是78312-99。他所属的那家公司位于亚拉巴马州松林区塔斯卡卢萨郊区，是一个名为“南雄成衣公司”的种植园。

一个人逃跑了，而我的工作就是找到他。

“维克多？你那边进展如何？”

我快速地吸了一口烟：“好吧，我和那位好心的神父一起吃过饭。我化名为德克森，有一个叫简特尔的妻子，她被分配到了卡罗来纳州挖矿。”

电话的那一头又是一阵沉默。布里奇先生对事情的细节毫无兴趣。他需要的是信息。我和他从未真正见过面，但我们已经通过电话联系了整整六年，我甚至完全可以在脑海中想象出他在马里兰州盖瑟斯堡的办公室里坐在书桌后的样子：他笔挺地坐在电脑键盘前，一张苍白的圆脸，泛着粉红的下颌，留着规规矩矩的胡子，也许还很浓密，不过一定是修剪齐整、一丝不苟，眼神漠然得如同硬币上的头像。

“但唯一的麻烦是，”我说，“我们的朋友巴顿神父不做逃跑者的生意，他和他的教堂都不参与。他对这件事情惊诧万分。”

“他在撒谎。”

“啊，不会吧？”

“他是在试探你。”

“那就让他试探吧。”

“你可以搞定他的。”

“我会试试。”

布里奇又重复了一遍，不强硬，也不带指责，只是一字一顿地揭晓了最终答案：“你必须搞定他。”

这个人讲话的风格就是这样，简单明了。我们共事的这几年来，我从未从他的话里听出过讥讽和不确定的语气。他的语气总是一成不变，冷淡且固执，毫无起伏，带着点南方口音，像是枪管里冒出的低语呜咽的烟。

我和布里奇之间的交涉十分简单，每件事都一清二楚，清晰如探照灯，强硬如律法。

根据《潜逃法》的规定，在美国任何一个地方，无论是奴隶制区还是自由区，服劳役期间的逃亡奴隶会遭到追捕并被遣送回原地。所有的执法机构都有义务执行这些措施（事实上，是“所有的良好公民”都有这个义务），但实际上，这是属于美国执法官署的工作。

这项法案首次通过是在1793年，那时用的是不同于现在的最早的名称，然后它又被不断修改更新：在1850年得以加强，1861年再次得到补充，此后又经过多次修改和调整。1875年，国会最终废除了奴隶制度，用不断上涨的费用安抚了那些支持蓄奴的力量。1935年，罗斯福总统提出为种植园建立一个“全面的规章制度”（并规定劳工办负责执行此条例），他颁布了一项“全面豁免法案”为南方的议员争取权利，保护执法人员，使得他们不会受到北方狂热分子的侵害。

针锋相对——协商调解——妥协让步。这就是同盟最终得以生存的方式。

不过人们仍然在寻找逃脱全面豁免法案压榨的办法。地方警长把案件调查都像堆沙袋似的堆放在一起；州立法机关出台苍白无力的个人自由法，不管最高法庭已经多次将草案以“违宪”为名打回。每年都有很多“良好公民”被送进监狱，因为这些人拒绝与猎奴者同流合污。自1970年以来，根据《摩尔修正案》，美国黑人执法人员被允许可以为自己提出不参与此类行动的辩护。

因此，美国执法机构亟须寻求其他手段来保证执法顺畅。

那就是我为什么会存在。我就是所谓的“其他手段”。一个无名无姓的、随时待命于一个秘密组织的准雇员，活跃于不同的城市，扮演着不同的角色，却受到马里兰办公室电话的时时监控。布里奇负责根据案件指派任务给我，但具体怎么做将由我自己决定。我步步为营地进行着自己的工作，并且一旦完成了我的工作，我的过去就会被抹去。我只留在自由的北方，还能用平等交换，协商调解，相互妥协的方式来行事。

通完电话，我的情绪十分低落。这是我在和布里奇通完话后经常会产生的情绪。这样的情绪一直在我的胃里翻腾，几乎要冲到咽喉才会停止。一些实实在在的记忆不断向我袭来。一如既往地，我掐灭了烟蒂，从阳台上的黑暗望向停车场那更深更宽的黑暗，感觉自己本身就是虚无的。

但我却是真实存在的，那个任务也是真实存在的。此时，有一个孤独的出逃者正躲藏在这个城市的某处，他惊惶不安、筋疲力尽，在自由世界的景象和光芒中惊慌失措，而我，将要找到他并把他带回家。“家”。

就像布里奇说的那样，完整的文件明天就会到来。明天，我的搜查将会正式展开。

5

我们建造的任何一个工事，只要稍做思量，你就会发现它是多么了不起。所有的这些复杂的工事：堡垒、隔板、壕沟以及迷宫，都将保护我们免受侵扰和伤害。

第二天，也就是周四早上，我走到一楼大厅。昨晚我睡得很好，头脑十分清醒，此刻的我冷静专注。时间即将来到早上7点半，都城十字路口旅馆的大厅里只有我一个人在自助就餐区吃早餐。侍者布置好了就餐区，我喜欢趁着人还不是太多的时候，来这里享用这顿免费的早餐。那些人往往成群结队地来，他们一边微笑地交谈，一边往面包上涂抹着黄油。我是个不习惯大清早就与人闲聊的人。

我找了个临窗的位置坐下，把报纸摊开在桌子上读了起来。平常，我总是找这样提供免费早餐的旅馆住，这些早餐往往是在盘子边上放着些温热的培根、一些用香料烹制的土豆丁、一大杯咖啡、一块香甜的松饼。我的经验就是：只要是免费提供给你品尝的食物，只要是用得上的，只要是摆放出来可以自由带走的，就尽情享用吧。

我浏览着《印第安纳波利斯星报》的头版新闻，里面全是关于多纳泰拉·巴特里奇的新闻，现在，这已经成了舆论风暴的中心，也成了一切论战的根源。她被总统提名为证券交易委员会的主席，树大招风，没过多久，就有好事者将她的硕士论文挖了出来，她在论文中强调了“现行法律下的诸多可行措施”可以用来惩罚靠种植园贸易赢利的投资公司。接着巴特里奇接受了《时代周刊》或者是《美国新闻》的采访，在其中一家的采访中，她拒绝推翻自己的观点，她强调会不带任何偏见，一视同仁地履行她的义务。总统，一个在复杂问题上自称“中立派”的人——正如你所了解的那种能当总统的人——在收尾的时候竟然做出了令人大跌眼镜的决定：拒绝撤销对巴特里奇的提名。

“这会是一个历史性的转折点吗？”报纸的第一页这样写道。我嚼着百吉饼继续往下看，“这会是一个改天换地的时刻吗？”

“不。”我对着报纸说道，“这不是什么转折点。”我又咬了一口百吉饼，翻到下一页。

这时，一个穿着蓝色牛仔装的白人女孩走了进来，她脚上穿了一双磨损得很旧的黑色马丁靴，手里拿一个大号的女士皮包。当我看见这位年轻的女士时，她就开始随意地往这个大包里顺东西。当然，我不得不说，这位年轻的白人女士需要再精进偷窃技能才行。她的偷窃技巧就是眼睛左右看了看，只要没有人注意就下手，就像一只偷奶酪的卡通老鼠，不管抓到什么——一只香蕉，或者一盒什锦麦片——统统都放进自己的大包就万事大吉了。

一个旅馆侍应生走了进来，穿着卡其色的长裤和马球衫，静静地向女孩靠近，厚厚的地毯完全消除了他的脚步声，而那个女孩也没有注意到。只有我这样对任何细微的声音都很敏感的人才能听见他的脚步声。他静待着，观看着，双臂叠放在胸前。那个女孩从咖啡机旁取出一个纸杯，然后开始往里倾倒那含脂量为 2% 的专门冲食麦片的牛奶。

“女士？”侍应生突然大声说道，“需要帮忙吗？”

“什么？”这个女人极快地转过身，猛地把纸杯从牛奶机下取走，牛奶溅得到处都是。“不。不用，谢谢你，我很好！”

这个旅馆侍应生向着她走过去，那副高傲的样子仿佛是因为他身上穿着绣有“十字路口旅馆”字样的衬衫。我把眼光收了回来，继续看报纸，浏览着一条条新闻提要：巴特里奇听证会、步行者队险胜、威尔明顿步锡拉库萨和底特律破产之后尘，下一个破产的会是哪座城市？

“所有摆出来的食物只在早餐时间供应。”

“噢，等一下。”女孩努力挤出一丝微笑，看了看四周，但她还是没能编出一句谎话来，“我是说，好的。噢，当然了。”

侍应生审视着她：“很抱歉，您能告诉我您住在哪个房间吗？”听他的声音，俨然是那种自酒店管理学校科班毕业的酒店经理人，说他是一气呵成、尖酸刻薄且咄咄逼人都不为过。女孩子脸上的笑容不自然而僵硬，然后转瞬间消失了。

“啊。当然。”她说道，手指着她头上明黄色的蝴蝶发卡，“我不，呃，我现在记不起具体是哪个房间了。”

“那么，你也可以给我看下您的房卡？”

这个酒店经理的胸卡上的名字是“保罗森先生”，但我其实早就知道他的名号了。我认出了他，光秃的头皮闪闪发亮，头大身子小，简直不成比例，让他整个人看起来就是一副阴险的恶棍模样。昨天就是这个家伙给我办理的入住，他递钥匙给我的时候让我在“有色人种来宾”一栏签字，嘴里还不时说着：“如果你不介意的话，在这里写一下你的全名、出生年月还有社保卡号。”然后他递给我一把旧的备用钥匙，“这是公司规定，不过如果我能做主的话……”我没有还击他，我已经习以为常了，毕竟我经常住酒店。

“好吧，实际上，我没有房间钥匙。”白人女孩说着，重心从一只脚换到另一只脚上，“您瞧，我们现在正住在这里，我的意思是，我……们将要住在这里。”她顿了顿，改口说出了我们。

“你在说什么？”保罗森问，“你打算住这家酒店？”

我凝神听着他们的对话，整个身子半掩在报纸后面，吃着百吉饼。有人用那种丑恶又略带恐吓的口吻诘难一个白人，这倒是奇闻一件。这个年轻的女士，她是那么弱小，一张稚气未脱的脸，一双柔和的棕色眼睛，粉红色的嘴唇，那一头乱糟糟的棕色头发用一个黄色的塑料蝴蝶发卡固定住。被酒店经理吓唬的时候她只是不住地点头，表现得就像个受到校园欺凌的学生，眼泪在眼眶里不住打转，脸颊更是涨得通红，一双眼睛也随之慢慢地睁大。

“是的。您看，我是从埃文斯维尔来的，来这里参加招聘会的。是一个医疗招聘会，您知道吗？我是……我之前是一名护士——家庭护工。现在，我正在找一个新的，呃……不管什么工作都好。关键是我的姐姐说她住的地方非常冷，但我觉得是因为她男朋友和她住一起或者……我不知道，或者是其他什么的。”她局促不安地对保罗森笑着，后者则连脸上的肌肉都没有动一下，对她的话没有什么反应。“对不起。是我一下子说太多了吧？但是我今晚真的需要一间房住，我对天发誓，真的。”她肩头动了动，再次笑了笑，“住房间的话就有早餐服务，对吗？”

“没错，有自助早餐供应。但前提是你得在这里住。”

就餐区站满了客人：两个面色苍白的肥胖商人，因为肥胖，他们的双下巴显得异常红润，他们把餐巾别在正装的衬衫里；三个女大学生，穿着美式的长笼裙，看上去就像福音派的信徒。他们每个人都自顾自地忙着，没有留意到自助餐这边正上演的好戏。这时，一个小男孩拽了拽我的袖子，我低头看着他，他仰着头对我笑：“嘿，报纸上说了什么？”

这是一个黑人小男孩，圆圆的脸颊，肤色是漂亮的棕色（家族中有白人的缘故），眼窝深陷，瞳孔像一池美丽的清泉，脸上充满了恶作剧般的欢乐。他穿着一件印有美国队长头像的衬衫，他灵活地快速移到我手肘的位置，侧过头来去看报纸标题的内容。突然，场景就在此时此刻定格了：白人女孩说“我们”，保罗森正跟她对峙着。另一边白人母亲和她的黑人儿子，都在努力地活在这个世界上。

“您就不能……比如说，先提供我今天的早餐？”她接着说，“在我入住这里之前先提供早餐给我？”

“不能！”保罗森先生回答，“公司的规定不允许这样。”“规定”这个字眼像是一扇门降了下来，接着他应该会说诸如“恐怕我得叫保安了，如果……”之类的话了。

这个时候，她的儿子，也就六七岁的样子，正全身放松地靠在我身边，盯着我的报纸看：“这个词是什么？”

“争议。”我告诉他。

他点点头：“噢。”他毫无顾虑地发出一个音，真是个勇敢的好小子。我想应该没有人对他说过不要跟陌生人讲话吧。不过也许是陌生的黑人就没事吧。他眯着眼睛看着这个词，嘴唇动了动：“争议。”

“女士，如果你方便的话请……”

“嘿，知道吗？没关系的，我可以给你看。”

带着夸张的尊严，白人女孩缓慢地将她夹带的“赃物”一个接一个翻出来：三个麦芬蛋糕、一盒燕麦、一根香蕉和两个橙子，还有两个塑料勺和一盒酸奶。她把所有的物品排成一条线放在自助餐桌上，就像摆放祭品一样，而旁边穿着紫红色衬衫的酒店经理此刻正如同降临在她头上的复仇女神般，抱着手臂站在一旁。

而当她折回我的桌子边上拉回她儿子的时候，她和我眼神对接了一下，我看见她眼睛里一闪即逝的懊悔神色，那意味很明显：“这个人真是个白痴，是吧？”

这是我和白种人之间关系的一个标志，尤其与白人女士的关系更是如此。这不仅是与我的职业操守有关，也与我的成长经历有很大关系，所以我没有回看她一眼。我于是给自己找事情做，伸手去拿桌上的新餐巾。正当我忙着这些的时候，那位女士把她的儿子带走了。我的《星报》头版还挂在那孩子的手指间，从后面看去就像替她拿着件披肩一样。

我坐在位子上回味着那种感觉，持续了一两秒时间，然后我把剩下的报纸折了起来。

刻薄的小保罗森高傲地大步迈出了就餐区，没有为刚才两人对峙的那一幕道歉，却对像我一样的人说了一句抱歉。

那个白人女孩的车在车库里很容易找到：一辆破破烂烂的南美产的报废车，靠近驾驶座的门都凹陷了，原先的粉漆有的已经剥落了，上面满是锈斑，和她所穿的牛仔外套以及磨损得厉害的马丁靴相映成趣。她正坐在一袋化肥堆起来的“驾座”上，为了保持平衡，驾座的顶部放着一本精装书，硬壳封面垫在屁股下面。她现在一脸的忧色，眯起了眼睛，嘴角咬着一撮头发。她的儿子坐在副驾驶座上，一条腿抵在前面仪表盘的抽屉上，正玩着掌机。

我想过去敲他们的车窗，但我没那么做。我只是把之前攒下的食物连同盘子一起放在离他们驾驶座不远的地方，就回去工作了。

6

把车停在墓地西边的大约四分之一英里[①]开外的街上，我步行了几个街区的路程。此时天空泛起鱼肚白，太阳渐渐照在柏油路面上。今天还没有下雨，但感觉雨马上要到来了，乌云聚拢，黑暗逐渐吞噬天空。

我穿过中央大街朝着落枫溪走去，望向南边，只见明火的白烟混杂着野营的青烟，从野营的帐篷处聚集升起来。那个地方就是自由城，一个距市中心大约五英里远的地方。也许就是这样简单：也许在自由中心的某处，我要找的那个人此刻正裹着一条破破烂烂的毯子，绝望地躺在一个塞满了远房表亲的房子里，而且没有任何取暖的设备。这种典型的、傻瓜式的逃跑线路，真的是只有绝望的逃亡者才会选择的。

但这并不是一件那么轻松容易的事。如果布里奇认为只需要潜入自由城然后敲门询问此人的下落就能找到他，那么我很

① 1英里约等于1.6公里。——编者注

乐意做这样简单的工作。

落枫溪则看起来就像是一处由单层的铝皮平房组成的整洁社区，而他们修剪齐整的前院草坪则像是天然铺就的迎客垫。这里的房屋虽然老旧却都维护得很好，木制的小门廊里堆满了摇椅和双人沙发等家具。每一幢房子都粉刷着明亮的颜色，这让它们看起来就是街区与街区之间的联系所在，不过每间房子的色彩又都是各种各样的：有粉蓝色的，有更明朗的黄色，还有绿色和粉色的。其中一座房屋前有一条拴在低矮栅栏后面的毛色黑白的护院狗，不时地狂吠着；另一家房前则挂满了圣诞彩灯，一直延伸到房顶排水槽处，现在这景象看着似乎有点不合时宜。

有个房前的走廊上，一位头发卷卷的黑人老妇此刻正坐在摇椅上。她的晃动让我浮想联翩。我体会着这种美妙的感觉——我的黑人邻居，一户穷苦人家，虽然穷困潦倒却骄傲地活着。如果一个白人开车路过这种地方，他很可能会锁紧车门，认为这地方很危险，只是因为这个地方是黑人聚居区。

我进入 38 街然后向右转，经过一排商铺。这个清早，每一家店的门窗都关得紧紧的：一间叫作“大 & 高”的服装店，一个叫作“先生 & 女士”的发廊，一家名字叫作“牛排 & 柠檬水”的餐馆。一间糟糕的酒水铺子，门框边上的油漆已经脱落了不少，一个穿着大号保暖夹克的酒鬼，正一个人在店里抽烟试图使他脑子清醒冷静起来。星期天的下午，面色红润的巴顿神父就是到这个地方来的。不知什么原因，他来到这个他不太可能来的社区，把车停在了“D 队长的炸鱼店”旁边那个加油站附近的银行门前，只是为了取走 200 美元，而就在昨天晚饭前，这笔钱却从他的钱包里不翼而飞了。

这个自动取款机就立在银行门前的右手边，顶上是一个绿色的遮雨棚。缓缓地走近取款机，我感觉自己好像是被年轻的神父附了体，这个白人行动正直，而且在黑人区也毫不畏惧，他很亲民，脸上的神情也让人心生敬畏。我在取款机旁边站了一会儿，紧接着我做了一个缓慢的 360 度转圈，甚至还模仿神父掏出了钱夹，放了几张纸币进去，然后再把钱夹收起来。转圈时我向南俯视着中央大街的十字路口，目光穿过了一个街区，一盏街灯正亮着，而一个蓄满雨水的坑则倒映出它模糊的光影。路的一边是一块杂草丛生的空地，而街道的对面则是一片白色的小型建筑，建筑门上挂着一个木制的十字架。十字架下面写着“圣安塞姆天主教允诺：社区欢迎你”。

“好吧，那么现在，”我说道，“好吧，好吧。”我摇了摇脑袋，加快了步伐。

快到这个建筑的时候，我听见了一阵小型机器的嗡鸣声，紧接着我就看到了他：一个场地管理员，正弯着腰使用落叶清扫机在吹扫便道沿线的灰尘以及碎石块。

“嘿，嘿，伙计，”我一面叫着，一面挥手走了过去，“请等一下。”

管理员看我过来，一脸的疲倦和警惕，不过他还是关掉了机器。

“哦，你好啊，伙计。”我一边朝他走过去一边转换角色。我放慢了脚步，就像一个耄耋老人，眼神里透露出一丝勇气来。我就像是一个流浪汉，一个蠢蛋，在一个美好的清晨继续醉酒。“你怎么样啊，哥们？”

“有什么我能帮得上忙的吗？”

他是个疲惫的中年黑人，他这一辈子都在做这样的院子清扫工作，有多少次呢？谁会记得呢？他看上去年纪不大，身手敏捷。这个早晨令他很疲倦，他很想快些把工作做完，然后最好能在下雨之前（如果下雨的话）赶回自己的卡车里。

“好，好。”我语速很快地说道，舔了舔嘴唇，“哈，我告诉你，伙计，我一直四处游荡。你听见我的话了吗？我已经游荡一整天了。”

但他只略微挑了挑眉毛，一句话都没说。他穿了一件森林绿的罩衣，在衣服胸袋部位的一个白色椭圆形物件上缝着他的名字：鲁本。背部是几个大字：环城绿化。

我急忙说道：“没错，我以为这是一个教堂呢，好吧，我就是觉得自己应该在这里定居……伙计，因为我刚刚碰巧听见天使说话了。他们说我应该在这里定居，说我应该跟随上帝。

他们都说我今天就应该做这件事。”

“那么，伙计，你最好不要选择这里。”鲁本微微笑了一下，他龟裂的嘴唇随之扯动，“这不是教堂。只是一个礼拜堂。”

“什么？这样啊……”

“它隶属于教堂，但不是教堂。而且现在已经关门了，伙计。”

“那可真是见鬼！”

很显然，鲁本喜欢那句话，因为他笑出了声，笑声沙哑低沉。“抱歉，老兄。就是你所谓的教堂，他们把它给封了。六个月之前，还是什么时候来着？他们只是让我们每个星期过来修剪一次，只要不长过头就行。”

“哦，这样啊。哦，我猜可能是天使们的消息不太灵通吧。”

“我猜也是。”

我俩都笑了一小会儿，因为醉酒，我摇来晃去，使劲摇了摇头，艰难地抬眼望向那个建筑。它没有梅里迪安街上的圣凯瑟琳教堂那样宏伟，它陈旧，有木制的边角，单层，黑色房顶平平的。这座建筑的前面仅有一道门，走道的上方长满了树篱和常春藤。其中一扇窗子坏了，一条裂痕横亘在中间，就像是没有愈合的伤疤。而门的把手却闪着金光。

我盯着那扇门，满怀希望地眯眼看着它，仿佛我用意念就能打开它，就能得到救赎似的。

“那么，好吧。”鲁本举起他的清扫机，“我要回去工作了。”

“请再等一下,”我突然一个激灵，问道，“你在这里工作？”

他起了疑心，眉毛弯了弯：“不是，你还是去问瑞克吧。”

“瑞克？”

“没错。我记得可能是瑞克或者泰尼吧。”

“泰尼？”

“没错。”

“你有他的联系电话？”

“在卡车上写着呢，伙计。”

就这样鲁本结束了和我的对话，他转过身启动了落叶清扫机，嘴里吐出的那句“祝你好运”被机器的轰鸣声盖了过去。我摇摇晃晃地走向那辆巴基斯坦皮卡，高高的轮胎，后面拖着一个封闭的平板车斗，里面杂乱地堆放着割草机、耙子和垃圾。皮卡和车斗上都印有“环城绿化”的字样，字的下面还有联系电话。

整个社区中心的面积不过一间独栋房屋的大小，看着却比亚当、夏娃这样的“罪人”还要古老。

唯独不包括门上的那把锁，那是一把铜锁，看上去又新又亮。

从卡车的侧面得到我要的电话号码时，我对自己满意地笑了一下，为注意到那样的细节暗自高兴，也为自己这一路连连得手暗自得意——顺着自动取款机的凭条——我先后找到了银行，找到了天主教社区中心，遇到鲁本，最后找到了这扇门。

甚至为了之前布里奇还没答应传输完整的文件给我，我就已经做好的一切铺垫而暗自高兴。这是一种探索的快乐，是我从事的工作给我带来的乐趣。

这就是这份魔鬼工作的关键所在：时不时地它能给你带来一种满足感，无可比拟的满足感。

在印第安纳波利斯，我有各式的装备。有的放在我位于都城十字路口旅馆的房间里，有的就藏在汽车的后备厢里。这里边有各式的化装用品——几顶假发、一些冒牌的首饰以及各种用于面部变装的东西：一管快干胶、几种不同色号的粉底，还有一支眉笔。我还各有六副不同的平光眼镜和隐形眼镜。其他还有一些工具：一套砸锁（开锁）用的镐耙和一套备用件，一些配着名牌的挂带，一些伪造的警徽，还有各种服装和鞋子。我的装备还包括一部手机和充电器以及各式各样的配件，此外还有一部电脑。吉姆·德克森（我之前伪装的一个人）和另外三个人的证件，一切的伪装都是那么天衣无缝。当然了，也必须有现金，一卷卷用橡皮筋扎起来的美元以备不时之需，每次任务完成时，我都能收到一笔钱。

我有一把枪，但大多数时候我都把它放在宾馆里。我是危险工作的卧底，但我毕竟还是个生活在美国的黑人，所以只要遇到检查点，我就得下车接受检查。偶尔我还要当着那些执法人员——副警长、巡警、州警，我遇到的任何警察——的面把包里的东西倒出来给他们查看。

但往往这种事情发生的时候我都只能无奈地接受。因为我是个没有身份的人。如果你见过我行走的路线，看过我的箱子或是我的车后备厢，你肯定会觉得我就是个盗贼，一个骗子。

的确，一点没错，这就是我的真实身份。我就是这样的人，一个盗贼，一个骗子。

我走出墓园，发现一辆警车就停在墓地大门外我的阿蒂玛旁边。我停下脚步，盯着它看了一会儿：那是一辆黑白相间的进口车，车的侧面有钢印的字，车顶上安装着警灯，长长的天线从车尾伸出来，骄傲地指向天际。我仔细地扫视了街道两边，看有没有警察在附近。但是周围一片寂静，就像什么都没有发生过一样。就连天空也都是同样的灰沉阴冷，乌云和刚才一样低沉。除了这辆多出来的警车，其余的跟之前没什么两样。

我跳跃了几下，好像预备着要冲出去一样。但我没那么做，我什么也没做，我只是站在那里，注视着警车的后保险杠，注视着那些墓碑，注视着街道两旁的房屋，然后一种不安的情绪像迷雾般笼罩、席卷了我。

我想起来昨天晚上在喷泉餐馆，有一黑一白两个警察就坐在离我和神父不远的一个桌位上，一直盯着他们的手机大笑。

慢慢地，我走近停着的警车，听着城市传来的模糊声音。有人按响了车喇叭；有扇门打开了，发出吱呀的响声。也许是“牛排 & 柠檬水”，或者“大 & 高”开门营业了吧。

我的脑海里突然跳出一串数字，车牌号 101097。这就是大城市啊，我想着。这就是大城市，到处是警察。仅此而已。

7

“这是什么？那么，这是什么呢？”

此刻我正站在酒店房间里一个晃动得厉害的木椅子上，头顶几乎顶到天花板。我有一台还算不错的打印机，是政府制造的，便携式的，用起来还不错。我用它打印文件的时候，就像在对城市街区执行直升机监控一样：我把文件放进去，然后把打印出来的表格平铺在酒店的床上，一张张排开，仿佛展开一张网络，而我需要站在高处来研究这些文件。

这份完整的文件真是乱极了，弄得我很焦虑。我讨厌混乱，讨厌不均衡和不确定的东西，而这份文件却正好是我讨厌的类型。

现在已经是下午 3 点多了，而正如之前说好的那样，这份完整的文件在正午的时候出现在第二服务器上。而我自那时起就一直盯着这些倒人胃口的表格，怒视着它们，喝着酒店房间廉价暖水瓶里的热水，绞尽脑汁地苦苦思索这些风格相近的文字和图形，脑子只有一个想法：真是太混乱了。

文件前三页的内容是关于巴顿神父和他在地下航线的信息，但能明显看出，推测的内容要多于纸上的细节；换句话说，这些信息就是一些看似有用、实则无用的废话。这些内容估计是布里奇办公室的某个实习生从之前的抓捕令和讨论彻底废奴类似话题的聊天室里随便复制过来，然后杂糅到了一起（比如巴顿的出生日期和地点），已知的和猜测的信息连在一起。与他关系紧密的“国际迦南组织”以及“布莱克本[①]志愿组织”，与他关系不那么密切的黑豹党以及其他两个“国内组织”。他甚至与22个月之前的一次严重事故扯上了关系：在辛辛那提联邦快递物流中心的一个木箱里发现了一具面目全非的尸体。最终，通过对尸体的个人身份码验证，确认此人生前在卡罗来纳州的布恩县服役，后来出逃了。他把自己藏在木箱里，希望被运往印第安纳州的圣凯瑟琳教堂。一个联邦物流工作人员促成了这次“万福马利亚”的演习，后来曾一度被送进联邦监狱，但却矢口否认是受到巴顿的指使。至少，我从这份混乱无用、废话连篇的完整文件上看不出任何端倪来。

文件前几页的内容都是我已经了解的东西，除了神父坚持自己清白一事，其余的都尽皆了然：这个教区牧师多次参与了逃亡者“走私”行动，直接或间接地发动了最近几年来的非法

---

① 布莱克本（Blackburn）：英国地名，位于英国西北部兰克夏郡的工业城镇，是工业革命时期纺织工业的中心。——编者注

解放运动。布里奇或者他办公室的实习生“有很大把握”（不管这是什么鬼意思）认为正是巴顿和他的组织将寒鸦从种植园弄出去的（至少是助他逃走的）。他们同样认为正是巴顿的人在保护着这个男孩并助他逃到了北纬 49 度以北的永久自由区。

我皱了皱眉，移动了下身体的重心。我的眼睛瞟过床上信息网络的一个缺口，就像是一排房子中间的空白区域。那是第 7 页，我还没有打印出来。但我不愿意看它，一眼都不想看。

这部分是关于那家南雄成衣公司的，公司方面的信息没有多大价值，因为是任何人都可以从公开的信息栏里挖出来的信息：占地总面积，每年的总产量，亩产量，美洲皮马棉的产量，年收入，年毛利润，预计收入。每次我的目光停留在这些信息上，我都会发现它们在变得更大、更加现代化，范围更广泛，运营措施也更趋复杂化。就拿眼前这个南雄公司来说，称公司生产的“耐用性高品质纤维”以及“优质的植物油”销往了全球多达 72 个国家。在美国棉花协会和亚拉巴马州政府的支持下，南雄还专门成立了农业创新部大楼，以便研究最先进的抗虫旱技术。南雄有 4232 名员工，他们夜以继日地在宽敞的工厂和办公室里工作。

4231。我在心里默念着这个数字，到星期天的晚上为止，减少为 4231。

资料中还附有一张卫星云图，上面是一个模糊的卫星图像，一个看不太清楚的矩形，旁边有标注和数字，总共有 32

个小块。我的手指在这些矩形之间移动着，沿着建筑物间的线条，这些彼此相连的便道和砾石道，激起了我痛苦的回忆，这些彼此相连的区域，仿佛重现了一段现实，勾起了我服劳役时期的痛苦回忆，此时，我极力想要逃离服劳役的阴影，光着脚在道上狂奔。

人口密集的地方有五个建筑物呈半圆形环住一个院子，上面标有“娱乐”二字，这五个一模一样的长方形建筑物冷峻地矗立着，就像列队驻守的卫兵。流行音乐中心的后面就是20号楼“拘留/改造区”，我在年轻的时候就知道了它的名号。

我停顿了一秒的时间，食指按在20号楼的位置上，用力按到指甲盖都失去了血色。

地图上有的东西实在是令我费解，所以我把它们都给标记了出来，以便之后跟布里奇探讨。农业创新部大楼正后方有一个没有命名且被完全涂黑了的建筑，一个被屏蔽了的矩形区域，一个连上帝都看不到的地方。对地图上的另外一些线条，我还是一头雾水，就在篱笆的内部，营区的外围被黑包虚线圈了出来。难道那是加大的栅栏，还是通了电的电网？我不喜欢那条线。我敢确定它跟黑奴有关，一定是一种控制人的新发明。

我绷紧了下巴，陷入了思索。然后又猛然记起地图的事，于是继续研究地图。

但我绝不会看第7页的，还不到时候！

我的视线跳过第7页，直接看向第8页。这一页写满了目前已知的所有关于逃跑的细节。这个服役名叫作寒鸦的逃亡者，身份证号为 78312-99，是在星期天早上的流行音乐中心醒过来的，在集合处做了标记（已经过多方确定）。他是在早上 7 点 30 分（图像信息来自两个黑奴监工和一个自由白人雇工）扫描指纹进入了缝纫 2 号房（第 27 号建筑）。寒鸦来换班，整整 12 小时都坐在高凳上剪衣领的线头。依据《劳工法案》，南雄公司执行 8-12-3 号黑奴劳动政策，具体规定如下：12 个人为一组一起做工 8 小时，至少每 3 年变更一次工作。黑奴劳动局的代理人将这种规定保留了下来，工人进出都要接受检查，加强了所有规定的实施力度：违规行为开始依法处理并依据违法的轻重进行量刑，变得人道起来。这样一来，暴力的奴隶制就是违法的。

但是这份文件没有提到寒鸦受到过如何严重的虐待。

我设想自己就是寒鸦，脑海中想象着他每一天的生活：他坐在没有靠背的高凳上，面前钢制的工作台上放着一把小剪刀，眯着眼在放大镜下找那些几乎看不见的细小线头，修剪这些黑、红、蓝的衣领，一个接一个地修剪，再细小的线头都不能放过。他的手指蜷缩在一起，眼神中充满了困倦。他面前堆着的衣领在慢慢减少，不过大约每隔半小时，只要刺耳的汽笛声一响，黑奴或是自由白人就会开着仓库的叉车过来增加新的工作量。

我翻过了这一页。

晚上7:30，78312–99号员工换班，经扫描后离开（多方证实），重新回到员工2号休息室；

晚上7:47，78312–99号员工报告称自己“胃痛”，向上级申请了750毫克非甾体类抗炎药，位置没有变动（仍在员工2号休息室）；

晚上8:17，78312–99号员工报告称自己胃痛，有呕吐和腹泻症状。红外影像被传送到了卫生站……

我缓缓地点了几下头，闭上了眼睛。那些记录中的情景正一幕幕地在我眼前切换，就像红色的幻灯片正从文件的字符间跳脱出来，组成一幅幅鲜活的画面。

他躺在床上，肾上腺激素在血管里涌动。于是按着红色按钮不放，朝着对讲机大喊：“来人啊，我生病了！我真的生病了……”30分钟后，也就是晚上8点17分的时候，他再次呼叫，这次他呕吐不止，而地上也已经是狼藉一片了。

晚上8:35，78312–99号员工确认被送往卫生站（47号楼）治疗（因为工作人员呼叫）……

类似的记录还有很多：78312-99号员工裹着“厚重束身衣”（按规定）被从铺位上抬起，移送到单人运输担架（运输仓）上，随后就被运往位于营地西部的员工保健机构。随着电梯的上升，这个重病患者最终被送到了检查台上，那时他的身体被锁链固定着（按协议），而在检查台的边上，站着两名护士：24岁的莫妮卡·史密斯和27岁的安吉丽娜·克罗斯。一小时后，护卫回来了，他看见了一个令人惊恐的画面：员工保健室地上的血溅得到处都是，墙上也有血，墙的背面有两块斜向下的血斑，从血迹来推测就像这两个无助的护士当时先是被甩到了墙上，接着慢慢滑落到地上。病人手腕和脚踝本应被紧紧地捆绑在病床四角，四根锁链却像是被猛力扯断的。所有的窗户都被砸碎了，而罪魁祸首很可能就是一辆推车，因为它被发现的时候就停在了六层楼下的位置。

这两名护士之后的命运——或者应该说她们尸体的下落——文件中就没有再提及了，同样也没提及这场暴行的行凶者之后是怎么消失的。一个病重的人，两名被袭的护士，就那么毫无征兆地消失了。寒鸦也随之人间蒸发了。

我从椅子上下来，在房间里来回踱步。我想出去，到外面的阳台吸支烟，不过我还是及时打消了这个念头。我把第7页的文件放进盒子里，它似乎在刺激我、挑衅我，让我去研究它，不过我最终还是转身离开了。我迟早都是要看它的。我浏览了一下文件的最后部分，也是满纸的废话。甚至连基础的书面工作：逮捕令和授权书，法官签名书……所有的这些也都是一团糟，上面不仅画满了问号，就连纸面也被弄得很脏。之后我会把这些都反馈到布里奇那里。看在上帝的分儿上，如果我的工作不顺，他的工作也会倍感掣肘！

我这是在自欺欺人，看到了吗？这是我自欺欺人的一种办法。*如果我的工作不顺，他的工作也会倍感掣肘！*一个长年干脏活累活的员工假模假式地揶揄两句，冲着那位终日坐在办公桌前的无能上级翻翻白眼。虽然我现在不想承认，内心难以接受，并且觉得很羞耻，但我明白我这么做的原因。

仿佛他跟我的关系，怎么形容呢，像同事一样？仿佛我是个累得半死却会坚持到底的员工，对着我笨头笨脑，会出各种让人哭笑不得的差错，却又让人恨不起来的老板翻白眼？

最后，该看的文件都看完了。我双手放在腿上，傻坐在硌人的扶手椅上，两眼木然地盯着旅馆房间里的白墙，就这样直挺挺地坐了五分钟，我已别无选择，只能把笔记本电脑接回便携式打印机，把第 7 页文件打印出来。

我把它放到了办公桌上。我坐回扶手椅上，从远处俯视着它。我在椅子上晃着身体。不知道为什么，我早就知道会是这样，我早就知道这事有多难办，我早就知道看到这个男人的照片我会有什么感受。

没错，所有黑奴的证件照看了多多少少都会让人不安。比较典型的是那些样貌凶狠，用充满仇恨的双眼看向镜头的人，或是那些死气沉沉，双目无神，呆呆地盯着前方的人。我也见过有笑对镜头的黑奴，有些不甘被压迫，对着镜头像恶狼一样笑得桀骜不驯的人，也见过有些脱离现实，面对镜头歪着嘴，笑得笑疯子似的人。面对后者，说到底，谁能忍心不给他们这一点点慈悲呢？我向上帝发誓，那些老调重弹，说什么这种生活“更好”的，说什么这是黑奴的天性，说什么奴隶喜欢这种命运，喜欢这种受限的简朴生活的人，量他们面对黑奴的证件照时也不敢看上几张，反正肯定不敢像我这样看上好几百张。

然而照片里的这个“寒鸦”，身份证号码是 78312-99，他的照片有些不同寻常。寒鸦长得很帅，几乎可以说俊俏得惊人，仿佛是一个电影明星在演流浪汉或败家子，他那张脸不仅看着眼熟，而且保养得不错，让人觉得不真实。他很瘦，颧骨和鼻子都很修长，五官比较柔和，有一点女性化。照片里他听从指示，目视前方，但眉毛有些上扬，双唇略微张开，仿佛拍照时正要说话。他的眼里有几分悲伤、几分哀愁和一些难以名状的情绪。是紧张吗？还是疑问？那双眼睛仿佛在说：“肯定有人弄错了。我不该到这里来的。”

我试着把这张精致又多愁善感的脸和卷宗中描述的恐怖事迹联系起来。我想把这张脸与斑斑血迹和打破的玻璃联系起来。这个人仿佛能化身为绿巨人浩克一样大肆破坏，还是说这个人有双重人格？

当然他身上有奴隶的文身，南雄公司（GGSI）的标识设计得很有艺术感：造型粗犷的大写 G 字母中包裹着 G、S 和 I

三个字母。这个标识被纹在了他的脖子根部，锁骨间凹陷处的上方。标识旁还有两个被黑色墨水遮盖的格子，里面原本有他从前服役的公司标识，现在被墨水盖住了。

我的锁骨上也有一个黑色方块文身，以前文了一个铃铛与牛的标识，代表了我的出生地，但很久以前就用墨水遮盖了。这种文身原本是我曾经的身份标志，然而在北部的一些地方几乎所有黑人都用这种方式涂掉了文身，无论他们生来就是自由身，还是后天解放，还是逃跑的奴隶。这是一个团结的记号：也许我们以前曾是奴隶，但现在我们都是自由的。

我把文件扣在床上，因为我没勇气继续看下去，然而正反两面都印有内容。文件的背面记录了他的各种身体特征数据："身份证号：78312-99（'寒鸦'），目前所在地：未知，失踪时所在地：未知，年龄：23 岁，身高：1.73 米，体重：69.4 公斤（体重指数：23.3）"。上面还登记了鞋号、衣服的尺码、腰围和胸围、身上的标记和伤痕、胎记和痣，拼凑成了一张记录他皮肤特质的地图。他的肤色登记为"晚夏蜜色，暖色调，色卡号：76"。

有这些就够了。我收拾好床单上的文件，将它们锁了起来，然后合上了笔记本电脑。

我听到窗外传来车门关上的声音。是那个白人女人和她的黑人儿子，他们拖着行李箱穿过了停车场。孩子穿着皱巴巴的牛仔裤和白色无袖汗衫，汗衫在腰上卷了起来。他拖着一个几乎是他两倍大的紫色行李箱，脸上的表情很坚毅，仿佛满载猎物凯旋的猎人。

“宝贝，跟上，”他妈妈转过头说道，“把箱子给我拿吧。”

“我能拿得动，妈妈。”

“我知道，可是莱昂内尔，你这样会把箱子刮花的。”

“妈妈，我拿得动。”

我琢磨了一会儿这个女人，想弄清楚她是真的打算在这过夜，还是想教训保尔森先生一顿。看着莱昂内尔拖着行李箱，我的判断是两者都有可能。我改变了自己对莱昂内尔年龄的判断，我觉得他至少有 7 岁，甚至可能 8 岁了。他穿的球鞋鞋底磨了不少，鞋上有黄色的星星。他一头黑人专属的埃弗罗式短发已经长出来了，比一般的黑人小孩更明显。房间里的寒鸦资料还等着我研究，躲在这座城里的寒鸦还等着我去找。莱昂内尔在旅馆门口停下了脚步，转过头看见了我，而我也正在看他。不知道出于什么原因——可能是小孩子做什么都很可爱——他放开了行李箱的把手，伸出两条棕色的细胳膊，摆出了一个好笑的健美先生的姿势。我忍俊不禁，这时他妈妈回过了头，我赶紧躲回了屋里。寒鸦那张温柔、困惑又害怕不已的脸已经霸占了我的脑海，让我烦躁不安，这时我最不需要的就是没事找事和人聊天，和这孩子的白人妈妈说些“谢谢你的水果”之类的尴尬对话。

有照片的那一页文件仍然在我床上。他的肤色描述是晚夏蜜色，听着似乎有几分诗意，但其实不然。“晚夏蜜色，暖色调，色卡号：76”，这是美国执法官署警务指南里《肤色分类表》里记录的172种非裔美国人的肤色之一，这张分类表在全书的第9章《身份鉴定和描述指南》中。就我而言，我的肤色登记为“中等炭色，有黄铜亮光，色卡号：41”。

8

“见鬼了！”

“喂——你等等，小子。喂，说你呢，黑奴。站住，黑奴。”

我收住脚步，慢慢地回头看了看。我没有转过整个身体，只是回头看了看。

“行了，黑奴，别跑那么快！”那小子说话像唱歌一样，有加重语气的效果，咚——嗒，咚——嗒。说话的是木门廊台阶上的两个小子。我回到了上午来过的社区，这儿离那座天主教礼拜堂只有几条街远，我穿着制服，正打算过去。天色已近黄昏。今天一整天天气都不好，天空灰暗一片，没有一片云彩，也可以说，天空藏匿在了一整片乌云身后。

“奴隶们都跑得快啊，哥们！”

“你说得对，他是在跑。不快点跑到地里干活，就得当心他的主子说他迟到。”

两个人在那儿大声嚷嚷，相互击掌。旁边一台便携式录音机里放着嘻哈音乐。

我咬着牙，努力抵抗脑海里泛起的噩梦一般的回忆，在围墙里的生活瞬间映入脑海：吊在铁钩上的牛肉，流到下水道里的鲜血。我努力平复着情绪，稳住心神。

“你们是在跟我说话吗？”我对这两小孩说道，慢慢地，轻轻地，拍了拍胸口。

“对，就是你。”

“对，小子。”

两人从原本坐着的台阶上悄悄走了下来，将我围住，我像军人一般直挺挺地站着。他们掀不起什么大的风浪，也不可能看穿我的身份，这两个小孩应该没这个能耐。他们无非是没长大的淘气鬼，他们的父母是善良、勤劳的自由黑人，自己成天装腔作势，裤子系得很低，都快露出屁股了，却在这儿扮黑社会。两个小屁孩后面的门廊上有风铃迎风而响。这个门廊后面的房子应该属于他们辛苦了一辈子的老妈妈。

两人当中有一个长得很瘦，穿着无袖 T 恤，脑袋的形状像颗花生，他拉了拉 T 恤，露出别在腰上的手枪把手，那手枪看起来很廉价。两人来到台阶下面，一前一后将我围住。录音机里的饶舌歌曲结束了，然后又放起了另外一首，歌手大声喊出歌词，节奏中出现了低音贝斯的音色。我对饶舌歌曲涉猎不多，没听过这首歌。说唱里面有种无法言说的力量，其中蕴含的危险元素让很多白人心生畏惧，因此在一些地方禁止播放这种歌曲，无疑是出于对这种显露在外的力量的担忧。我也深表同意，觉得这种歌有点儿太闹腾了。听着听着，一个一个鼓点如同一记又一记重拳向我挥来，在我胸口点燃了一股无名怒火。

“我想你们认错人了。”我说道，口气依旧平和，甚至还略带一丝笑意，“我没去过围墙里。”

“是吗？”另外一个小子说道。他比花生脑袋的小子块头更结实，穿着一件印第安纳波利斯小马队的无袖 T 恤，露出两条肌肉虬结的胳膊。两只小眼睛精光四射，瞳孔是艳红色的，有点接近橘红色，他的花生脑袋朋友，皮肤浅黑，接近白人的肤色。“我觉得你在说谎。”长得挺结实的那个说道，不过他有点儿不自信，他转头问了问他的同伴，“他是在说谎吧？”

花生脑袋没理他，手掌放到了我的胸口中央，我一动不动，神态自若。

“你是个干苦力的黑奴，是不是？”他问道，“你已经干了很多年的苦力了，对吧？你觉得自己能值多少钱？”

“对！”另一个家伙帮腔道，“我们要是打电话叫人来把你抓回去，你说我们能挣多少？”

“打电话？”花生脑袋不可思议地回头看了看他，“伯纳德，你个白痴。打什么狗屁电话啊！应该把艾尔朗找来，他有个表兄，叫什么来着，专门抓逃跑黑奴的。帮他抓住这个逃犯，我们绝对能大捞一笔。”

我想着他说的那个表兄，那个名叫艾尔朗的人。确实，在各个城市里面都有抓黑奴的人，成天在黑人社区和自由城中扫荡，把那些走在悬崖边上的人推下深渊：假释犯，流浪汉，无力谋生的性犯罪者……这些都是他们的目标，把这些人抓上车，毁掉他们的身份证件，再卖给那些专捡便宜货的奴隶掮客。这帮掮客会偷偷把这些人卖给奴隶主。这种事很罕见，但并不代表没有，这是一个充满“奇迹”的世界。

“抓住他！”花生脑袋说道，但伯纳德有些犹豫，“抓住他，快点！”

伯纳德把我堵在他和门廊围栏中间，用身体挡住我的去路，我思索着对策。如果非要动手，我会在两个人逃走前先把他们制服。出手要快，一招锁喉手把两个人统统拿下，再对撞他们的脑袋让两个人晕过去，再把两人拖下台阶，塞进阿蒂玛车的后备厢里。然后我再向北开回旅馆，打电话给布里奇。我知道，他手下有个人专门处理这种事。那人叫费迪南德，是个古巴人。我没有他的电话，但我可以打给布里奇，让布里奇通知费迪南德。我可以这样解释，他们把我逼得没办法，我只能这么干。

“快动手啊，伯纳德！”花生脑袋催促道，一手握住了手枪把手，另一手在用手机打给艾尔朗，“抓住这小子。”

伯纳德举起了手，似乎想抓住我，不过他还是有些犹豫，有点儿拿不定主意。我把握住时机，开口说道：“换成是我，可不会这么干。”我的声音并不高，但说得很清楚。

伯纳德放下了手。他听出了我的言外之意，我声音里饱含经年累月的彻骨寒意，他看到了我眼中的寒光，就像是炽热的刀锋划过牛的皮肉，溅出一地牛血时染上的冷冽。

花生脑袋却没有明白。他放下手机，转过头来看向我，拔出了手枪。伯纳德皱了皱眉，他一点儿也不喜欢这个局面。

“放下！”我说道，“放下枪。”

“我要是不放呢，奴隶？”

“我不是逃犯，不是奴隶。”

“什么？”

“不过我也不是普通人。”

“什么？”

“我是个化作人形的恶魔。我披着蛇皮，长着狼爪。”

“你在说什么鬼话？”花生脑袋开始有点儿明白为什么伯纳德那么紧张了，他握着枪的手有些发抖。伯纳德觉得没必要再纠缠下去。“走吧，哥们。”他说道，拉了拉他的衣角，“走吧。”

“小子，在这世上，别人用双腿走路，而我用双腿追逐猎物。”我说道，“我的鼻子能闻到血腥味，我的身上布满了一道道的伤痕。”我望向远方的街道，继续说道，“我不是奴隶，可也绝非普通人。”

“他不是黑奴。”我听到伯纳德在我身后说道，“这家伙是个疯子。”

心里那些过往的苦楚一旦被唤起，就很难平息，这成了我的一块心病。那些不堪回首的记忆：待屠宰的牛的低声哀号，机枪上膛发出的“咔嚓”声，工作间里的闷热与恶臭，我握着电锯的手疼到抽筋，牛肉碎屑在空中飞舞，血污四溅、滴落……此刻如同一堵堵无形的墙将我包围。此外还有我的兄弟卡索，他的大眼睛在黑暗里闪闪发亮。正当我想离开此地继续工作，而这些旧时的回忆，以往岁月的片段，如同空中尘埃，如同一只只飞蛾，在我周围飘落，飘落到我身体上。我喘着粗气，终于从回忆中逃到了中央大街上。

“没事了，宝贝。”我轻声对自己说道，语气和缓、温柔，“没事了。”

暮色已至，路灯亮了起来。我长出了一口气。

回到预定地点时，我已经平静下来了。我穿着一双黑色工作鞋和印有“都市圈庭院设计”的连体工作服来到社区中心，衣服和鞋子是我从鲁本的皮卡后车厢里顺来的。我胸口的口袋上有用花体字印的名字：艾尔比，我挺喜欢这个名字的。我默念了两次，决定以后可以把它当成我的化名之一。

黄昏里，我站在社区中心外面，帽子掀到脑后，一边挠着脑袋，一边看着眼前的建筑，我知道自己现在活脱像一个园丁，干完一天活的庭院小工艾尔比，此刻脑子里多半在琢磨草坪的出水口在哪儿，或是回来返工，把老板新交代的枯蔷薇拔掉。我手上戴着很薄的橡胶手套，像个工人一样穿过两旁有树篱簇拥的走道，透过玻璃窗看向屋内，然后试了试窗户把手，看能否推开。

我吹着口哨，哼着小曲，蹲在地上，用手摸了摸大门上的铜锁，感觉上面是否有缺口和刮痕，琢磨是否被人捷足先登。曲子哼得越来越大声，我打开带来的小黑包，找到合适的钩子和拉杆，然后将两件工具伸进锁眼，开始撬锁。我一边撬着这把五金店买来的锁，一边想着假如自己现在让人发现的话我该怎么逃跑。往西不远是通往高速公路的天桥，我快步走过去就行，连跑都不用。路上把撬锁的工具丢进草丛，把艾尔比的工作服塞进垃圾箱，然后步行向西前往38街，走一英里就能来到高速公路入口匝道，然后随便搭上一辆车，就此逃之夭夭。

我把这个想法抛到了脑后，这是我一贯的做法。我哪儿都不会去，因为我这只孙猴子头上有一个看不见的金箍——在我体内有一个植入的装置，就在我的脊椎连接大脑的位置。当初是政府指派的医生做的手术，这个装置会把我的坐标实时传输给布里奇。据他们说，这个小东西比米粒还小，比钉帽还小。

他们还说植入我体内后，我不会有任何感觉，但事实并非如此，即使它不会发出声音，我也一直能感觉到它的存在。当四周寂静一片时，我能听到它在我体内细微的声音：发出轻轻的嗡嗡声，微微发烫，仿佛在奚落我。它是钩住我的鱼钩，是拖住我的船锚，是驯服我的缰绳。

我只花了不到一分钟就撬开了圣安塞姆天主教礼拜堂大门

的锁。我站起身来，把指节捏得咔咔响，点了点头，觉得挺满意，干得不错，园艺工艾尔比！然后我用脚拨开了门。

我快速走进空旷、安静的社区中心。里面有一间大厅，占了礼拜堂大部分的空间，十几张折叠椅在大厅内围成一圈，在后方还有一张咖啡台，似乎是瘾君子或酒鬼们开互助会的场所。我蹲下来，仔细检查了一张折叠椅，发现上面一点灰都没有。我检查了墙纸，看有没有裂痕，找了找地面有没有松动的地砖，接着清点了出口和入口。干这种差事，闯进别人的地盘，在房间内四下查找有没有地洞或是隐藏的入口，我还真不是普通人，既不是黑人，也绝非白人。我只是不停地行动，不停地工作，如同一台机器。我四肢着地，在地上慢慢爬着。

我拧亮手电筒，照向一处，再照向另外一处，顺着光线看着地上的污迹、土坷垃，几个烟头像断裂的骨头般歪倒在地。我觉得在这儿不可能找到那名黑奴，一个人缩在这黑漆漆的房间里，躲在一堆箱子后面，或藏在某块活动的地板下。我认为年轻的巴顿神父没那么笨，他很狡猾。虽然在此之前，有不止一件案子就是这么顺利地被我破掉了。那次是在布法罗，伯灵顿还是巴尔的摩？反正是在某个北方的城市，我要找的那个可怜虫就躲在一栋房子后院里给小孩嬉戏的树屋里。某个支持废奴的白人半吊子，好像是软件工程师或是什么别的上班族，简直是个傻帽，他自愿成为地下航线的干事，自告奋勇地告诉航线的人，在这名黑奴的下一段旅程之前，也就是前往加拿大安大略前，他可以给黑奴找个秘密的藏身处，让他躲上六天。

于是这个搞软件的家伙就把他的倒霉蛋安排到了他孩子玩的树屋里。我估计他觉得把他藏到阁楼上风险太大。或者，不管他多么良知未泯，要让一个黑皮肤的陌生人在他家里住上一星期，他仍然会心生顾忌。

那名奴隶根本不知道自己是怎么让人发现的。我看见一张糖纸，晃晃悠悠地从那棵树上飘下来，像是一片银色的树叶，我用手机镜头给躲在树屋的他拍了几张照，然后把照片上传到了安全服务器上，然后布里奇就安排了后续的事。我连车都没下，就了结了这个案子。

然而这一次不会像那个案子那么简单。巴顿很聪明，他不会让逃跑的奴隶躲在教堂里面。

我不是在找人，而是在找线索，线索也许是草丛里的一根断枝，也许是一棵有划痕的树……这些蛛丝马迹般的线索会指引我前往他躲藏之处的方向。而我果然找到了线索，我刚才就已经有预感了。在会议厅后面有一间窄小的厨房，里面有一台小冰箱，后面隐藏着一扇小门。这扇秘密小门上只装了一把很廉价的锁，这种情况就没必要再把我的工具拿出来了。我在地上找到了根回形针，掰成我要的形状，轻轻哼着曲子，三下五除二就撬开了锁，然后推门而入。

躲在软件工程师家树屋的黑奴的服役名叫汉德，很普通的一个奴隶名字。和寒鸦一样，他是从成衣厂（清水棉纺产品公司）里逃出来的，那家工厂位于密西西比州东部。哦，原来我发现他躲藏的树屋并不在布法罗、伯灵顿或巴尔的摩，而是在俄亥俄州的蒙克洛瓦，离托莱多市有30公里的距离。

即便是现在，我仍然保持着工作状态，明白了吗？我满嘴跑火车，述说以往的经历时总是谎话连篇，或半真半假，假装不记得里面的人名和细节，而实际上我却记得一清二楚，一直到现在也没忘。我记得他们所有人的名字。

我离开了圣安塞姆天主教礼拜堂，返回了车里，压根没管那个门廊上我偶遇的新朋友还在不在。我的身体由内而外都感觉到惴惴不安，似乎昭示着我刚才陷进了麻烦里面。天空乌云密布，却又不知何时风雨会来。

9

“她很好，多谢关心。”我一边说，一边走到寒冷而窄小的阳台上，从身上摸出香烟，“你妈妈身体还好吗？”

布里奇的回答是耐心的、不置可否的沉默，他向来如此。和从前一样，他在晚上 9 点 50 分给我打了电话，一如既往地询问我调查的进展。

“我的进展还不错。”我告诉他，“不过首先，我对这个案子的卷宗有点儿疑问。”

“是吗？”

“对。”我点燃一根芭芭牌香烟，说道，“卷宗里面的记载乱七八糟。”

布里奇既没有承认，也没有否认，呼吸也没有加快，只是静待着我继续说明。我不假思索地这么做了，和他打了这么多年的交道，我深谙布里奇沉默的含义。通过揣摩他的每次沉默是怒是喜，我学习到不少。而此刻的沉默，我感受到他要表达的意味是对我的容忍。他对我的问题没有兴趣，更不在意我的答案是什么，但为了得到我调查出的线索，他容忍了我的问题和答案。

“先说说那些护士吧。”我说，“发现她们的尸体了吗？”

“我不知道。”

“也许应该调查一下。”

“没错。我会安排的。”

我叹了口气，我的揶揄对布里奇起不到任何作用，如同水花拍打在战舰的舰艏。“是得调查一下。尸体不会凭空消失，不会自动分解成尸块。寒鸦肯定有同谋，署里知道这一点，对吧？”

“我觉得他们知道吧。”

“你觉得他们知道？”

“维克多，你现在要做的，是集中精力调查你应该调查的线索。”

“哦，好啊，没问题。那我们就来看看我该调查的部分。你手上有这个案子的卷宗吧？”

我知道他有，因为在我说话的时候，我听到了他敲击键盘，翻阅文件页面的声音。“行，你先翻到第 9 页。里面有南雄公司的证词，有法官的判决，但没有法官的名字。里面只说……”我努力回想上面的文字，而卷宗在我屋里的床上摊开着，“上面只说‘判决是由一位亚拉巴马州地方法院的法官下达的'。"

"有问题吗?"

"是哪位法官?"

"哪位法官?"布里奇的沉默表明他已经变得不耐烦了,"奴隶主证实有奴隶逃跑,给出了奴隶潜逃的细节。法官记录了聆讯过程,下令出具法庭记录文件,并签署了他的令状。"他继续说道。

"可能是男的他,也可能是女的她。"

"好吧。"

"这法官可能是男的,也可能是女的,卷宗里并没有说清楚。"

"维克多,这事重要吗?"

我吐出一口烟,看着它飘散在停车场上空。布里奇说得没错,就我们的任务而言,就查清楚这名逃犯的藏身处而言,下达判决的法官究竟是谁并不重要。记录卷宗的人办事不力,这才是我心烦的原因,当涉及人命时,准备工作的不完善总是让我觉得如芒在背。不过,我并没有纠结此事。布里奇的沉默中蕴含的不耐烦越来越明显,我很清楚他对我一再紧逼的容忍是有限度的。于是我直接跳到最重要的,让我最不能忽视的问题。

"我们怎么知道这个逃犯在印第安纳波利斯?"

"卷宗里不是这么说的吗?"

"不,卷宗里没这么说。"

我退回屋内，没关阳台门，房间的大小刚好能让我既不用收回拿烟的手，又能歪着脖子看见床上摊开的卷宗。

“里面写的是：‘已知疑犯有潜逃回印第安纳州印第安纳波利斯市的意图’。”

“说得很清楚啊。”

“说得很清楚？你倒是说说看，这哪一点说清楚了？”

“你什么意思？”

“我的意思是……”我不耐烦地抽了口烟，烟灰落到了床单上，烟灰如雪花一般飘落到了文件上。该死的卷宗。“卷宗并没有说他人在何地。只是说已知他有潜逃到这儿的意图。请问，这句话到底该怎么理解？”

我能听到他倒吸了一口气。他正要回答，话到嘴边却停下了，给我的反而是又一次的沉默，我从没感受过的沉默，里面有一丝犹豫和不确定。我回到了阳台上。

“你还在吗？”

“卷宗里已经说清楚了，他人是在印第安纳波利斯。”

我把那个句子又给他念了一遍，和每一次看到时一样，我对其言辞之模糊、遣词造句之生硬感到深深不解。即使以政府的行文风格来看待，其文字也太过拙劣了。*已知疑犯有潜逃回印第安纳州印第安纳波利斯市的意图*。除此之外，在这个句子的末尾，还有一个奇怪的标记，一个剑形符号，大概是指存疑的意思。

“你看到那个备注符了吗？”我问布里奇，“你拿到的卷宗上有备注符吗？”

“有。”

“什么符号？”

“我没看出来。”

我凝视着这个句子，凝视着这个备注符。在这一页的文末并没有任何与之对应的符号，页面底下没有修订或附加的文字。我听到布里奇点击鼠标的声音，他也说没找到，他那份文件同样也没有备注：备注符号却没有对应的备注，只有一个指向空白的剑形符号。

“好吧。”他说，“我会去查的。”

“好的。”

“维克多，你的调查有什么进展？”

显然，问问题的时间结束了。我用烟头点燃了一根新烟，告诉了布里奇他想知道的事。

“我从巴顿那儿搞来了一点线索，我跟着线索在西边的黑人区找到一座礼拜堂。”我说道，“礼拜堂没开门，但巴顿去过那儿，可能还带了别人。教区管事的人几个月前已经查封了这个场所，但门上挂的是把新锁。我敢打赌这里是地下航线新的临时总部，他们一直在玩这种危险游戏。”

“知道了，还有呢？”

我叹了口气。布里奇不是那种会拍拍你的肩膀，对你的辛苦付出表示嘉许的人。

“维克多？”布里奇催促道。

“我一分钟就撬开了锁。”

“然后呢？”

“我看了看里面的情况。”

“你找到那个逃犯了吗？”

“对，布里奇，我找到他了，他就在我房间里。我们还叫了客房服务，点了炸鸡和西瓜[①]。”

然而这些话对布里奇毫无作用，完全激不起他的火气。于是我一边看着停车场路灯下的汽车，一边继续说下去。为了给布里奇调查这个案子，我在圣安塞姆天主教礼拜堂撬开了秘密通道外面的胶合板，然后进入了巴顿神父的密室，在里面找到了一堆和教务完全无关的东西。里面有不同厂商生产的、不同口径的六支枪，每把都不带序列号，三件防弹衣，满满一鞋盒的驾照，有黑人的也有白人的，有印第安纳州、伊利诺伊州和宾夕法尼亚州的。我又撬开了一个上锁的箱子，里边装满了卷起来的各种面值的钞票，应该是他们的活动资金。

而最出人意料的是，在这个狭窄的空间里有一张小小的课桌靠角落放着，课桌底下粘着一张照片。照片拍得非常清晰，应该是那种很厉害的长焦镜头拍的。照片里两个白人的脸一清二楚，而他们当时正在从事的活动也让镜头分毫不差地捕捉了

① 请黑人吃炸鸡与西瓜这两种食物，被视为对黑人的歧视。——编者注

下来。

“他们在做爱？”布里奇问。

“是的，长官。在做爱。”

出于不适与尴尬，布里奇无言以对。真难得，真该奖励他。我想到这儿就笑了。

“你的意思是……”布里奇最终说道，“巴顿神父有拍色情照片的嗜好？”

“不是。”我说道，忍不住翻了翻白眼。布里奇，整天坐办公室的布里奇，完全没有一点儿社会经验。“他没有拍色情照片的嗜好，他是用这张照片去勒索别人。”

我把这件事给可怜又愚蠢的布里奇解释了一遍。照片里拍到了两个男人，一个人除了脚上有一双袜子外全身赤裸，而另一个脑子进水的人还穿着绿色的制服衬衣，于是镜头拍到了他在的公司的标识：一个由紫绿两色绘成的地球，旁边有一些直线做装饰。在这两个人后面是一堵砖墙，上面有一排时钟，在时钟下面也有着同样的公司标识。在布里奇给我打电话前，我就已经知道了，这是寰宇物流公司，一家负责短途和长途运输的第三方货运公司，主要做小型货物的运输，在印第安纳波利斯设有地区总部和“客服中心”。

“照片里这个与情人幽会的男人有可能已经结婚了。”我告诉布里奇，“也许他不想自己的老板知道下班后他在办公室里干什么。总之，地下航线的人以此为把柄要挟他，让他安排运输车辆。”

“你知道他叫什么吗？”布里奇的声音恢复了惯有的镇定。

“温斯顿·比布，他是地区副经理。”

“你和他见过面了吗？”

我说没有，布里奇问我为什么没有。我往肺里狠狠吸了一口有害的烟，然后说道：“因为我受够了他们把我当成机器人使唤，受够了把我的能力和灵魂都交给一个独断专行的国家驱使，总有一天我会化为一把利剑，插进他的胸口。”

布里奇听完后并没有笑。他依然保持着沉默，我用同样平静的声音告诉他：“我还没去寰宇物流公司，因为已经到了晚上，公司已经关门了，而且我怀疑就算我破门而入也找不到太多有用的东西。明天我会去见见这位可怜的温斯顿，查清楚地下航线的人逼着他安排了什么运输任务，从而让寒鸦搭车逃了出来。”顺着这条线索我可以查出是谁、在哪儿收的货，顺藤摸瓜，最终找到寒鸦，接着打电话通知局里，然后布里奇安排的白色面包车就可以逞着政府之威杀到他的躲藏之处，将他带走。

在我汇报工作并和他拟订后续计划时，我能听到布里奇敲击键盘的声音，感受到他呼之欲出的满意之情，顺着电话线，顺着我们俩之间的隐形电波传到我这儿来——我把这位官老爷伺候舒坦了。又一个案子，基本上就要结案了。

“不错。”他说，“很好。”

工作基本上快说完了，我又把心里的疑问提了出来：“我对这个案子还有一个疑问。”

“什么疑问？”

“这家伙是什么来历？”

“你什么意思？”

“卷宗里完全没有他的奴隶交易记录，里面只提到他服劳役已经有 19 个半月了。那么在这之前呢？他已经 23 岁了。卷宗里根本没有他的家庭背景介绍，也没有他的婚姻信息。他在潜逃前的资料全都被涂黑了。”

布里奇没有马上回答。在窗外的茫茫夜色中，我听到一辆车发动的引擎声。我试着根据引擎的声音和车灯的形状猜测是什么车：引擎工作时的声音很尖锐，应该是辆印度产的便宜货。坐在办公室的布里奇估计正双眉紧蹙，看着电脑屏幕，浏览着相关卷宗，想要找到与此有关的记载。

“他有可能是别人继承来的遗产……”他最终说道，“或是别人送的礼物，或是打牌赢回来的。”

我抽完了一根香烟，把烟头弹到了地上：“现在还有这种事吗？”

“什么样的破事都会有。”

我皱了皱眉。体内一股怒气像野兽一样很不安分，撕扯着我的胃，想要破体而出：“你能查一下吗？”

“我会查的。”

“你说的是什么意思？”

“意思是我会去查这件事。”

这又是一件稀奇事，我认识布里奇已经有好几年了（虽然我并不了解他），这是他第一次说话时提高了声音。他第一次改变了腔调，他虽然在掩饰，但仍能听得出来他对这件事……很上心。他刚才的那句话铿锵有力。

卡索的眼睛在夜里显得特别地大。

他有一双明亮的眼睛，黑白分明，像两颗孪生的星球。当我和卡索同床而卧，盖着一床被子时，我的世界仿佛只剩下他的一双大眼睛。我们住的屋子靠着最北边的防护栏。夜里屋内黑漆漆的，只有几丝月光透过高处的小窗洒进来，然而在被子下面，我总能见到卡索的双眼。他如同我的兄长。等到别人熟睡之际，等到老汉和其他人睡着之后，他会叫醒我。几乎每天晚上，到了半夜，他就会摇我的肩膀，直到我醒来。这事是什么时候开始的呢……天哪，我已经忘了，是我 6 岁的时候吗？还是 7 岁？当时我还只是个小孩，不过那时候，我已经在畜栏里干活了。那时候我已经上过学了，我应该已经有 8 岁了，而当时卡索已经离开畜栏去屠宰场上工了，他总领先我一步，从小便是如此：当我离开育婴室去上学时，他已经上完学了，开始到畜栏干活了。

“汽化器。”

“什么？”

我的小脑袋瓜还没清醒。我记得当时又困又累，我望着卡索的双眼，很大，黑白分明，令我恍如隔世。

“来，跟着我念，汽化器。”

“汽化器。”

当时他10岁，而我只有8岁。我们只是两个小孩。我不知道他怎么能在半夜里醒过来，可他就是醒了，而且还一直摇我，直到我也醒过来，然后他会给我说故事，教我念单词。

屋内其他人正在酣睡，发出平静的呼吸声。老汉在大声打着呼噜。屋里只有我跟卡索在半夜里醒着，为了彼此而醒着。

“很好，宝贝！咱们接着说，汽化器是汽车或拖拉机上的一个零件。那种迷你车上也有汽化器，就是白人劳工开的那种车。它是引擎上的一个零件，帮助引擎启动用的。”

“好的。”我的头又慢慢倒向枕头。卡索用手指弹着我的脑袋，说：“不行，宝贝，不能睡，宝贝，不能睡，睁开眼。我还有几个词要教你。”

我抱着他，躺在一床破被子下面，在半梦半醒之间，复诵着他教我的汽车零件和城市名。

“蒙特利尔。”

“蒙特利尔。”

“芝加哥。”

“芝加哥。”

离小屋不远，在农场的另一头就是牛群住的畜栏，牛轻轻地哞叫着，伴随着夜风飘到了我们耳朵里。

卡索也会和我说故事：一个人被一条鲸鱼吃进肚子里，然后又自己游了出来。一男一女互相爱慕，杀死了一个巫婆，并且吃掉了她。

当然，我们的声音必须很小，轻得就像是没发出过任何声音，仿佛只是在脑海里与彼此对话。在床上躺着聊天是违规行为：既耽误休息，又浪费时间。和我们住在一起的有个人叫伯恩斯，他在我们这群小孩中算岁数大一点的，但却瘦得像竹竿，肘关节突出。有人举报他手淫，这违反了好几条规定：除了耽误休息，浪费时间，还有亵渎上帝，忤逆贝尔先生。夜里他被人从屋里拖出去时，我们都听到了他的惨叫声。当场，他们在一名监工的监督下，听取了两名证人的证词，然后由监工担任裁决，决定将他关进黑棚里。黑棚离我们在防护栏边上的屋子只有几码远，一整晚我们都能听见伯恩斯在黑棚里的哭喊求饶。

“他现在肯定玩不了自己的老二了。”哈勃说道，“因为他们把他的手绑在了身后。”哈勃一脸坏笑，如同匕首的利刃，每当其他人受苦之际他就会露出这种笑容。

“对，他现在肯定老实了。”我很清楚是谁告发了可怜的伯恩斯。

然而卡索和我却很规矩、很安静，所以没有惹出麻烦。在我小的时候，老汉向来睡得很沉，一沾枕头就睡过去了，不到天明根本不会醒。我估计哈勃从来没有听见过我们说话，其他人也没有听见。我们仿佛有魔力护体，在被子下面，我和卡索存在于只属于我们两人的小天地里，陪伴我们的只有淡淡的月光，仿佛我们在一片银色的汪洋中漂流浮沉。

当然也有很多个晚上我不想醒过来。在畜栏里忙碌了一天后我全身酸痛，炽烈的太阳晒得我头疼，蹲得太久后背疼，拖拉各种粪桶、装瘤胃的桶、不停地用耙子打理稻草，这些活儿让我的胳膊疼。我真的不想让卡索半夜叫醒我，在我耳边教我各种词汇，与此同时，我又一次感受到浑身的疼痛。有时候，他那双黑白分明的大眼睛在夜里就像探照灯一样刺眼，我会不耐烦地、急躁地在他耳旁抱怨，抱怨他不该叫醒我。

“听着，宝贝！”我抱怨时他会这么说，却从来不会对我生气。我知道我们俩之间只有他永远不会对我生气，“听着，宝贝，只有晚上我们才有独处的时间。这是属于我们的机会。”

“我们的机会……”困得要命的我就连说话都带着倦意。

“没错。要是错过了，那我们就是傻瓜。”

“那其他人呢？”我眨着眼，努力睁开像涂了胶水似的眼皮，扭头看了看屋内的其他人。

“他们怎么样呢？”

“他们是傻瓜吗？”

“不是。”他不会这么说，他从来不会说别人的坏话，“他们只是——宝贝，你懂的，我们和他们不同。”

这句话总是能打动我，能和他心意相通真好。我会用疼痛不止的胳膊支起身体，努力眨眼，直到完全清醒，然后听我的好哥哥说话。

我在畜栏干了半年或一年后，有一天突然在牛粪里看到一抹黄色。粪堆里经常会见到外来异物，牛或山羊都会把异物吃进肚子里，然后异物会不知不觉地经过它们的肠胃再排泄出来，比如石头或玻璃，有一次，我在它们的粪便里见到了一根床垫弹簧。然而这一次，在棕黑色的粪便和猩红色的蔬菜残余物里，有一个小小的塑料气球冒了出来，比一节拇指小，颜色是亮黄色，如同鸟喙。我差点儿就没有注意到它，不过还是发现了，它引起了我的注意，我捡起了它，发现里面有东西。

我拿出来一看，是一张纸，折了很多次的一张纸，折到最后，它竟然坚硬得像一块小石头。我躲到畜栏的阴影处，像地精一样蹲守着，小心翼翼地一层一层打开了这张纸。

纸上并没有文字，只有图画，黑人们挥舞着拳头，挣脱了身上的镣铐。黑人们从白人手里抢过枪支，白人的脑袋被砍掉，脖子上汩汩地流出墨黑色的血液。我看不懂上面的文字，只能读懂里面的标点符号：一个大大的红色惊叹号。贝尔农场到处都是带有惊叹号的标语，“禁止进入那里！”“必须戴上面罩进入这里！”“只有监工和员工能通行！”我知道惊叹号的含义，我也能看懂纸上画的鲜血，但并不知道这张纸的内容在表达着什么，但是我凝视这张纸时，心里升起了一股奇特的力量，仿佛内心的什么东西融化了。

我仔细地将纸重新叠好，和我发现它之前一样把它塞进气球里，再藏到我的袖口处，然后继续忙碌当天的农活。有人让我们的牛吃下了这个气球，他是故意这么干的。他这般工于心计，让我非常惊讶。我一整天都把这张纸藏在袖口，后来把它交给了卡索。后来在我们上厕所时，他说已经扔了这张纸，这让我松了口气。

“你真是疯了，小弟。”他当时这么对我说，虽然他的语气仍然和缓，但是我从来没有听他说过这种话。在排队吃晚餐时，我偷偷地从袖口中取出这张纸，塞到他的手里：“你能看懂上面的话吗？”我在上厕所时问他，他并没回答能不能看懂，只是说我是个疯子。他告诉我他把那张纸冲到了下水道里，提醒我别再把这种会惹麻烦的东西交给他。

卡索那天晚上没有叫醒我，而我却自然醒了，我看见了那天夜里的他。后来我一直没有跟他说过这事，但我当时确实看见他了。我看着他，如同看着一个幻象，他手里攥着那张纸，在夜里用他那双黑白分明的大眼睛凝视着纸上的内容。

我不知道在我和布里奇通完电话后发呆了多久，也许是几分钟，也许是几小时，我回过神来时，发现自己站在屋子中央，一手捂着嘴巴，鼻孔里喘着粗气。

卡索！上帝啊，我怎么会想起卡索？我已经好多年没有想起过他了，没有想起他这个人或他的名字，没有想过他后来怎么样了。

然而此时此刻，这段回忆突如其来地向我袭来，像是一大群昆虫把我包围了起来，又仿佛我还在农场，陷在齐腰深的恶臭粪堆里。而通常我完全不会想起这些事。

当我不需要研究案情、翻看文件时，我会忙着享受这世界的美好，享受各种自由，享受自助早餐、旅馆里的干净床单、窗外的鸟啼，以及我的阿蒂玛车里播放的迈克尔·杰克逊歌曲。虽然我知道这些回忆仍然深埋在我心里，当年之事、当时之情，与我的心跳相生相伴，与我的血液一同在身体里流淌。仿佛我只要割破皮肤，一段可怕的回忆就会和血液一起流出来。

我费了很大的劲才把它们压在心底，然而现在却功亏一篑。我这个可怜虫，住在都城十字路口旅馆，在薄薄的拼花地毯上来回踱步，仿佛双脚正踩在陈年的血污上，感觉到脚上的水泡被靴子硌得生疼。

我不知道自己是什么时候睡着的，是怎么入睡的。我后来肯定是睡着了，但我能感觉到自己在床上辗转反侧了好几小时，才把那些不堪回首的记忆全部清除出脑海。

10

“德克森先生？起床了。赶紧醒一下！”

我睁开眼睛，发现面前坐了个人，腿跷在旅馆摇摇晃晃的桌子上，笑容满面。他是那个我在餐厅遇见的警察，黑人警察，他的车牌号是 101097。

见我醒了，他扬起双眉，脸上笑意更盛，笑得像条鳄鱼：“你睡着的时候还在说梦话呢！”他继续说道，“怎么了，你做噩梦了？”

我在张嘴之前先准备好了德克森的声音：拘谨，紧张，刚从疲惫不堪的浅眠中苏醒。我四处找着眼镜，找到后把眼镜叠好，放到了床边的闹钟上：“哦，警官？你……你找我有什么事吗？”

警察笑意不减，收回了跷起的腿，结实的巡警皮鞋踩到了地毯上。他单手托腮，向前靠了靠。我戴上眼镜，往鼻梁上推了推，目光从他的眼睛扫过，然后看向他的皮带，再看到他别在腰间的警枪，是一把格洛克手枪。很多大城市的警察都用格洛克手枪。

他的肤色是栗黄色，带一些向日葵的亮黄，是颜色卡的第145号。当我再次看向他的脸时，发现他虽然仍然在笑，但眼中并无一分笑意。

“德克森先生，”他淡然说道，“有些事我们得聊聊，对不对？”

我心下暗想，真他妈的该死，而嘴上说的却是：“好啊。”我的嘴里冒出的是德克森的怯生生的声音，眼里满是疑惑不解，“我是不是有麻烦了？”

“你问的这个问题很有意思。”警察说道，“每次有人问我他们是不是有麻烦了，其实他们都知道自己有麻烦了，而且也知道自己惹的是什么麻烦。”

他边说边笑，看他的嘴脸就能看得出来他是个爱笑的人。这个一脸狞笑的警察，是个英俊的“恶棍”：光滑的栗色皮肤，雪白的牙齿，一双炯炯有神的大眼睛，一头漂亮的埃弗罗式短发。他整个人陷进椅子里，头枕双手，一脸的轻松自在，等着我回答。我在想他了解我多少底细。他是不是查出了我不是吉姆·德克森，我也没有老婆？或者他知道的和布里奇一样多？和马里兰州盖瑟斯堡的那帮官员知道的一样多？他是不是撬开了我的日产车的后备厢，撬开了我上了两把锁的假衬底，找到了一堆假证件和一卷卷的百元大钞？

我同时在想他的格洛克手枪上有没有消声器。消声器不是警枪的标准配备，但很多警察喜欢给枪配上消声器。

警察站了起来，挠了挠后脖颈，不紧不慢地向我走来。我的床头柜上有一个记事板，上面有一支圆珠笔，我可以把它插进他的气管里，不过他可以先用格洛克手枪放倒我。他的反应很敏捷，从他走路的动作就能看出来，动作优美，收放自如，像球类运动员一样。

“对不起，警官，可我……我不太明白你的意思。你找我干什么呢？”

我正要从床上起来，他用两只手比画了一下，双手做了一个向下压的动作，示意我别动。他坐到了我边上。

“几天前你和帕特里克·巴顿神父一起吃了晚餐，他是梅里迪安街上圣凯瑟琳教堂的教区神父。”

他说这话的时候趾高气扬，仿佛我应该无比震惊，表现出难以相信他是怎么知道这一切的惊讶神色，于是我“顺从”地张开了嘴巴，摆出讶异的表情。

“你们是在喷泉餐厅吃的饭。”他眨了眨眼，“你吃的应该是鱼，对吧？”

“我的天哪！”我说，“你怎么知……”

“因为我也在场，老兄。”他又露出扬扬自得的笑容，“我喜欢那个地方。”他拍了拍肚皮，继续说道，“可能有点太喜欢了。总之，我基本上听到了你们的对话，知道我的意思吧？”

“我不懂！”我说，“你是……你是在监视巴顿神父？”我皱紧眉头，往前凑了凑，灵机一动说道，“你在和巴顿神父一起做事？”

“没错。”他笑得越发得意，“其实，你可以说我比巴顿对这事更上心。”

我狂跳的心脏平复了一点儿。可怜的老吉姆·德克森仍然惊慌失措，舔着嘴唇，调整着眼镜，然而心里面我已经有了一番计较。我觉得眼下这名警察来访，可以算是，案子有了进展。

“所以你算是，神父的……保镖？”

“保镖？”警察做了个鬼脸，“应该说我负责那小子的安危，好吗？在我们的大善人传播上帝的福音时保证他不受伤害。”

“等一下。”我打了个响指，揉了揉下巴，脸上露出恍然大悟的神情，“我记得还有一个警官和你在一起……”

“那个白人？脖子很粗的那个？那是莫里斯警官，我有时跟他搭档。大部分时候我们会一起吃晚餐，所以我在看小孩的时候也会带上他，他是个头脑简单的人，我要是拒绝了他，他可能会觉得很不爽，会开始问东问西的。”

“所以他并不知道你是……你是……”我有意没把话说完，瞪大了双眼，充满着期待。

“我的兼职是给地下航线的人帮忙？把黑奴从苦难四州里运出来？当然了。”他把最后几个字说得很慢，像太妃糖黏牙似的拖着每个字的尾音：当——然——了。“除非有漂亮妞提醒他，不然莫里斯警官就算身上着了火也不会知道。”

“那个……那个，对不起，警官。”我无辜地耸了耸肩，“我还是不明白你为什么找我。”

警察突然从床上站了起来，低头看着我，脸上的笑容化为了刚硬的线条，眼中也浮起一丝默然：“我听到了你和神父说的话，老兄，我知道他拒绝了你，说什么‘你找错人了，我帮不了你的忙’这样的鬼话。他无非是小心谨慎而已，这是我们的做事风格。尤其考虑到……”他向前凑了凑，扬起双眉，“尤其考虑到我们才刚刚救了个人出来。”

德克森睁大了双眼，然而我在内心里却另有一番盘算。我知道这事，兄弟，我知道你们刚救了个人出来。是个穷困受难的孩子寒鸦，他是上周日晚上从亚拉巴马州的一家成衣公司里逃出来的，是你们帮的忙，“用一架隐形飞机”把他带到了北方，他现在躲到了这座繁忙的北方城市里。而我已经找到了巴顿的把柄，找到了巴顿的秘密基地，还找到了牵连在内的温斯顿·比布和寰宇物流公司，现在我还发现了你，你这个爱笑的白痴，我知道我们会找到寒鸦的。布里奇和我，天杀的布里奇和我会找到他的。

爱笑的警察仍在口若悬河，他现在在房间里来回走着，越说越起劲。

“通常呢，神父立的规矩是，救一个人，歇一阵子，等风声过去。干这一行要小心为上。干的次数越多，就越有可能让黑奴猎人发现我们。”他在屋内来回踱步，如同笼中的老虎，

“不过我呢，我不是这么想的。我觉得有人需要帮助，比如你这样的人，我们就该帮忙，如果中了圈套，自己认倒霉好了，但应该尽可能地多救几个人。最好能把 300 万黑奴都救出来。对了，你老婆——她叫什么名字来着？”

我犹豫了半秒才想起她的名字：“简特尔。”

“没错，简特尔。她在卡罗来纳，对吧？”

“是的。”

“她在卡罗来纳挖铝矿。所以你看，这事就不一样了。她是在另外一个地方。要救她出来安排就不会一样了。实话告诉你，我想负起更大的责任，在航线里办更大的事。我想巴顿虽然听了你的经历，但并不明白你的遭遇，你懂吗？”

他看了我一眼，我明白他要什么，点头如捣蒜。我仍然坐在床上，早起的尿还在憋着。

“可是呢，巴顿不会听我的话。我可以安排甚至运作整件事，但我没管钱。他是接受捐款的人，他管着钱袋子，他才是航线的老大。”他鼓起腮帮子，吐了口气，“再说，你看看我，明白了吧？咱俩都一样。在他眼里，白人才是救世主。黑人最好老实待着，等着别人来拯救他们。我把他这种人称为有‘知更鸟思维’的人。”

他提到的是那本小说[①]：一名从亚拉巴马州逃出的黑奴躲到

① 此处指《杀死一只知更鸟》（*To Kill a Mockingbird*），作者是美国作家哈珀·李（Harper Lee）。——编者注

了田纳西州的小镇里，勇敢的白人律师将他从一个恶棍、一名有种族歧视的执法官手里救了出来。我当年在芝加哥图书馆的地下室里看过上百本书，这本书就是其中一本，在我自己赢得的自由的美好岁月中，在忐忑不安中，我尝试通过阅读来提升自己，我还记得这本书让我深受感动。不过，书中的重点却放在了那个英雄身上，英雄情结属于那名善良的律师，这进而说明这个白人是救世主，那名黑奴是待拯救者。

“所以我觉得，我应该带你再去和神父见一面，帮你说服他。我们帮你把老婆救出来，然后我呢，也能混个更高的职位。让神父知道黑人兄弟能干出怎样的成绩，你听懂我的意思了吗？”

“我听懂了。”我说，“我听懂了，兄弟。”

万分紧张、惊慌失措的吉姆·德克森突然说“我听懂了”，这让他有些意外。警察张嘴大笑了起来，我看见他嘴里边正嚼着一块粉红色的口香糖。

昨晚的梦仍然让我心有余悸，卡索的大眼睛与牛粪的恶臭在我脑海里挥之不去。我定了定神，努力将这些念头压下去。我想起了我那位可怜的、亲爱的、完全虚构的老婆简特尔，她戴着头灯，穿着连身工作服，身上的镣铐拴在小推车上，推着那辆车子在漆黑的矿场里走着。

“好了，赶紧起来，老兄。”他说，“我们该走了。”

“上帝啊！”我说，“上帝啊，谢谢你。”

我从床上跳下，双手握住警察的手，他看向一旁，我不停地说着“谢谢你”“上帝啊”之类的，而我心里想的却是：抱歉，寒鸦。我已经控制不住内心的情绪，德克森和我都控制不住了，我的眼泪流了出来，嘴角颤抖不止。

“好了，没事了。”警察一边摇着头说道，一边将我扶了起来，“没必要为这事哭哭啼啼的，走吧！”

他在门旁等着，我平复好心情，换上衣服，上过厕所，刷好牙，同时不停地对他说“谢谢”。他的手仍然在别着枪的腰带上交叉着，对于吉姆·德克森哈巴狗般的热忱忍俊不禁。

“等等！”我准备好出门时说道，“那个……我还不知道您的名字呢。请问您的尊姓大名？”

“库克，”他说，一边推开房门，“我叫威利·库克。好了，走吧。我们还有人要见呢。”

11

威利·库克警官带着我坐上了他的警用巡逻车，向南驶去。他开车时，一边手指轻轻拍打着方向盘，一边嚼着口香糖。我沉默地坐在副驾驶座位上，有些局促不安，他的眼睛一会儿看向前方路面，一会儿看着仪表台上的车载电脑，电脑上显示着按字母顺序排列的警务代码。车子在海浪大道穿行时，我们看到了一群黑人小孩，他们在狭窄的人行道上打打闹闹，其中有一个个头很矮的小家伙，推着一辆自行车，穿着一件连帽衫，帽子拉得很低，遮住了眼睛。库克放慢了车速，突然按了一下警笛，示意小家伙把脸露出来。他的朋友们在一旁笑闹，他慢慢地拉开了帽子，嘴里骂骂咧咧着，像被别人踩到尾巴一样。

“真缺心眼。”库克摇着头说道，叹了口气。我在后视镜里看到小孩竖起了中指，仿佛一尊带着无限怒气的小雕像。“别看这帮小子现在骂我，可他们以后得懂规矩，脸必须露出来，没什么可说的。我给他一个警告总比这帮家伙把他登记在案好。”库克指了指车载电脑的屏幕，他的同事在绿色屏幕上显示成一个个的白色数字，“皮尔警官今天当班。看见那小子把帽子戴得这么低，他会直接把他的头砍下来，再给他的尸体戴上手铐。他要敢拒捕，那可不是开玩笑的。”

我点了点头，注意到一些细节。警方用的是车载数据传输系统（DPSC），而印第安纳的逃犯数据库系统（IDACS）和全国系统（NCIC）是连接在一起的，和执法官已有的逃犯数据库系统也是彼此相通的。我盯着执法官署的数据看了一会儿，等着看到寒鸦的名字冒出来，不经意间，我竟然发现库克正在打量我。

“局里面可以重设系统，把黑奴的逃犯消息去掉。”他说，“但我告诉他们不用麻烦了。那种资料实际上挺好用。”

他眨了眨眼，我对库克警官生出了几分佩服：玩着间谍的游戏，过着双面的生活。他本来不需要看到逃亡奴隶的名字和假名出现在他的电脑上，因为根据《摩尔修正案》，黑人警察可以不执行逃犯法令。然而库克警官愿意接收这些信息，以便向组织的同伴通风报信。他不是唯一一个这么做的警察，很多白人警察也这么干，很多警察局局长和管理公共安全的高层主管对废奴主义或同情，或保持中立。这也是执法官局在调查逃亡奴隶案子时或多或少不再依赖当地警察局的原因之一。取而代之的是，他们开始征用像我这样的人，他们也在玩间谍游戏。

库克警官仍在嚼着口香糖，手指拍打着方向盘。他的一根手指上戴着一枚方形的大金戒指，金光四射。仔细一看，那是一枚毕业戒指。他也是个有经历的人。

“那个……能问你件事吗，警官……”我有意让我的声音——德克森的声音，变得又尖又细，“我们这是要去哪儿？”

“纪念碑圆环，林肯像下面。我给巴顿神父发了短信，请他来见我们。”

“你说了见我吗？”

他看了我一眼，说：“我跟你说，老兄，做这种事得聪明一点。我只是跟他说正在处理的案子有新情况。那孩子现在好好地躲起来了，不过我们正在想办法给他安排‘中转航班’，把他送到科特圣庐[①]去。”他企图用正确的法语发音念出这个地名，可惜听起来完全不是那么回事。他哼了一声，“反正就是那个地方，有人叫它‘小美国’。我们一直在等那些合作者的消息，几个加拿大佬，我们还不知道他们怎么和我们联络。所以我就跟巴顿说，我有了那边的消息。”

我点了点头。我关注到了所有的细节，包括寒鸦预定的逃亡路线（小美国——蒙特利尔郊区，开始新生活），也包括他现在的情况（现在藏在一个安全的地方，等着前往加拿大的转运）。而我掌握的情况超出了库克的想象。我知道的事情比他知道的更多。我淡淡地点了点头。车子的雨刷擦拭着挡风玻璃

① 原文为法语（Côte Saint-Luc），是加拿大魁北克省的地名，邻近蒙特利尔市。——编者注

上的雨点。

我斟酌着措辞问道："你们通常都是这么办事的吗？把一个人安置到北边？如果对象是女人，也能这么操作吗？"

我调整了一下坐姿，调整成德克森该有的坐姿，心里怀念着心爱的简特尔，想象着她身穿毛皮大衣，手戴厚实的手套，住在风雪交加的"小美国"的场景。

"通常是这样。"他皱眉说道，"应该是这样吧。我不负责这一方面。"

"这一方面是巴顿负责吗？"

"不是。"库克翻了下白眼，"巴顿神父大部分时间都在干一些无聊的琐事，到处去演讲、募捐。由一伙人负责营救，另一伙人负责把营救的对象带到北边，还有一伙人负责把营救对象藏好，准备继续北上。明白吗？大家不会互相联系。"

我点了点头。这是地下行动的典型风格：很隐蔽，大家各自为战，只知道应该知道的事，只负责分内的事，处理事情时干脆利落。我们开上了一座大桥，大桥跨过污浊的河水，然后又驶入了一条街道，经过了一座座快餐连锁店和小型的办公楼。有流浪汉睡在公交车站的长椅上，街上有门面出租……所有北方城市都是这幅景象，千城一面。

"这位可怜的兄弟，"我小声且犹犹豫豫地说道，"你们刚刚营救的这位，获得自由后的他适应得还好吗？"

"嗯……还行。"库克磨了磨牙，飞快地偏了下头，可能是头疼或想起了什么头疼的事，“他这个案子很特别。他是个特殊的小孩。”

“是吗？”我问道，不过库克并不打算多说，我也就没有多问。

我们把车停到了市区，在我们对面，环形路口的中央矗立着一座高耸的纪念碑——这是一座巍峨的白色埃及方尖碑式的纪念碑，碑顶有一个人像雕塑，穿着旧式的长袍，清瘦的身躯笔直地站立着，双手伸向前方。雕像男人的个头很高，他的脸很长，头上的高顶礼帽把他衬得更高，周围是比他矮一截的白色立柱和白色台阶。一个九英尺高、胡须浓密、瘦骨嶙峋的白人男子雕像，面色凝重，双目凝视着城市中心，双手伸向前方，掌心向上，似乎是在恳求他人。

上帝啊，望着这座雕像，我想起来了。上帝啊，没错——那件事就发生在印第安纳州的印第安纳波利斯，就是这里。这个可怜的家伙就是在这儿遇害的。

“这地方正好在全州的中心地带。”我们穿过圆环，向大理石台阶顶端高耸的雕像走去的库克警官说道，“安纳波利斯刚好在印第安纳州的中心，而纪念碑圆环呢，就在城市的正中央，而林肯像呢——你懂的，正是最中央的位置；印第安纳州又是在不毛之地的正中央。所以呢，我们目前正好站在这片不毛之地的最中央。”

库克脚步飞快地登上台阶，我小跑着跟在他身后。悲催、可怜的小人物吉姆·德克森，脚步蹒跚地跟在高大挺拔、昂首阔步、浑身散发着自信的威利·库克警官身后。他告诉我，巴顿永远不会理解黑奴的痛苦，因为巴顿是白人；但我清楚库克也不会理解黑奴的痛苦，因为他来自北方，从没有尝过当奴隶的滋味，他和我们相比就像是两种不同的生物。因为我的经历及其对我造成的创伤，所以我和他，和巴顿，和布里奇都不是一类人。

想到这里，那些回忆又涌上了心头，我用手捂住了嘴巴，压制住这些情绪，将它们埋在心底，我要埋葬掉那些伤痛和让我窒息的恶臭。我想让它们平息下来，让我能听清楚这个趾高气扬的年轻警察的话语，并从中抓取到各种细节。我只想获得一丝宁静，让我能做好我的工作。一名奴隶终生可望而不可即的东西，不仅是挣脱身体上的枷锁，更想挣脱记忆上的枷锁。

库克和我来到了台阶最高处。我们并肩看着圆环前的车水马龙和一间间店铺：一家三明治餐厅，一座庄严恢宏的长老会教堂，一个音乐厅的入口。在星巴克的大门口，一个黑人姑娘和一个白人姑娘，两人穿着护士服，手挽着手，有说有笑地进门去。

初升的朝阳躲在厚厚的云层后面，云层的缝隙里隐约可见一丝蓝天。我的心因为期待而变得忐忑难安，冰凉的雨雾沾湿了我的脸庞。

“他一会儿就到。”威利·库克说道。他拿出一片口香糖，倚靠在雕塑的基座上，把嚼得没味的那块口香糖用锡箔纸裹了起来。他以前是个老烟枪，现在为了戒烟，改成了吃口香糖。

纪念碑底座有一些浮雕，其中一幅是穿着及膝短裤的林肯在铁路上扳道岔。

我慢慢地绕着纪念碑底座，抚摸着上面的浮雕。我依稀记得当初的岁月，那段我想把所有这些历史牢记在脑中的疯狂岁月，我来到芝加哥，努力融入正常人的生活，想记住大千世界的万事万物。林肯遭遇刺杀的经历都刻在了这块石头上，这位拯救了美国的先烈，他的遇刺改变了这个国家。一幅浮雕的画面是他坐在火车里，谦逊地扬起双手向围住火车的敬爱他的人群告别，这位新当选的总统正要离开斯普林菲尔德前往华盛顿。另一幅的内容是他站在旅馆的阳台上，两眼满是惊恐，向后踉跄倒下，子弹穿透了他儿子罗伯特的胳膊，击中了他。另外一幅中，林肯身上发出环形光芒，如同天使一般飘荡在重新集结的国会之上。即使是那些抛弃了自身的职责，在几个月前辞去国会席位，转而成立南部邦联的人也回来了，为总统之死而悲痛，心怀警惕却愿意尝试弥补裂痕，重新开始。

事后，人们从他的口袋里找到了一份沾着血迹的演讲稿，他准备在 2 月 12 日，那个决定他命运的清晨发表这个演讲，之后却被一颗子弹终结了生命。国务卿苏华德向国会宣读了这份稿子，当苏华德念到其中一段时，所有人闻之落泪，连南部邦联的人也不例外，而我现在正在用食指抚摸着刻在雕像底座上的这段文字：我希望我们还能在合众国的旗帜下再次会面。

1861 年的春天，那届国会经过一波三折的讨论，最终出台了一份克里滕登参议员妥协法案的修订案。这份法案在一年前未能拯救合众国的分裂局面，它是避免合众国分裂的最后希望，经过修改后重见天日，而南部邦联政府也因此暂缓成立。

国会颁布了六项修正案和四项决议，蓄奴州得以继续蓄奴，但是仅限于州界范围内，由此北方的情绪与原则，南方的利益与经济得到了平衡。而这一决定的证据被镌刻于此处的大理石上，也被写入了宪法中，成了第 18 号修正案，使得相关条例永远有效，不得更改。南北双方达成了永久的妥协。第 18 号修正案的地位可称美国法律的《圣母颂》①，它规定：未来对宪法的修订不得改变这五条条款……

这天清晨，我在林肯像的阴影处读着这段话，它给我的感觉一如既往：无法理解，有悖法理，甚至有些孩子气，像是一个希望能实现无数个愿望的小孩。可是，迄今为止，它解决了相关的纷争，依然有法律效力。

库克打了个哈欠。两名护士从星巴克走了出来，聊得很开心，手中的咖啡冒着热气。我仰望着雕像，看着林肯——诚实的林肯，先烈林肯。他的一双大手向上举起，细长的手指向外

① 《圣母颂》(Hail Mary)：原指天主教徒对圣母马利亚的赞美歌。其歌词最早是在罗马教廷于 1545 年起召开的特洛特会议上确定的。19 世纪以来的《圣母颂》，歌词已经变得比较自由，除了必须含有的对圣母的赞颂之外，其他教条均被打破。——编者注

探出，形象平凡却很庄严，双眼向南望着梅里迪安街，似乎是在俯视着人民群众，为他们散播着福音。

“你发现雕像的朝向了吗，正对着那条街？那间旅馆就在那儿。”威利·库克指向南边的梅里迪安街，然后他仰起一张俊脸，看向林肯像，“可怜的他得永远站在这儿，时时忍受着鸟在头上拉屎，还要被迫看着自己遇刺的地方。”

听他说这话，我干笑了两声，然而库克警官并没有在意，他正看着朝我们走来的一个身材魁梧的黑人，那人穿过市场街向我们走来，双手插在灰色长裤的口袋里。

“来了。”库克警官轻声说道，“咱们可以开始了。”

那个人拾级而上，向我们走来，库克直挺挺地站着。来人个子很高，皮肤黝黑——接近午夜的彻底的黑，我的大脑自动分析着，他的皮肤属于午夜黑，紫色色系，是色卡上的第 121 号或 122 号。他双眼深陷，瞳孔是亮黄色，双目狐疑地在我和库克身上游走，打量着我们。我看出这个人身材结实，肌肉虬结，用地下航线的术语说，他是个“行李处理员”。我望向市场街，想看他开的是什么车，然而他的车子并没有停在我的视线范围内。

库克高兴地冲他挥了挥手，然而来者却先声夺人。

“他是谁？”

“这位是吉姆，我们的新客户。吉姆，这位是马里斯先生。”

马里斯冲我微微颔首，然后看向库克，用带口音的英语复述了几个新客户的名字。我看不出他是否不悦，或是有别的情绪。我的脑子在分析他的口音，似乎是西非那边的？他上身穿着一件廉价的蓝色商务衬衫，卷起了袖子，小臂和职业拳击手一样粗壮。我以前也遇过个子高的人，不过这个马里斯的身高仿佛有种威慑力，让人看到就想夺路而逃。

“你最好把脚分开，再举起手，吉姆。”

库克一脸贼笑地看着我——肚皮上满是赘肉的吉姆·德克森，然后又看了看马里斯：“你觉得他身上会带枪吗？”

马里斯走到雕像的阴影里，飞快地用手搜了一遍我的全身。“得罪了。”他说，“我们不得不小心。”我耸了耸肩，说：“没关系，我能理解。”

然而我话音刚落，他就从我裤子后面的口袋里搜出一把蝴蝶刀，这是我在离开旅馆之前从洗漱袋里拿出来，放到我的裤子后兜里的。马里斯把刀亮在我眼前，面若寒冰，然后给库克看了看，库克看着我，讶异地扬起了眉毛。我脸瞬间红了，低下了头。

“这个……对不起，常言道，出门得多加小心。”

库克直勾勾地瞪了我一两秒，然后扑哧一声笑了。马里斯没笑，他一言不发地把刀塞进了自己胸前的口袋里，随后歪着脑袋，打量着我。

“这位吉姆老兄，若真有些与众不同，那么我们的大人物知道吗？”

马里斯对着库克警官问了这个问题，语气显得很正式，用极重的语气说出了“大人物”这个词。他文绉绉的措辞与他略显轻佻的口吻形成了有趣的对比，仿佛紫色的花朵种在黝黑的土壤里。他肯定是西非裔。我猜政府文件里一定有他的记录，监视名单上一定有他的名字或代号，在布里奇的办公室或是华盛顿的反恐局，一定有人在关注他的动向。他是个解救活动分子，航线组织的盟友。

“嗯，他知道，他知道。”库克说道。他边说边望向马里斯，满面笑容，而后者的脸上却毫无表情，“神父大人只是比较谨慎。你知道他的个性。”

马里斯眯起了眼，张大了鼻孔。他不喜欢库克警官的自以为是。“旧的案子还没了结，他是不会喜欢立即又接新的案子的。”

“我懂。”库克说，“他不喜欢这样，不过他会接的。他以前也这样干过。”

“我也不喜欢这样。”

“兄弟，不是我不尊敬你，你喜不喜欢这种方式，我可没工夫管。”

马里斯对他怒目而视。我无言地看着二人，心想：*这世上没有什么废奴军队*。英雄们过的就是这种生活，一群普通人，终日骄傲地忙碌着，虽然爱找彼此的麻烦，但的确在致力于让奴隶们重获自由。但还有像我这样的人，用假证件、眼镜做掩护，暗中阻挠他们的努力。

“这位老哥要救自己的老婆，他已经走投无路了。”库克说道，“而且另外一个案子已经快要尘埃落定了，对不对？”

“不对，还没有……”马里斯皱着眉头，稍稍迟疑了一下，这个成语让他有点费解，“尘埃还没有……落定。”

“对了，他现在怎么样了？”库克问，“我们救的那孩子？V 医生怎么说？”

我的双眼茫然空洞，却仔细地听着他们的谈话，像无线电雷达探测飞行物一样。我注意到他说了“他现在怎么样了”以及“V 医生”，我安静地站在库克警官身后，捕捉着各种信息。

他们没聊几句就结束了，之后我们三人静静地等着。库克靠在林肯像的柱子上，马里斯双手抱胸，站得笔直，两条粗壮的胳膊上肌肉隆起着。他伸出舌头，舔了舔嘴唇，他的舌尖是野果般的粉色。终于，巴顿神父穿着便装出现了，他没有戴神父领结，只穿了一件黑色外套和蓝色牛仔裤，略显驼背，像影子般飘上了白色台阶。

马里斯走下一级台阶，向神父挥了挥手。

巴顿看见了马里斯，然后看见了库克。

接着巴顿看见了我，他停下了脚步，随即转身走下了台阶。

“拜托，你这是演哪一出啊！”库克说道。

马里斯跑下台阶去追巴顿神父，他举起一只胳膊，用手背向库克和我挥了挥。

“真是见鬼！”库克再次咒骂道，他也去追那两个人了。“喂——喂，等等。喂——”

他们把我一个人留在台阶上，和亚伯拉罕·林肯像在一起。他永远以总统之姿，望向这片属于他的天地。

12

回到旅馆房间，我坐在房间摆着纸笔的摇摇晃晃的桌子前。我发现这张桌子后面的墙上有条细长的裂纹，我盯着它看了一段时间，边盯着它边用手按着胸口心脏的位置，一动不动。这个案子已经有了很多线索，我知道了库克、马里斯，还知道了他们的对话像漏水的船一样透露给了我很多信息，我还得去寰宇公司调查，可是旧时的记忆宛如泥沼一般将我吞噬，我想起了老汉、监工、卡索、里迪先生，想起了一池的黑血，污水不断地上涌，直到污泥灌进我的喉咙，让我不能呼吸，但是我还有工作要做，我又想起了卡索，黑暗中他那双大眼睛……不过我还有一堆事要做。

我缓慢且谨慎地打开笔记本电脑。等待开机的间隙，我将一盒自己混编的磁带放入录音机里，里面不全是迈克尔·杰克逊的歌，第一首歌是《本》(Ben)，是一首很轻快、很温馨的歌。我选择先听这首歌，放松一下心情，然后开始搜索V医生。

看起来印第安纳波利斯不缺医生。貌似医疗是这个地方经济不景气中少有的几个亮点之一。和许多中西部城市一样，印第安纳波利斯在20世纪的后半叶遭遇了一波又一波的经济衰退，努力在美国整体经济一蹶不振、一盘散沙的背景下谋求生存。它们自视甚高，不愿意和蓄奴四州做生意，不料却弄巧成拙，导致在得州战争中失去了无数的生命和财富；各行各业，从汽车业到煤炭业，再到计算机业，如雨后春笋般一个接一个地兴起，却随即又在国际抵制和制裁下黯然衰亡（同时，颇具讽刺意味的是，蓄奴四州却是一片兴旺繁荣，这是因为持续降低的劳动成本，才使它们免受国家经济波动的影响）。

当然，由于全球市场的兴起，在风云变幻的21世纪多个新兴经济体崛起，不过这股浪潮似乎还没有影响到印第安纳波利斯。当我身处廉价的旅馆，坐在摇摇晃晃的桌前时，看到的更多的是这座城市昔日的繁荣：曾经兴盛的出版业，曾经的铁路枢纽，曾经的煤炭业和钢铁业中心……而现在硕果仅存的就只剩服务业：会展和营销方面的公司，几家科技初创企业，此外，大量的医疗企业于此发轫，其中包括诸多制药公司、医疗器械公司、眼科医院、验光配镜中心和癌症专科医院。我在这里看到了五家综合医院：三家私立，两家公立，还有两家儿童医院和许多门诊诊所。

我坐在电脑前听着音乐，展开了搜索。在这座城市的众多医生当中，只有一部分人的姓是以字母V开头的，而在这部分人当中，姓氏的拼写长（或者说罕见）到要以 V 医生来简称的人就更加稀少了。

我敲打着键盘，输入各种查询条件。

首先我将城郊区域排除在外，包括卡梅尔区、弗舍尔斯区、锡安斯韦尔区和平原区，然而后来我又将这些区域纳入了搜索范围，不断地扩大、缩小，调整着我的人员名单。我将精神病医生、心理医生、儿科医生和妇产科医生排除在外。深思熟虑过后，我将牙科医生和牙齿矫正医生纳入了搜索名单。天知道这些人中有没有 V 医生呢？我并不知道究竟要找谁，只是在努力地搜索、查找。

与此同时，我打开了地图软件，留神着上面的动静。这时，我看到一个蓝点在印第安纳波利斯从一个街区移动到另一个街区。这个蓝点就是马里斯，他口袋里仍然装着我的蝴蝶刀。我在刀柄上装了个微型定位跟踪器，他的位置和行动轨迹，我了如指掌。

我看着马里斯驱车经过林肯像，驶入梅里迪安街，然后向西转入西南街，随后又左转到了都城街。

我用了一个老招数，把追踪器弄到了马里斯身上，这招儿使起来非常容易。

在执法官署的人选中我之后，我在亚利桑那州的沙漠里接受了为期四个月的秘密培训，紧接着就执行了我的第一个任务。我学会了偷窥，撬锁，追踪脚印和指纹，格斗以及跟踪，入侵数据库，加密和破解密码。

培训结束后，我被送到了一间冰冷的小屋，里面有两个陌生的医生，我昏迷了两小时，醒来后，体内就多了一副无形的枷锁。

如今，我在监视马里斯，而盖瑟斯堡的人则在监视我，尽管受制于人，但这种感觉还挺美妙的。

录音机在播放杰克逊的《爱情牢笼》(Everybody's Somebody's Fool)，我将其视为放松的信号，我听了一会儿配唱者演绎的优美旋律“舒波——舒波”。下一首歌是詹姆斯·布朗的歌，听到他的歌我不由得会心一笑，电台里很少播他的歌。他在20世纪五六十年代曾是来北方巡回演出的家族式乐队[①]的主唱之一，而南方将这种歌艺非凡的黑人带到北方，向大众宣扬南方是人间乐园的做法，实在是虚伪得令人作呕。而詹姆斯后来找了个机会溜走了，从布法罗的旅馆潜逃到了加拿大的魁北克，而后不断创作出美妙的音乐，并在世界各地巡演，但再未踏足美国。

“你们看看我！”他在欧洲登台演出时，抚摸着他那夸张的亮片花纹披风与靴子时说道，“看看那帮浑蛋夺走了我们的什么！”

这种事以往经常发生。杰西·欧文斯，一名亚拉巴马州的

① 詹姆斯·布朗（James Brown，1933.5.3—2006.12.25），被誉为“灵魂乐之父”，其于20世纪50年代组建的乐团为Famous Flames，并非家族式乐队。此处疑为作者虚构。——编者注

奥运会金牌得主，1936 年参加柏林奥运会时打破了多项纪录，之后却去了苏联。在接下来的半个世纪里，他成了苏联的一件战利品，时不时地接受《真理报》的采访，控诉美国堕落的奴隶制资本主义。

等休息够了，我又投入工作，一会儿记录马里斯的行车路线，一会儿又费劲地甄别着神秘的 V 医生。

在整理出一份初始的疑似“V 医生”的人员名单后，我关掉了医院和诊所的页面，打开了城内和州内运营中的各家废奴组织的捐赠人名单。里面有一个叫“立即完全自由！”的本地组织（纯粹废奴派），有印第自由运动组织（渐进派），还有焰铃社的印第安纳州中部分会和黑豹党的印第安纳州分会。这几个组织的会员信息和捐赠人名单都是公开的，但黑豹党除外，官方已将其定义为恐怖组织。不过我已经侵入了印第安纳波利斯城区警察局的电脑系统，拿到了名单。

马里斯这时上了高速公路，他沿着 465 号公路东南方向向南行驶，驶向城郊。我在监视他的同时，也在脑中回想起他那明显的非洲口音，他对库克提起的“另外一个案子”。*不对，尘埃还没有落定。*

在一股冲动下，我大声说出了这句话，我从椅子上站起，摆出马里斯的冷漠脸，说道：“不对……还没有……”我自言自语，对着电脑，对着墙上的裂缝说道，“不对，尘埃还没有落定。”

然后我坐了下来，放松手脚，咧嘴而笑。我们高深莫测的库克警官说什么来着？“获得自由后的他适应得还好吗？”我是这么问他的，而他是怎么回答的？我学着他的油腔滑调说道：“他这个案子很特别。他是个特殊的小孩。”

模仿完后，我恢复成自己惯有的神态。我从椅子上起身，从上锁的箱子里取出逃犯的卷宗，再读了一遍我最喜欢，也是让我最纠结的那句难以理解的话：已知疑犯有潜逃回印第安纳州印第安纳波利斯市的意图。

这句话和他们的对话全都暗含玄机，而其中的玄机又究竟是什么呢？在这些只言片语下隐藏的真相正蠢蠢欲动，等待有人来发掘。

我继续下一项工作，比对医生和废奴组织关联者的名字，圈出来一些，再划掉一些。完成后，我在旅馆提供的便笺上用铅笔端端正正地写下了四个人的姓氏：瓦西莱夫斯基、沃西宏斯基、维尼西亚-卡巴奇、威夏帕拉沙姆[①]。10分钟后，我查到一篇两年前的杂志专访，在“印第安纳州每月名人专访”上发表，标题是《印第安纳波利斯的无名英雄》。文章大肆褒奖了一名全科医生，她关掉了自己在郊区利润丰厚的诊所，转而在自由人城北边、黑人工薪阶层居住的老城区休威尔，开了一间临街的诊所，这名医生对来看诊的病人来者不拒，且用三分之一的时间来诊治没有医保的病人。

① 此四人姓氏的英文均以字母“V”开头。——编者注

“医疗权是基本人权。”伊丽莎贝塔 · 维尼西亚 - 卡巴奇医生如是说。

“很好。”我边说边把注意力放到另一块屏幕上，“很好，非常好。”

马里斯看来仍在开车，标示他的蓝点从东郊出口离开了高速公路，他开上了 42 街，经过露天市场，然后向南来到了凯斯通[①]。

我一边打电话，一边仍在关注他的动向，在维尼西亚 - 卡巴奇医生的前台人员接电话时我站了起来，换了副嗓音：“喂，女士，你好！”我的声音有些混浊、疲惫，如同一个需要看医生的病人，我称自己为肯尼 · 莫顿（我推开阳台门，望着停车场）。我说道：“是的，我想预约，女士。没有，女士，我没有医疗保险，而且我的钱不是很多，我是不是能用别的方式……明天没问题……对，我知道是星期六，我可以约这个时间吗？太感谢你了，女士，真的是有劳你了，谢谢。”当我倚在阳台上，含糊不清地打着电话，摆出一副怯懦的工人姿态时，往昔的回忆又走进我的脑海，它破空而出，如同鲜血淋淋的战马，穿行于停车场的车阵，呼啸而至。

“原来你在这儿啊，神秘先生，我的救星。”

她换下了牛仔夹克，换上了一套短袖衬衣和裙子，不过仍

① 凯斯通（Keystone）：印第安纳波利斯市地名。——编者注

然穿着那双马丁靴。她的小腿上有一串文身，仿佛在她光滑的肌肤上画了一幅深色的墨笔画：向日葵、牡丹和玫瑰。她的儿子穿着游泳衣，肩上披着一条超人毛巾。白人女子与我并肩前行，走在旅馆二楼的走廊上，小男孩跟在身后。

“对了，我叫玛莎。”

“幸会，我是吉姆·德克森。”

“哦，吉姆·德克森。对不起，我不知道得说出全名。”她的年纪在 30 岁左右，不过个头很小，笑起来很开朗，很忘我，像是个十几岁的少女。“我叫玛莎·弗劳尔斯。他是莱昂内尔，名字和玩具火车的牌子一样。”

“妈妈！”小男孩抱怨着，故意撞了一下他妈妈，“是和动画片里的狮子一样。”

玛莎翻了下白眼：“你看过那部动画片吗？小狮子莱昂内尔？拍得可烂了。”

“才——不呢，一点不烂，妈妈！”莱昂内尔说，“拍得特别牛逼！”

“喂！不行哦！”玛莎装出受惊的模样，轻轻拍了拍儿子的肩膀，“不准说脏话。”

“可你会这么说！”

“我是大人，可以说。”

我微笑着看着这一切：小孩说错话，母亲的责备，母子间温馨的互动……我对父母与子女间情感交流的学习过程，和我学习其他很多东西一样，通过几年时间的观察和持续关注，后来我将这几年的时间称为我的灰暗岁月：当时我脱离了奴隶制的控制，却仍未完全融入文明世界。我在存钱购买合法身份，不敢光明正大地活动。在内珀维尔，我住在教堂的地窖。到了芝加哥后，我住在城西的铁路桥下。那时我会花费整天的时间在城区图书馆的阅览室里，缩在一个角落，读着各种伟大的奴隶文学作品，包括埃利森、鲍德温、莱特等人的作品，从他们的作品中，我了解了黑奴的历史。我读了佐拉·尼尔·赫斯顿的杰作，这本书是在佛罗里达州废奴法通过之前 20 年创作的，是一页一页从一个甘蔗种植园里携带出来的，这本著作的经历本身就是个传奇。

我会到咖啡厅慢慢品尝咖啡，有时候待在角落里，观察人们的交流，学习自由人的美国式语言，学习人们能自由大笑时的开心样子。到了夜里，在地下室的地板上我会不断地对自己大笑。

电梯到了，发出“叮”的一声。“跟我们来吧，吉姆·德克森。”玛莎说道，“到游泳池来聊一会儿。”

说起来，这间旅馆的游泳池相当简陋，池子很小，分成了深水区和浅水区，没有跳水板等设备。一块木板上写着游泳池使用须知：不准跳水，不准打闹，本游泳池没有救生员。在屋子的另一头有一面玻璃墙，照射出了整个“健身中心”的样子：几台跑步机，一盘水果，墙面上挂着一台电视，现在正播放着美国有线电视新闻网频道的节目。

莱昂内尔放下毛巾，快走几大步，将身体缩成了一个球跳进了水里，很快又浮出了水面，嘴里吐着水，笑容满面，水不断从他的眉毛上滴下来。

“哇，上帝啊。”他大喊道，“水好冷啊，妈妈，你得下来试试。水特别冷。”

“没门。”

“来吧！”

“我没带游泳衣。”

莱昂内尔冲她咂了咂舌头，然后又钻进了水里，拍打着水花，在加了氯的蓝色水池里掀起一道浪花。没过一会儿，他的脚就伸出了水面，一前一后地蹬着水。

“我儿子特别棒！”玛莎突然轻轻说道，“对了，昨天早上谢谢你帮我们解了围，让我们能吃上东西。你人真好，真善良。”

我耸了耸肩：“去招聘会有收获吗？”

“好极了！”她用手拨了拨头发，“非常好，特别……特别好。”她自嘲似的笑了，但眼中却闪过一丝担忧和害怕，仿佛悄然而至的未来正向她袭来。“这种招聘会呢，第一天是应聘者给公司递简历，互相认识一下，如果人家想找你面试，第二天会打电话让你过去。”我还记得她放在腿上的那沓文件，折了角的复印资料，用圆珠笔画出了好多个重点。“结果呢，你也看出来了，”她说，“我现在都有空到游泳池来了。”

说什么好呢，我也有我自己的事要忙，有我自己的难题要解决。

游泳池又来了几个孩子，是三个吵吵嚷嚷的白人小孩：一个 13 岁左右的小姑娘和一对和莱昂内尔年纪相仿的双胞胎小子，女孩脸上有雀斑，男孩们留着中西部常见的平头。几个人扑通扑通都跳进了池子里，男孩们立刻和莱昂内尔打闹在了一起，这个年纪的小孩都这样，玩起来和动物嬉戏似的，你推我一把，我撞你一下。

“你到这儿来有何贵干呢？”玛莎问我。我做沉思状，表现出德克森该有的彬彬有礼。她继续说道：“你是来工作还是来玩？我猜你是来工作的。”

“为什么猜工作？”

“这不是明摆着的吗？一个男人独自出行，还能为什么呢？而且是到印第安纳波利斯？这地方是不错，不过，怎么说呢……”她说到这儿笑了，“毕竟这里不是坎昆[①]，对吧？”

“没错。”我也笑了，“你猜对了，我经常到各地出差。”

话一说出口我就有些后悔。这话我没过脑子顺嘴就说出来了，很多余。玛莎对我的话产生了兴趣。“真棒！天哪！我也希望自己能到处出差。你是干哪一行的？到这儿来干吗？”

“我在苏拉维西数字服务公司做运营场地分析师。”她听完

---

① 坎昆（Kancun）：墨西哥旅游城市，有“北美后花园”之称。——编者注

我说的话眨了眨眼。我笑道："这是一家手机服务运营商，总部在印度尼西亚。"

"你们公司叫什么？苏拉……苏拉什么？"

"这个啊……"我笑了，作为运营场地分析师的我对此已经见怪不怪，"这正是我们要改变的地方。我们公司希望在美国开设一些店面，提高品牌知名度。所以我会到各个城市出差，探访临街的店面和购物中心，评估这些零售场所的潜力，然后我会就候选场所的相对吸引力向位于印尼雅加达的总部提交一份报告。"

用德克森式的热忱，向不同的人讲这些话，进而浇灭他们的热情，这种方法我已经演练过不下 10 次了。大多数的人，当我说到分析师、相对吸引力这样的词汇时，已经表现出不耐烦了。而这个叫玛莎的姑娘，却瞪大了眼睛，轻轻点着头，饶有兴致地听着，仿佛我在讲自己的职业是杀手似的。

她甚至还追问了我一个问题，问我怎么判断一个场所是合适还是不合适。我告诉她要综合考虑以下因素：人流量、附近的人口构成、场所的竞争力等。而在这段时间，莱昂内尔一直在和他的新朋友嬉戏、打闹。如果她愿意，我可以整天和她唠叨这些。至于我身份的这一层掩饰，是做过调研的，有翔实的理论支持的。

玛莎叹了口气："我最远只到过文森斯。它是我环球旅行中唯一去过的地方。"她的眼神一瞬间变得迷离了起来，"你去过最迷人的地方是哪儿？”

“最迷人？”

“对，最迷人的！就是，最有趣的地方。”

我本要脱口而出“贝尔农场”，因为贝尔农场很有趣。然而我却答道：“芝加哥。”

“哇！你去过芝加哥！我一直都很想去芝加哥。你去过很多次吗？”

“我其实……在那儿住过一段时间。”我的喉咙有些干涩。这间屋子里有股氯气的味道。我已经多久没有这样与人交流了？

我第一次去湖滨大道时，就见到一栋栋摩天大厦巍峨地矗立于密歇根湖之上，玻璃幕墙交相辉映，映照出彼此的身姿，像是捍卫自由的哨兵，让我不由得心生震撼，望而生畏。

“我从来没有去过芝加哥。”玛莎感慨着。她脱掉了鞋子，把脚趾浸进了水里。她小腿的文身上还有两只蝴蝶，两边脚踝各有一只，有一种对称的美感。

“你能相信吗？我从小在印第安纳州长大，甚至在加里住过半年，但是我居然从没有去过芝加哥。”

“有点儿遗憾。”

“谁说不是啊！”

她闭上眼睛，似乎在畅想着自己身在芝加哥的情景。我也回想着自己在芝加哥吃热狗的样子。然后我想到了卡索，于是睁开了眼睛。

“我不知道自己是怎么搞的！”玛莎说，“总是连一个周末的时间也抽不出来。等到有了孩子，就变得更不可能了。你没有小孩吧？”

“没有，女士。”

“有小孩是很棒，”她把身体靠向我，装模作样地对我轻声说道，“可有了他们之后，你就别想有私生活了。”

玛莎说完笑了，眼睛看向自己的儿子，他正和白人小孩在一起打闹，想把对方按到水下，他光滑的身体上全是水珠。这时，另一个女人走了进来，这是一位穿着黑色泳衣的中年白人妇女，她的腰间裹着一条浴巾，她应该是中西部的人。她看了我们一眼，见到我们俩坐在一起聊天，然后又看了看游泳池。

“快看！”玛莎说，“马上就有好戏看了。”

“什么？”

“你看就知道了。”

其实我明白，我知道玛莎说的是什么“好戏”。女人双手叉腰。我们知道她接下来要干什么，就连是吉姆·德克森也知道。

“马库斯、迪兰、詹米？”女人冲她的孩子们招了招手，活像救生员向游泳的人示意海里有鲨鱼一般，“该吃午饭了。”

“什么？”一个白人小孩嚷道。

“可我们刚开始玩……”另一个说道。

男孩们踩着水，满是雀斑的小脸上写满了对不公平的抗议。莱昂内尔在他们身边划着水。坐在泳池台阶上的十几岁大的小姑娘抽了抽鼻子：“你不是说我们可以先游泳吗？”

“不行！”孩子们的妈妈吩咐道，“吃完饭后再游，赶紧上来。”

几个白人小孩爬出了泳池，女人用毛巾把他们身上的水擦干，带着他们走了出去。现在就只剩下莱昂内尔了，他像一个孤零零的浮标，自顾自地划着水。玛莎的双手朝着女人背影的方向竖起了中指，像是朝她开了两枪。随着孩子们陆续走进楼梯间，他们抱怨的声音也逐渐减弱。

莱昂内尔潜入水中，然后又钻了出来，一圈亮晶晶的水珠萦绕在他的黑色卷发上。玩伴们都离开了，他的嘴巴因此不高兴地抿着。

“我们也要离开了吗？”他小声问道。

“不用，宝贝，我们不用，你可以接着游。我正在和……天哪，我忘了你的名字。”

“德克森。”我淡淡地说道。

“对，对。这个名字真好。”

“哪里，哪里。”我答道。嘴里默念着这几个字。我忘了德克森这个名字是怎么来的了。也许是布里奇安排的，或是布里奇的手下安排给我的。也有可能是从盖瑟斯堡的电话簿里翻出来的。玛莎还在跟我聊着各种话题，她提到了巴特里奇的听证会。“对了，你有关注我们的好姐妹多纳泰拉的新闻吗？她能站在讲台上从容应对！她是我的英雄。”

“她是不错。”我突然站起身来，继续说道，“是不错。”

我飞快地离开了泳池。我听到玛莎在我身后喊着“吉姆”，也听到了莱昂内尔在叫我，我听到他从泳池边上呼唤我，向我复述着我教给他的那个词“争议”，但我已经走远了。

13

调查来到了第三天，各种线索像扑克牌般在我面前一一展开。库克可能还会来找我，不然就是我去找他，毕竟我有他的车牌号和警号。我将他的面容深深地烙印在了脑海里：一口白牙，爱眨眼睛，笑起来很得意。明早我还有个预约：第一次和大名鼎鼎的V医生当面过招。除此之外，还有马里斯这位自由战士，现在他成了我电脑屏幕上的一个蓝点，一直处于不断移动之中。我开着车，副驾驶座上放着笔记本电脑，这样我能在城里穿梭的同时观察他的动向。也许马里斯是保镖或是行李处理员，也许找到他，就能知道那个逃犯的具体位置。

我现在要做的就是快点办完这件差事，离开这里，再前往下一座北方城市。

印第安纳波利斯的东北边有一个工业园区，寰宇物流公司位于宾福特大道上的一栋写字楼里，这些大楼的正面都刷成了难看的灰色，如同站了一排犯人，写字楼装着厚玻璃的窗户和条纹玻璃大门，看起来脏脏的。而停车场对面的一座建筑物与此形成了鲜明对比，那是一间巨大的改建仓库，外墙上画着明亮的丛林壁画和一行赏心悦目的卡通式标语：来印第安纳波利斯最大的室内蹦床乐园玩吧！

我从车上下来，迅速穿过停车场，面容焦急，身体紧绷。从我身后传来了一阵喧哗，是游乐园的游戏音响声、笑声、喊叫声夹杂着欢快气氛的“叮叮叮”此起彼伏地传来。有人打开了游乐园的大门，让声音长驱直入地从远处传到了停车场的另一边。

我走入寰宇物流公司，进入工作状态，心中默念“开始吧”。我深呼吸了一下，说道：“不好意思，打扰一下。”大门在我身后慢慢关上，微微发出“乒乒乓乓”的声响。

坐在前台后面的女人正看着我，眼神狐疑。她在打量着我，我也在打量着这间屋子，柜子上放着一堆又一堆的文件和文件夹，灰蒙蒙的光线从窗外照射进来，地板应该打扫一下了。在墙上挂着一排时钟，分别显示着马尼拉、孟买、旧金山和巴黎这些遥远的异域之城的时间。在时钟下方是我在照片上看过的寰宇公司标识——紫色和绿色组成的地球，旁边有一些直线做装饰。在门边放了一大块白板，上面用各种颜色写着大量的数字：日期、账号、订单号等内容。白板的左下角还有一颗紫色的爱心，上面还附上了一句话：亲爱的白班同事，祝你们心情愉快！爱你们的晚班同事。

“有事吗？”上白班的同事是面前这位圆脸的中年黑人妇女，她前面的柜台上放着一本打开的用亮光纸印刷的杂志。

“对，我有事。”我说道，语速飞快，有点儿喘不过来气，“温斯顿在吗？”

“不在。”她说，“他生病了。”

“生病了？”

“对。他打电话请了病假。”

生病了。这只是巧合，还是我运气不好，抑或是温斯顿察觉到了什么？

与此同时，这位大姐还在看我，手指停留在杂志上，等着我的回复。对此我很感激。此刻我又穿着艾尔比皱巴巴的园丁工作服，工作服的膝盖上有草绿色的污渍，袖口上也满是泥巴。我这次是把戏做足了，喘着粗气，不时地擦着额头上的汗水，手指敲打着柜台：“我真是不走运，倒霉。他生病了！真倒霉。”

“没错。”她耸了耸肩。她本该说“有什么是我能帮助你的吗”，但我能感觉得到她明显是不想帮我。“你需要给他留言吗？”

“算了……”我说，“不用了，谢谢。”

然而我并没有离开。她看了一会儿杂志，杂志内页上满是穿着泳装的白种人明星，如同饱受饥荒摧残的灾民一般躺在烈日灼人的沙滩上。温斯顿·比布的这位同事瞳孔为深色，眼睛略浮肿，头发被编成了精致的辫子，额头宽阔，在荧光灯照射下显得黝黑发亮。她的皮肤是浅咖啡色，大概是色卡上的120号。我本能地对她进行了评估，随后发现，不知为何，这么做让我有些恶心，五内翻腾。再怎么说，她是一个自由的北方黑种女人，是一个公民权受到法律保障的女人。我又有什么权利依据盖瑟斯堡文件的要求来窥探她，对她进行分类，打上标记?

“其实……”她开口说道。可怜的大姐，我的战术让她走投无路了，“我说不定能帮上你的忙。”

“是吗？我也说不准，但愿吧……我是真的说不准……”

她终于合上了杂志，正眼看向我，本来酷似寒冰的面容也渐渐融化了。事有转机，需要再加把劲儿。我稍稍侧过头，面露微笑，眯起眼睛，使得眼角刚好露出鱼尾纹。

“对了，我叫安吉。”她把杂志塞到柜台下，“有什么事你就直说。”

“好。”我说，“这件事有点复杂。”

我把编好的长篇大论向安吉全盘托出，不过过程稍微有点磕磕绊绊的：

“我有一个哥们，名叫苏利，两周前给我介绍了一个工作，帮人开轻型卡车在市内运货，不用跑长途，总的来说这是一个很轻松的工作。我去年刚好拿到货车执照，苏利算是帮了我一个大忙，给我介绍了一个好差事，帮一家园艺公司送货，送各种园艺物品，护根土、表层土、园艺石这一类的狗屁玩意儿。”我还一边说一边掰着手指数了数，“对不起，安吉，这一类的东西。”她笑了笑，挥了挥手，让我继续。“送货过程中呢，经常还要和从外地来的长途运输车辆碰头，帮他们在特洛伊大街的仓库卸货。”安吉点了点头，说她知道那里，她的表姐艾迪刚好就住在附近，住在特洛伊大街附近。

“是吗？”我说，“真巧。”

这间仓库的地址是我在地图软件上搜寻到的。其他的事都是我编的，完全是自由发挥，编好第一段再编第二段。我故意说得很快，加了很多手势，语气很夸张。安吉边听边点头，完全忘了接着看杂志；她头上的时钟显示现在在阿布扎比已经到了午夜。

“总之呢……”我继续说道，“是个轻松活。到一个地方装上货，再到另外一个地方卸货，很简单，对吧？”

我说到这时有意向安吉使了个眼神，仿佛在说：*想得美，事情偏偏不会这么简单，差错总会出现*。她也向我使了个眼神，摇摇头，仿佛在说：*的确，是不会*。安吉和我都不是笨蛋，知道这里面的套路。

“哇，我才看到这个！”我突然惊讶地说道，“你的指甲可真漂亮。”

她眉开眼笑，举起了双手。我只是在恭维她，以便更好地和她打交道，不过我确实是真心称赞她的。她每根手指的指甲都涂成了不同的颜色，仿佛是一道彩虹出现在这张褪色的黄色柜台上。她伸开手指让我能看得更清楚，我照办了，佩服地吹起了口哨，然后再让谈话进入主题。

“到了星期一上午苏利告诉我有个活儿。星期天晚上，运货的上一趟车已经从供应商那里出发了，我现在得到12街的一块空地那儿取货，那地方离快速道有两三公里吧，差不多是在亨德里克斯那边。他说，相关的文件还没下来，但我最好赶紧出发。运的货物是两桶未筛分的砂石，一桶可以装两立方码，有几吨这种狗屁玩意儿……对不起，安吉，我又说脏话了。”

安吉以为我看向别处时，看了看我的手指，试图确定我有没有戴婚戒。

“等我星期一早上把轻卡开到12街的空地时，你猜怎么着？”

“砂石没在那儿。”安吉说。

我拍了一下柜台。“砂石没在那儿！竟然会出这种幺蛾子，你能相信吗？”

她摇了摇头，嘴里“啧”了几声：“你的兄弟故意给你使坏。”

“没错。”

我掏出手绢擦了擦额头，这一回我是真的投入感情了，不过有时候要达到效果，就非得这样不可。要让别人对你感同身受，把你的感受像信号弹一样发射出去，让在场的人都能感受到。

“现在那个老板，”我说，“苏利的老板科尔曼先生，也是我的老板，他把这事怪在了我的头上。他说我最好搞清楚这批货是怎么样个情况，否则损失就要从我的工资里面扣。”

安吉不由得大笑，对这事感到不可思议：“他一直拖欠着你的工资。”

“就是啊！”我又拍了一下柜台，这次是两手一起拍的，“就是这样！”

安吉笑了，我也笑了。我们相视而笑。

“所以我急得跟没头苍蝇一样啊，已经找到第四天了。”我说，“苏利只知道供应商的名字，我给他们打了电话，什么都问不出来。苏利不知道卡车公司的名字。跟你这么说吧，安吉，苏利虽然是我的兄弟，可他这脑子真像进了水似的，你说是不是？”

“我觉得也是。”

“所以我就满大街地找承运商，因为我得把这事查清楚，不然我的第一笔工资就黄了。我必须让自己变成福尔摩斯，我突然就成了查砂石下落的侦探了！”

安吉大笑，我也跟着笑，我们俩笑到了一块儿。

“你手上有装箱单号码吗？”她大笑后问我。

“没有。”

“客户账号呢？”

“也没有。我和你说过的。”

“所以你手上什么都没有。”

“对。”

我的身体靠上前台，让我的金色瞳孔里看起来盛满恳求。我把帽子往后推了推，以便她能看见我这张难过的俊脸。我面容憔悴，看着很可怜，我对自己的长相有信心。

“好吧，我看看有没有别的办法。”安吉说道，她打开了电脑，她真是个好人，上帝保佑她，“星期天……”她边说边开始敲击键盘，“那个场地叫什么名字？”

“嗯，这个嘛……我也不太清楚。”

安吉仰起头，嘴里“啧”了一声，不满地看了我一眼，仿佛在说：*你怎么什么都不知道？*我心虚地笑了笑。

“好像是叫什么花园。”我说，“我知道有这两个字。是花园商店，还是花园什么——我不清楚，总之是花园什么。”

“你知道货是从哪里运过来的吗？你肯定不知道。”

“好像是亚拉巴马州？”

安吉又看了我一眼，但这次的眼神完全不同了，她的眼神凌厉而严肃，甚至带着一丝愤怒。

“不可能是亚拉巴马州，我们不会做这种生意。我们只做南方到南方，或北方到北方的货运。有少数的从北方发往南方的货运，我们都会把这种生意外包出去，不会碰这种生意的。

你如果要做南方到北方的货运，必须找特定承运商，帮你清关。大多数做南方到北方货运的公司都只做这种生意，因为其他的客户不想和这种狗屁公司打交道。”安吉没有为自己的粗口道歉，“实话告诉你，我可不会坐在这里打理南方到北方的货运。”

对南方到北方货运这件事，哪怕只是一个概念，安吉都会很反感。与此同时，我心里面在计较着这件事。我原本以为，布里奇和我的想法也一样，巴顿选择勒索温斯顿·比布是因为寰宇物流公司可以安排卡车走这趟路线，把寒鸦从南雄公司接到印第安纳波利斯来。然而这家公司并不做从蓄奴四州到北方的货运，安吉彻底否认了这种可能。她仍然一边在电脑上查询资料，一边摇着头，她飞快地敲击着键盘，与此同时，还能保证漂亮的指甲完好无损。

“跟你说吧。”她说，“我只能帮你查查以‘花园’为开头的公司的货运记录。从其他地方运出来，时间是星期天下午，公司名称以‘花园’开头，我可以把这些作为搜索条件查一下。”

“你可以这样查吗？”

“相信我，帅哥，我能查的多了去了。”

她面无表情，只是脸上隐约有一丝笑意，双眼一直没离开显示器。

“你可别拿我寻开心，安吉。”我说，“别让我空欢喜一场。”

安吉在电脑里输入了一些信息，然后让我等一会儿，我照办了。我用手指敲打着她面前的桌台，向她露出开朗的笑容，笑容中夹杂着几分焦急，几分挑逗。而我的思绪却开始游离，想着停车场另一边的室内蹦床乐园里玩耍的孩子，白人小孩和黑人小孩一同在蹦床上面上蹿下跳。这一场景在我脑海里好似成了慢动作的画面，每个人都在咧嘴大笑，开心地喊叫。

“有了！”安吉打断我的沉思，“找到了。”

她把显示器转了过来，让我能看见里面的内容，我最后一次拍了下面前的桌台，拍得又重又响，震动了墙上挂的白板，震响了门环上的迎客铃。“安吉！你真棒！”

她身子向后靠上了椅子。

“告诉你的兄弟苏利，就说是我说的，以后少给你整这种幺蛾子。”

“我会的，安吉，我肯定会告诉他。”她露出笑容。像安吉这么善解人意的女人，肯定遇过一两个像苏利这样的家伙。

“那个……”我又说道，“能不能帮我把你显示器上显示的内容打印出来？”

14

地下航线的行动一般不会有真的飞机牵涉进来，但是偶尔你会听闻有这样的蠢事发生：某个大款觉得自己是上帝，雇了个胆大包天的飞行员，驾驶飞机闯进了蓄奴四州的领空，然后趁着夜色强行在亚拉巴马州的山谷里着陆，以这种方式带走一批潜逃的黑奴。这种蠢事结局都很悲惨。想想看，飞机那么大，根本藏不住，而且承担这几个州的领空防御职责的是全国航空警备队。最后的结局是：大款被送上法庭，飞行员被送去吃牢饭。黑奴们从哪里来的回哪里去，而这样的结局还算运气好的。

地下航线不是这样运作的，它的名字只是一个比喻，对实际情况戏剧化、夸张式的比喻，“飞行员”、“空中客服”、“行李处理员”和“舱门工作人员”，包括“中转航班”和“机场安保”都只是比喻。这些航线是靠陆地上的长途货运卡车、没有登记的面包车和偷来的集装箱拖车来执行的，靠的是非法更改装箱单中的物品数量，买通种植园的警卫，贿赂边境安检员来打通各种关卡，对相关人员可谓软硬兼施：要么威胁，要么给钱，要么性贿赂。所谓的航线是由空壳公司在规定时间内发出的子虚乌有的货运订单，最终的目标就是将货物运送到某个指定地点。

我曾经花了一个多月的时间扮演一个角色，尚克劳德·西塞，绰号叫“奶咖”，他是一名出生于蒙特利尔的黑白混血儿，同时也是一个法裔加拿大摩托党组织（布莱克伯恩仁爱车队）的成员，他们专门将逃到美国北方城市的黑奴运送到加拿大科特圣庐的“真正自由区”。在成员中有一个叫谢丽的女人，她是从路易斯安那州逃出来的。她将毕生的精力都投入了这一事业中。谢丽总是说，他们大部分的工作都是在办公桌上完成的。忘掉历史上的解放起义吧！砸掉万恶的体制枷锁，把遭受苦役的黑奴解救出来的方法多数时候只能依靠各种证件，比如说开立银行账号，伪造证件，计划好逃亡路线、后备路线和后备路线的后备路线等。谢丽很爱用她那一口迷人的蒙特利尔腔说一句法语：“La liberté est une question de logistique.”（要获得自由，先解决物流问题。）

当然，另一件应该记住的事，是绝大多数人得不到任何帮助。我当初就没有得到任何帮助，当时只有我和卡索两个人，在绝望之中趁着夜色逃走，对于大多数敢于逃亡的奴隶来说这是唯一的选择，他们得不到航线的帮助，也得不到其他任何人的帮助。也许他们的计划早已筹备多年，也许只是一时的头脑发热，就这样，他们纷纷踏上了逃亡的道路。他们拖着瘦弱的身躯，或穿过防风栅栏，或跳进河沟中，或破坏掉铁丝网，或逃脱守卫的追捕，从此开始了逃亡之旅。逃吧，兄弟们！逃吧，姐妹们！穿过偏僻的小路，越过茂密的树林，就这样逃吧！不要奢望飞机、汽车或卡车来接应。他们要做的就是以勇敢的姿态，穿越过开阔的平原，跋涉过大河小溪，跌跌撞撞地走过密林中鹿踩出的小径。他们和旧奴隶时期那些逃亡者一样，只能凭借星辰判断方向。

而我正在破坏他们的逃亡大计，正在封死他们所有的逃亡之路。我坐在一家“汉堡小站”餐厅里，这是印第安纳波利斯的一家连锁餐厅，有很多分店。我正在这里，等待服务员将咖啡端过来。我戴着眼镜望向窗外，视线转到餐厅的停车场：那儿有一个可怜的白人老头，他戴着毛线帽，卧倒在马路边，用一个黑色垃圾袋当上衣，用另一个垃圾袋当被子，象征性地盖在身上。这种情景我早已司空见惯（在各个贫穷的城镇、在各个北方城市都可谓屡见不鲜），可眼前的景象却颇为古怪：一个人横卧街头，而路人却熟视无睹地跨过他，继续向基斯顿大街走去，仿佛他只是一具尸体。

女服务员为我端来了咖啡，我又点了一份汉堡，然后低头将视线转移到安吉为我打印出来的文件上。文件第六行显示出从俄亥俄州克莱顿的天堂花园发出的货运记录，安吉用亮粉色的彩笔将它标了出来，因为它是既可怜又狼狈的艾尔比要查的货运资料。而扮成艾尔比的我，真正在意的是第七行的记录，按字母顺序排在下一行的记录，在星期天晚上 8 点 49 分从亚拉巴马州松林镇南雄成衣公司发出的一批货物。

根据卷宗里的记载，寒鸦在 8 点 35 分让人送到了卫生站。现在又有了这一辆卡车，在温斯顿 · 比布的安排下，在 8 点 49 分驶出了南雄公司的货运大门。

我用指尖从左到右轻轻抚过文字，默记着上面的数字和相关信息，然后我又划了一遍以加强记忆。货物在寰宇物流公司内部的编号是 49-09-5442。运货的是一辆 45 英尺长的挂车，车辆编码是 6ZRFL1622CJ287765，司机的编号是 HR59。

这辆卡车的目的地是哈茨菲尔德杰克逊国际机场，车上载有 4200 颗出口用的螺栓，6 吨的杂物、废料，以及 26 个栈板的棉质 T 恤：每个栈板上装 40 箱，每箱 75 件 T 恤。

因此，总共有 7.8 万件衣服，具体数字是多少我不确定，但我确定的是货柜里藏了一个惊慌失措、奄奄一息、走投无路的人。我只知道，在所有这些数字底下藏着一个人。要获得自由，先解决物流问题。

我又抬头看了看窗外的人行道，老人在地上换了个姿势，路人们却视而不见，依然从他身边经过，径直走进或离开停车场。到处是停车场，正是这座城市给我的感觉。触目所及，无不是褪色的人行道和阴冷的、难见阳光的天空。这份工作的性质之一就是漂白这个世界，擦掉蓝天与白云。

寒鸦在 8 点 49 分藏到了一辆前往哈茨菲尔德机场的卡车上，从南雄公司离开，走的是从南方到南方的运输路线。

佐治亚州效仿肯塔基州，通过立法于 1944 年废除了奴隶制。杜鲁门总统高举战时政府合同这面奖励大旗（同时也是对各州选择废奴的经济激励措施），并因此取得了伟大的胜利。然而佐治亚州的立法机关，凭借着自身的智慧，同时也受制于亚拉巴马州和当时合并的卡罗来纳州的压力，对机场运输的管理只得采取准南方政策，即一半按照以前蓄奴制的政策，一半按照废奴制政策。那条红色高速公路（20 号公路）也毫不例外。它成了一条伤口，从东到西贯穿整个州，让邻州得以自由通往州内的机场，从而保持与国际棉纺、牛肉和玉米市场的联系。

根据表中最后一栏的显示，所有棉质 T 恤的最终目的地是上海浦东国际机场。

但是寒鸦并没有去中国，对吧？他只是到了印第安纳波利斯。卷宗里说“已知疑犯有潜逃回印第安纳波利斯市的意图”，不是吗？

服务员为我送上汉堡，我说了声“谢谢”，然后我就开始有条不紊地用起餐来，我按照曾经自我训练时的方式和节奏，享受着每一口食物。我咀嚼着，吞咽着，不断用餐巾擦拭着嘴，不去想童年时的恶臭与恐怖的景象，不去想寒鸦像一个蓝点一样在地图上向东前进，不去想他缩成一团藏进了 45 英尺长的挂车里的箱子或栈板，因为憋尿而万分痛苦，英俊的脸上写满了萎靡不振，额头上冷汗涔涔，一双眼睛恐惧地在黑暗中张望着。他当时在想什么？巴顿的合作伙伴有没有跟他介绍过逃亡的计划，还是说他根本无从了解，完全把自己的命运押在了陌生人身上？他是否只能选择耐心等待，听天由命，如同我正在等待着查清他的去向？

吃完汉堡后，我推开了餐盘，继续盯着打印出来的寰宇物流公司货运清单，但还没看清单的背面。安吉在纸的背面用粉色荧光笔画了张笑脸，并留下了她的电话号码。

回到车里，我打开笔记本电脑，看到马里斯不再开着车满大街转了。原本像吃豆人一样绕城移动的圆点此刻停在了30街，距离凯斯通有一英里半的位置。说不定马里斯已经意识到老吉姆的蝴蝶刀还在自己身上，于是将刀扔出了车窗，或者他可能现在正和奴隶寒鸦在一块儿，而我费尽全力查案子，去比对各种资料，完全是在白费工夫，我现在该做的就是把他抓回来。

15

我赶到目的地，却没有见到马里斯的人影。

根据地图的指示，我把阿蒂玛车开到东区 30 街另一个灰扑扑的停车场，然后下车。这是一个椭圆形的停车场，在铺满碎石的地面上潦草地画了些停车位。

停车场周围有一些商铺，全都因为年久失修而显得破败不堪，看起来没有任何不和谐的感觉，摇摇欲坠的样子犹如第三世界的质感。其中有一栋未经粉刷的小矮屋是斯里姆杂货店，宽敞倒是宽敞，却十分低矮。市场的前门用一本电话簿支开，一个摇摇晃晃的木台在门外搭着，木台上面胡乱放着几排蔬果筐。市场对面是斯里姆修车铺，五六个歪歪斜斜摞着的轮胎几乎完全堵住了门。空地上还放着一张快散架的野餐桌，桌面坑洼不平。桌后立着一扇薄铜拱门，像门球的球门般戳进了土里。拱门后有一条蜿蜒的土路，通往树林深处。道旁的路标上写着：顺着这条小路通往斯里姆拖挂式房车停放场（活动住屋集中地）。

马里斯不在这儿，这附近人影全无。停车场里只有我自己的这一辆车。我摇下副驾驶座的车窗，又检查了一遍笔记本电脑。果不其然，代表他的圆点已经消失了，图上并未标出他的最新位置。马里斯早已从地图上消失了。“该死！”我大声骂道，再环顾四周，忍不住继续大骂。一只黑色的小鸟飞到拱门上歇了一会儿，然后又飞走了。

我沿着小路向停放场方向走去，直到能依稀辨认出那些停在光秃秃的树下的野营车和温尼贝戈房车才停了下来。里面还有十几辆接了水管的房车排成一圈。大部分房车的轮胎早已消失，车身被安置在水泥墩上，三分像车，七分像房。整个场景看上去似乎有某种静谧、肮脏的美：易拉罐般的房车之间是坑坑洼洼的碎石路；廉价的衣物晾在外面，任由冷风吹干。在野营车的后面有一道浅丘，一条排水管从中伸出，断断续续地涌出褐色的污水。部分来露营的人用红色的三角旗来打扮自己的车，这些相同的迎风招展的旗子上还写着一行数字。在昏暗的暮色中，我凑近看了看，只见四个红色数字印在白底上：1819。

这时，其中一辆房车里传出了几声狗吠，紧接着，这声音开始变得低沉起来。一个穿着一身运动衫，戴着卷发夹的矮胖的白人妇女，边走边打电话。她眯着眼，疑惑地看了我一会儿，随即就转身走了回去，紧接着，纱门“砰”的一声关上了。

我琢磨着，马里斯会不会躲在其中某一个铁皮屋里，在黑暗中就那么一动不动地潜伏着。透过百叶窗，他用一双金色的眼睛紧紧盯着我。我想象着奴隶寒鸦正藏在床底，或是躲在某个冰箱和墙壁之间那样狭小逼仄的空间里。我必须挨家挨户地找他，有人在就敲门，没有人在就翻窗户。

暮色四合，我眯着眼睛，打量着这些笼罩在黑暗中的车。低气压的天空上乌云密布，一场大雨蓄势待发。

不对劲，我总觉得哪里不对劲。我转身走向小路。

“你有什么事吗？”

“如果我没猜错……”我扬起手，对站在杂货店门口的人说道，“你是斯里姆？”

他不置可否，就那么直直地看着我渐渐靠近。

斯里姆留着两撇棕色长胡子，看起来毫无精神，他的眼睛也同样毫无精神，眼角低垂，好像他从出生到现在从没睡醒过一样。斯里姆偏了偏头，啐了一口唾沫。我的鞋跟把碎石踩得嘎吱作响。

“我问你有什么事，黑奴？”

我有点紧张，但没表现出来。我感觉到我的嘴不悦地抿了起来，然而我忍了下来。“黑奴”这个侮辱性的词汇，仿佛一块巨大而锋利的石头，带着厌恶与鄙夷向我掷来，一如既往地充满杀伤力。

我笑了。原谅我，上帝！我真的笑了。那个字眼仿佛抽了我一耳光，我却笑了。毕竟，我是在工作。

“抱歉，打扰了，先生！”我说道，“我只是在找一个朋友。”

“我没见过！”斯里姆脱口而出。我还来不及回答，就听到后面的修车铺里传出一声尖叫，短促而尖锐刺耳，那声音就像两块金属互相摩擦撞击时发出的。斯里姆好像什么也没听到一般，头都没有转一下，所以我也没有。

“恕我冒昧，先生……”我心平气和地说道，“您怎么能知道您没见过他呢？我能跟您描述一下他的长相吗？”

“恕我冒昧。”他答道，“他长得是不是跟你一副德行？”

我尽量让自己笑得开朗一点。让笑容持久一些，让笑容成为我的盾牌，尽力做到完美，不露一丝破绽。至于他的问题，答案当然是否定的。马里斯压根儿不像我。他的体形像拳击手一样壮硕，皮肤像金属一样锃亮，具有典型的非洲人特征：长鼻梁，大鼻孔，金色的瞳孔。他和看起来很矬的我截然不同。“如果您指的是他是不是黑人这个问题，我可以肯定地说，他是黑人。”

“我已经说过了，我没见过他。”

“不介意的话，我能到店里面看看吗？”

“今天已经关门了。”

我的笑容实在是难以持续了，我能感觉到自己板起了脸。

“不会耽误您很久的。”我说，“我只想进去看看。您看，我一直在找我的这位朋友。他说过会来这里的。”

“你没听见他说什么吗？”我一转身，看到一个穿着工装的卡车修理工出现在我面前。“他让你滚蛋。”

这家伙膀大腰圆，满脸胡须，胸口和啤酒肚上沾满了油污。他走出修车铺，来到我们面前。斯里姆耸了耸鼻子，然后又啐了口唾沫，而我面前的胖子则扑哧笑了一声。这两个人可以去杂技团上班了，只不过大块头手里拿的不是扩音器，而是步枪。他像民兵一样，把枪端在胸口。我的笑容消失了，消失得无影无踪。该死！“我不知道自己哪儿冒犯到你们了……”我说，“但是我不想惹麻烦。”

“原来他不想惹麻烦。”大块头修理工在我背后对斯里姆说。斯里姆哼了一声，捋了捋胡子。我听到碎石地上响起脚步声，回过头，只见大块头挑衅似的挥舞着步枪，向前走了一步。

我收紧了下颌。既然吉姆·德克森的君子作风行不通，那么我就得拿出点儿硬汉的样子，我要表现得像 20 世纪 70 年代黑人复仇电影《吉姆·布莱克曼血洗奴隶庄园》(*Jim Blackmon's Slaveland Vengeance*) 以及多部续集里的冷血反英雄人物一样。“放下枪，浑蛋！”我压低声音命令道。此时我整个人变得冷若冰霜，目光犀利，浑身紧绷。

“要是我不放呢？”

“别逼我用它勒断你的白胖脖子。”

这是言语上的交锋，我在建立自己的防线，但是我不是真的想这么说的。这个像麻袋一样的大胡子废物已经不小心进入了我的攻击范围。现在敌明我暗：他不知道我的路数，更不知道我手里攥着石子，而且我离他很近。我把石头甩向他的猪眼，如猎豹一般扑了过去。我揪住他的头发，打掉他的枪，张开宽大的手掌狠狠扇他耳光，一下、两下、三下，巴掌对着他的两边脸轮流扇去，像一个残忍的父亲因为痛恨自己的无能而把愤怒发泄在儿子身上。

大块头被我打倒在地，两只手徒劳地抵挡着我惊人的力气，步枪掉在他脚边的碎石地上。我听见门廊上有响动，摁住胖子，头也不回地说道："老实待着，别动，斯里姆！"

"喂！"胖子嚷嚷着，我冲他的脸踢了一脚，一口鲜血从他口中喷了出来，他没再废话，转身爬开了。我拎起枪，回过头看到斯里姆站在原地，丝毫不敢造次。一口老烟枪特有的浓痰从他嘴角滑落。我端着枪朝他走去，一步、两步。

"你见过我朋友吗？"

"我从没见过任何黑人。"

我开了一枪。斯里姆身后的玻璃窗应声而碎，大门也震颤个不停。斯里姆那生得像土狼一样的老脸此刻因恐惧变得极度扭曲。这感觉不错，正是我想要的效果。我又向前走了一步，端起枪，用枪口对准他的眼睛。

"你见过他？"

"没有。"他的双手不敢乱动，慢慢举起抱头，似乎对这种局面很有经验。我不用再盘问他了。我相信他。他没见过马里斯，也没见过其他人。但是，不知为何，我觉得我跟他的事还没完。

“你当过兵吗，斯里姆？”

“什么？”

“你是不是服过兵役？”

“是。”

“打过仗没有？”

“打过。一次在海湾，一次在得州。”

“是吗？你是哪一边的？”

他没有立刻回答，而是先打量着我。“美国这一边。我们这一边。”

“你为了什么去打仗？”他眼神下移，看了看我手中的枪，又看向我的脸，而我的脸上镇定自若，毫无表情。他知道我的话是什么意思。我也知道。我不打算放过他。“我问你，斯里姆，你为了什么去打仗？”

“为了，为了美国，为了联盟。”

“哼！可得州人并不想待在联盟里面，对吧？得州人对联盟没兴趣，不想管我们，也不想插手奴隶制的事。得州人只想从这摊浑水里抽身出去，记得吗？”他试着动一下脑袋，但我的枪口对准了他的眉间，死死地瞄准，“而你却为了维护联盟的统一去打仗了。”

“我收到了征兵令。”

“可以逃跑啊。很多人都跑了，在北边好好地生活着。”

“我是为了自己的国家而战。”

“放屁！”

“行，行，别激动。”他闭上了眼睛。他以为我要就地解决他。我感觉很过瘾。我感觉到体内怒火正盛，仿佛有一只手正在死死攥住我的心脏。此时，太阳已经落山，停车场里一片昏暗。月亮徐徐升起，洒下灰白而清冷的光。

“你为什么去打仗，斯里姆？”

他看向地面，嘴唇上的胡子也耷拉下来。他轻声说道：“为了奴隶制。”

我一枪击中他的膝盖。在他哀号之际，在胖子还在呻吟之时，我用衬衫的袖子迅速擦掉步枪上的指纹，扔到一旁，然后钻进汽车，开车离去。

16

我开着车，身体止不住地颤抖。

天知道我这是在发什么疯？

我究竟为何会如此介意？

得克萨斯的经历号称孤星之州奇迹，是一个20世纪初激进废奴主义运动获得胜利的故事：目光短浅的得州政府急于补充油田工作人手，因而制定了接纳所有移民的政策，受此吸引，美国各地获得自由身份的奴隶，以及成千上万天主教废奴派墨西哥人有组织地蜂拥而至。奇迹就此诞生：1939年，美国面积最大的州依法废除了奴隶制。25年后，得州拥有了历史上第一位墨西哥裔州长，开创了美国历史。在他的领导下，得州竟然得寸进尺，宣布独立计划，此举遭到了华盛顿的断然反对。当时在白宫当总统的约翰逊是一位得州人，他曾经是一名老师，教过一些墨西哥人。总统把这事当成了私人恩怨，他表示这些家伙得好好读读历史书。根据美国宪法，一个行政州独立是非法的，而且在得州的土地下蕴藏的石油是属于美国的。

这场内战持续了 11 年之久。战舰在墨西哥湾对峙，快艇驶入了格兰德河。像斯里姆一样，盲目拥护墨西哥人州长的得州乡下佬来到科珀斯克里斯蒂的海滩上，投入了内战之中。这是一场血腥的战争，而且毫无意义。我和这场战争没有任何关系。

11 年的艰苦战斗耗尽了双方的力量，却什么也没能改变。后来双方勉强握手言和，却仍在暗中较劲。他们自称得克萨斯共和国，而我们仍将他们当成一个州，星条旗上仍然保留着代表得州的一颗星。我们建立了特别经济区来保护自身在墨西哥湾的石油利益，而他们也建立了海湾地区非正规军来保护他们的利益。这就是处于临战状态的得州现状。

我的身体仍在颤抖，胳膊也在颤抖。我缓慢地开着车朝旅馆驶去，双手握住方向盘，分别处于 10 点钟和 2 点钟的方向，我甚至没有放磁带。我双眼看着路面，不断地深呼吸，盼望着、祈祷着不要遇到查车点。因为我不知道自己会做出什么事来。

我向别人的膝盖开了一枪，惹出了大乱子。到达旅馆的停车场，我在车里坐了一两分钟，双手搁在腿上，试图整理一下自己的思绪。先管好自己的事，我提醒自己，先把该死的任务完成吧。

都城十字路口旅馆有一条马蹄铁形的车道，有个人正在那儿打电话。在大门右侧，有一片高高的树篱，是路灯照不到的僻静地，在其中的某一棵树背后，有一个人正在情绪激动地高声讲着手机。

我从停车场走过来，经过这里时听到了这番私人对话，我本能地低下头，右转，想以最快的速度回到我的房间。现在是晚上 9 点 20 分。还有半小时布里奇才会给我来电。我急需这段时间，因为我需要一个人静一静。我需要坐到房间里，双手放在桌上，止住身体的颤抖。与斯里姆对峙的剑拔弩张——抢夺步枪时的颤抖和开枪时的紧张……我需要些时间来消化这些事儿，再将它抛诸脑后。

“不行，但那不仅仅是……”我听见有人说话。是玛莎，我的白人朋友，我在就餐区与游泳池边偶遇的人，“这样子的话让我很为难……不行……等等，什么？不行。等等……”

我刚才从她身边路过，她没有看到我。我来到大楼门口，自动门感应到我，“咻”的一声开了。

“该死！”玛莎骂道，她没有看到我，“真要命。”

我退了回去，门“咻”一声又关上了。不行，不能多管闲事。我走上前，门“咻”一声又开了，然后我又退了回去。门又关上了。

“你没事吧？”我问，她笑了笑，从树篱后走出来。

“这问题……问得好。”她把手机揣进口袋里。她还穿着那件牛仔外套和那条牛仔裤，看起来非常疲倦。她的小嘴噘着，一脸愁苦。“你没事吧？这是生命中最重要的问题，对吧？我妈总是提醒我要小心回答这个问题。因为答案通常是‘我很好’或‘我不好’，对吧？但实际上并非如此，你明白吗？”

“嗯。”我说，“没错。是这个道理。”

“但事情没那么简单。”她又掏出手机看了两眼，我审视着她的侧脸。我以前一直以为她是个小姑娘，一个太早就为人母的粗鲁丫头。如今，在月光下，她站在旅馆外面唉声叹气，而焦急沮丧，这也许才是她原本真实的模样：一个三十出头的女人，嘴角布满了因忧虑而生的细纹，眼底也带着几分忧愁。

“你儿子还好吗？”

“莱昂内尔，你还记得他吗？那个玩具火车的牌子。”

我记得，我记得所有的细节。“莱昂内尔，我当然记得！”

我体内升起一股寒意，只能强忍着直至它慢慢退去。我不假思索地就朝那个人开了一枪。毫不迟疑，没有半分悔恨。我竟然还问他：“你为了什么而打仗？”我究竟在干什么？

“我儿子挺好的。”她指了指旅馆里边，“睡得很沉，跟那个什么……算了。你有孩子吗，吉姆？”

“没有。”我答道，“我没孩子。我从没有成家，更没有要过孩子。我没选择那条路。”

“对了，我以前问过你这事。你老得到处跑。”

“是的。”我说，“我老得到处跑。”

自动门开了，走出来两个人，一男一女，挽着胳膊，说着悄悄话。男人举起车钥匙，我们听到黑暗中的停车场某处响起车门解锁的声音。

当我再次将视线转向玛莎时，看见她在仰望星空。

“我已经努力地去照顾他了，你知道吗？很努力了。”

“我知道。”

“我真的非常努力。”

我的眼前似乎又出现了一小时前，在斯里姆杂货店挥舞着步枪的我。那是一个完全不同的我。而此时，在旅馆的停车场对陌生人好言相劝的人也是吉姆·德克森。吉姆，一个善良、冷静、通情达理的男子。而我，就戴着他的面具，顶着他的皮囊，内心深处却有着追杀猎物的本能，执着于达成目标，完成任务。

“我记得你说过……”我开口说道，“你是本地人，在这里长大的，对吧？”

“我老家在印第安纳州，不过不是在这座城市。我姐姐倒是住在这儿，有时我们会来看她。”

“这次你不是来走亲戚的。”

“不是。这次是因为……”她举起手里的手机，“公事。”

“原来是这样。嗯……有个问题想问你，是关于数字的。1819……”我说道，“这应该是指年份吧。1819 年有什么特别的含义吗？”

听到我的问题，玛莎的脸色突然完全变了。她低头看了看停车场的地面，然后抬起头，脸上没有一丝笑容，语气压抑地问道：“你是从哪儿看到这个数字的？”

“嗯……”我说道，“是在……”

她只是个无辜的局外人，而且显然还有自己的麻烦，我不该用自己的问题去麻烦她。无论如何，我很确定我已经知道那个该死的答案是什么了。

“我在一间房子外面挂着的东西上看到的。”

“挂着的什么东西？”

“在一面旗上。有好多旗子上都有。那种三角旗。不过这也没什么大不了的，忘了这个吧。”

“这事可不能忘了……”一种令人窒息的愤怒浮现在玛莎的脸上，“因为它跟我们的生活息息相关。”

“什么和生活息息相关？”

“这个数字。还有它惹出来的一堆麻烦。”

“什么麻烦？”

玛莎摇了摇头：“你在哪儿见到的？市中心吗？还是南边？”

“在东边。”这些问题让我有些不安。我得把我的假身份演得像一点了，所以我必须把这谎圆得滴水不漏。“我本来四处闲逛来着，可能转到了某个商业区吧。”

“这样啊……”她说，“我懂了。”

“那个……”我开口说道，心里很后悔提及这个话题。已经9点半了，布里奇20分钟后就会给我打电话，“这事你就别操心了，别管什么商业区和数字了。我不该拿这事来麻烦你。”

“没事。”她说，“没关系。”她轻轻摇了摇头，深吸了口气，准备将心中的话一吐为快，“在那一年之前……那个人叫什么来着？”她紧闭双眼，努力回忆，想起来后睁眼说道，“拉塞尔。印第安纳州最高法院，1820 年。”说完她又闭上了双眼。她闭上眼睛时有些显老，“‘我们宪法的制定者想在本州内实现彻底的禁奴政策。’1820 年是印第安纳州解放所有奴隶的一年。”

我挤出一丝苦笑：“我懂了。”

“所以1819年，对于这些王八蛋来说，是他们的黄金岁月。懂了吗？”

“懂了。”

她抬起头，双目直视着我，眼中泛着泪花。那些挂旗子的人是蓄奴制的遗老遗少，虽然印第安纳州已经立宪废除了奴隶制，但他们的政治理念或个人偏好与印第安纳州的政策相悖。因此马里斯绝不可能流窜到斯里姆房车停放场、斯里姆杂货店和斯里姆修车铺这种地方，私逃者寒鸦也绝不可能藏身于此。

“德克森先生，真不该让你看见那种东西。”

“叫我吉姆好了，没关系的。”

“不，有关系。我们印第安纳是个好地方，绝大多数地方都不错。真是这样的。”

“这我知道。这里给我的感觉真的很好。”

15 分钟后布里奇就会给我来电，可我还在这儿和玛莎说着闲话。年轻、善良的玛莎，穿着廉价的牛仔外套，长长的棕色头发用粉红橡皮筋扎成马尾，站在停车场中为了自己的心事烦恼不已。她用手理了理马尾，这个动作让她穿的白衬衫领口敞开了一点，我见到她脖子上戴着的项链，项链吊坠是个通体墨黑的石头。会戴这种项链的白人不多，但出于团结、同情或内疚，有一些白人会戴。玛莎发现我在看她，脸上一红，下意识地紧了紧领口。

“上帝啊！”她说，“人们都以为这事早就翻篇儿了，其实没有。它还在潜移默化地对世事产生着影响。你会有这种感觉吗？”

“我会。”我说，“应该会吧。”

她努力挤出一抹微笑，双眼满含希望：“但你知道吗，关于巴特里奇，总统都为她提名了，还有所有的……或许这真的就是转机了呢。”

我笑着点了点头。我看过同一篇文章，它也登在我买的报纸上了。

“是啊。”我答道，心中暗忖：*这该死的世道才不会变呢，永远也不会变*。“说不定有戏呢。”

“嗯，吉姆。”她说，“那个，你想不想……”

她没有继续往下说。她低下头，看着电话，心里在思考着什么，又或者是在积聚勇气。我的心已经乱作一团了。这半句“你想不想……”有着一股无形的力量，牵扯着我们二人，而我的内心升起一种强烈的、前所未有的情感。

这时她的手机响了。她打开手机，铃声仍在继续，这时我们才意识到响的不是她的手机，而是我的。

我看了看来电号码和时间，9 点 36 分。

“德克森先生？”

我的手机又响了起来。是布里奇打来的电话，比平时提前了 14 分钟。

“我先接一下电话。”

“噢，当然可以，请便。”

我的世界突然陷入一片混乱。布里奇给我打来了电话，而那些印着 1819 的旗子还在我的脑海中飘扬；寒鸦颤抖着身子藏在箱子里；步枪抵着我的肩膀；还有玛莎的那半句话，你想不想——我想不想干什么？

“其实……”她晃了晃头，“其实也没什么事。你接电话吧。”

我转过身，接通了电话，自动门开了，布里奇在电话那头说道:“维克多。”声音短促而有力，夹带了一些情绪，而我并没有立即感觉出来。

“对，是我，你好！”我仍然用德克森的腔调说着话，同时加速走向我的房间，不想跟他在宽敞明亮、空无一人的旅馆大堂里说话。这感觉像是我从带花纹的地毯里召唤出一头魔鬼，暴露在众目睽睽之下。“我说，你能稍等一下吗？”

我把手机贴在胸口，直到回到房间，走出阳台，抽起香烟为止。

你想不想……想什么？我想不想……

“维克多。”

“我这边还有事，你就打过来了。”

“这有什么问题吗？”他的话里火药味十足，“维克多，我想什么时候打给你就什么时候打。懂不懂？我想打就打。”

我把手机拿远，仔细端详。也许对方刚好打错了，他找的是另外一个维克多。

“事情办得怎么样了？”

我并没有跟他贫嘴，而是直接说了这一天内发生的事情。告诉他我在台阶上与库克警官和马里斯在一起，我把追踪器放到了马里斯身上；告诉他那个医生的名字，告诉他寰球物流公司的清单和逃跑路线的事情。我还跟他提及斯里姆杂货店的事情，但是没有说对斯里姆开枪的事情。

在汇报工作期间，我察觉到在自己说话的间隙，电话那端传来的无声又冰冷的喘息。不对劲，有什么事很不对劲。天气有变，风雨欲来，一场遮天蔽日的暴风雨在我们通电话时正在酝酿。

和所有优秀的员工一样，我在汇报结束时提出了下一步计划。明天早上我会再去试探一下医生，查找马里斯的踪迹，可能再去会会警察库克（如有必要），劝说他再去调查一次那个组织反抗运动的牧师。布里奇可怕的沉默继续发酵了一两秒，然后他开口说了句话：“黑奴，你不是在耽误我的时间吧？”这句话如同晴天霹雳，给我的世界炸出了个洞，像一颗炮弹击穿了船体。

“我在……什么？”

但给我致命一击的不是那个问题，而是那个词——我又听到了那个词。我深吸了一口烟里的有害物质，双颊颤抖，脖子发热。

“你要是敢磨洋工，我一定会知道。”

“我没有。”

“你刚才说的这些，维克多，都是些半吊子差事，狗屁线索。你接这个活儿已经三天了。”

“三天又怎样？”我说，“记得密尔沃基的案子吗？去你的，你还记得卡莱尔的案子吗？”

“这个案子你要是解决不了——”

“我要是——怎样？”

“如果你找不到那家伙——”我伸直了胳膊，把手机拿开，再次盯着手机看，不停地摇头。我们干的是见不得光的事，我们生活在阴影之中。布里奇的指责完全不像他的性格。他是我的上线管理员，说的这些话却毫无管理者之风度。我注意到他反常的口齿不清，奇怪地重复说过的话，在说完“这个案子你要解决不了”之后又说了“如果你找不到那家伙”，这两句话的风格完全不同。

“维克多，别让我知道你是不是在有意拖延。你懂吗？”

“我懂。”我说，“我知道。”

“你自己清楚办事不利的下场。”

我站在原地，一声不出，任由这番话的威力持续发酵，感受着文字背后蕴藏的暴力。

回顾过往，我知道自己对此不必惊讶。我们俩的这番对话，道出了布里奇的本性和我们关系的实质，它虽然来得有些突然，却也接近我的认知。暴力一直是我们关系的最佳写照。六年来一直如此：在公事交流与同事般的玩笑背后，暴力的阴影挥之不去。过去六年里，我住在舒适的旅馆里，在晚上抽着烟，呼吸着清新的空气，用保密线路和他通话，享受着自由。然而在芝加哥的一间地下室里第一次和他通话时，我戴着手铐脚镣，手铐连着桌子，脚镣连着椅子，他冰冷而陌生的声音从扬声器中悠悠地传出。这个声音宣判着我的末日来临，而后他又给了我一个选择，而这根本算不上选择，因为我根本没的选。

在阴影中生活了这么些年，我的日子好过了一些，有了各种证件，找到了一份工作，在芝加哥市区以北的唐尼斯百货店负责给卡车装卸货。我过了两年既快乐又平凡的生活，然而一天夜里，我下班后，这个做了两年的梦破灭了。一辆银色无牌轿车漫无目的地行驶在门罗路上，见到它我根本没有多想，我赶忙丢掉我正在吃的热狗，撒腿就跑。心里胡思乱想着，但我知道一定要顺着北极星的方向跑，然而目之所及只有路灯发出的蛋黄色光芒。

我没跑出几步，他们就抓住了我。他们吵吵嚷嚷，拽着我回到轿车时，我脑子里疯狂地闪过各种念头，我应该向右转，不该向左转；应该钻小巷，不该上便道。仿佛这样真的管用，仿佛我真的能找到容身之所，摆脱现世的羁绊。接下来，我来到了芝加哥市区联邦大楼的地下室。我仍然穿着工服，牛仔裤和漂亮、干净的阿迪达斯球鞋。这样的宁静和安全感在一点一滴地消失，我的新生活就这样被摔碎在地下室的水泥地上。我能感觉到，冰冷的铁链从我的肩胛中间往下延伸，在我的脚踝上缠了好几圈。

后来，有人进屋把一部手机放在桌上，我疑惑不解地看着手机，随即手机嘟嘟响了两声，里面传来一个声音。

“我叫布里奇。”手机里的声音说道，“我是美国司法部执法官署的法警。我想你应该知道自己的处境不妙。告诉你，我会给你一份认罪协议，你仔细听清楚，我说完后你要给我一个答复。你的答复只能是接受或者不接受。”想着将要度过的每一天每一秒，听着他没有一丝温度的语气，我想到了牛头、牛颈和血淋淋的牛腩。布里奇又说：“接受还是不接受……”这时候要我做什么我都接受，做什么都可以。不管他要我做什么，哪怕要永远做下去，我都会答应。

等他说完后，我回答说我接受。我没有半点犹豫，就那么顺其自然地说了，我接受。

过了这些年后，我又听到了布里奇一如当年的声音：你自己清楚办事不利的下场。下场就是，我虽然现在还在印第安纳波利斯，住在旅馆北侧的房间里，但是地板可能会随时开裂，而我则会陷进去，重新回到联邦大楼的地下室；房间的墙壁会坍塌，我会发现自己从来没有离开过贝尔农场，而是一直待在臭气熏天、血污遍地的贝尔农场，每天过得疲惫不堪。

“你自己清楚办事不利的下场”，这是他的原话，而我清楚下场是什么。暴力像个幽灵，一直藏在我们的对话之中，藏在我所做的所有事的背后。

“长官，”我非常冷静，一字一顿地说道，“我正在全力以赴地办这个案子。”

布里奇没有回答。我没有再听到他若有所思的声音，或带着愠怒，或带着任何情绪的沉默呼吸声。他直接挂断了电话。

也许布里奇出了我不知道的什么事，也许他在烦恼别的案子。也许是巴特里奇的听证会，让这些公务员精神紧张。但我认为事情并非如此。布里奇和我之间出了问题。这个案子出了问题。我打算上床休息，但身体并没有行动。我在阳台上站了很久，也许站了好几小时。各种事走马灯似的在我的脑海里闪过，使得我坐立不安。库克在车里说的“他是个特别的孩子”，布里奇在电话里说的“这个案子你要是解决不了……”还有玛莎·弗劳尔斯说的“你想不想……”各种念头以及发生的各种事情，都在我脑子里盘桓。

我的内心有一种悸动，在这具躯壳之内，燃烧着一股无名之火。这种感觉我当时无法解释，即便是现在也无以言表。但那种悸动是真实存在的。齿轮已然开始转动。

你可以把它想象成工作中的罗盘指针，动作极其细微，但它永远指向北方。

一组奴隶学会了畜栏内的工作后，会转到内场，这样的安排一年有两次，很快就轮到我了。这也算是一种仪式，外场和内场的奴隶会停下手头的活，所有人绕着旗杆围成一圈。此外只有做弥撒时才会这样，有人死去或有人被转卖到其他地方时才会举行这种仪式。贝尔先生来到了我们中间。那一次除了我以外，还有九个男孩和三个女孩一起从畜栏调到内场工作。大家腰板挺直地站着，我们穿着刚发的黄色工作服，戴着呼吸器（一种在内场大部分工作时间要戴的高级面罩）。仪式只持续了10分钟，我们排成一排，贝尔先生挨个儿亲吻了我们的额头，然后按照礼节紧了紧我们面罩的带子。接着，铃声响起，我们在屠宰区的工作就此开始，贝尔说道："完事了，你们几个，上工了。"我们于是向内场走去。到第一天的内场工作结束，我的黄色制服已经找不到一块儿干净的地方了。

"怎么样？"上厕所时卡索问道，"工作没问题吧？"

“当然了。”我回答。

我不想让卡索知道在屠宰区内过完漫长的一天后是什么感觉。事实上，我一整天都很想呕吐。我想，并不是因为工作太累，因为第一天，我干的活只有机械式的重复：一次又一次地扳动脱皮机的扳手，把机械夹爪排好，按下开关，看着夹爪扯掉牛皮，只需一个动作，整张牛皮就行云流水般地被扯掉了，像脱掉一件衫衣一样轻松。我估计是反复见到这血腥的场景，还有黑红相间的牛内脏让我吃不消吧。或许吧，我也说不清。但我确实一整天都很想吐，甚至连上厕所时都想吐，但我不想让卡索知道这事，我不想失去他对我的欣赏。

“我没事。”我虚弱地笑着说道。我望向他时，仿佛能看见他的内脏，仿佛能看见他让人扒了皮。

“没事的。”他说。他好像没听见我刚才说过的话一样。他一只手扶住了我的肩膀，这让我着实吓了一跳。两个人靠得很近地说悄悄话，这种事千万不能让老汉看见。“真正重要的是以后的日子。”他说。

不出意外，哈勃站在一旁，他看见了卡索用手扶着我的肩，我们俩在说着悄悄话。

“你说以后的日子是啥意思？”哈勃一脸狞笑。

“你先管好自己的事，行吗，小子？”卡索说道。

“我自己能有什么事？天底下无私事。”哈勃笑道，“记得吗？”

他说的是农场的一句格言：天底下无私事。目标要盯紧。大家齐努力，振兴贝尔农场，一起过上好日子！

哈勃没有继续和卡索纠缠，直接盯上了我。哈勃比我大一些，比卡索小一些，而他说起话来和大人差不多。他说话时简直就是老汉附体，真把自己当成了管事的。“他刚才说以后的日子，我来跟你说说以后你会过什么样的日子。今天他们让你戴上面罩，明天你就会上切肉流水线，接着你会去屠宰区，然后你会被卖掉或者埋了。这就是你以后的日子。”

那天夜里卡索摇醒了我，不是有事找我，也不是讲故事。他的眼睛瞪得比以往都圆，神情郑重。

“你记得我和你说过的话吗？”

我眨了眨眼。他跟我说过太多话了。

“他们和我们不一样。”他的声音轻得我刚好能听见，“哈勃，其他人，和我们都不一样。我们俩的生活会有改变的。”

“怎么变？”我问，“我们的生活会迎来什么？”

他没有出声，只是用口型说出了两个字：“机会。”

在内场没干多久我就体会到，这里比畜栏更糟。

认为工作很糟，或认为工作比从前更糟，这种想法理应受到惩处，因为这是好逸恶劳的想法，所以我没有告诉别人。在畜栏上工时多少还能听到一些悦耳的声音：远处公路上的汽车鸣笛声，乌鸦的聒噪以及偶尔飞鸟的啼鸣。而在内场的工作只有噪声：电击枪的刺刺声，坡道皮带的咔咔声，牛群无趣的低叫，加热机的轰鸣，以及周围忙乱的脚步声：老汉和警卫手扶在枪把上，正在巡逻；白人监工拿着统计板写写画画；美国农业部的人则穿着白大褂，拿着仪器忙个不停。

每天我都是依靠回忆卡索给我讲的故事才坚持下来的。这些年里他跟我说过无数故事：有个人掉进海里，鲸鱼吃了他，又把他吐了出来；一头秉性难改的豹子；还有我最喜欢的故事，一个人从不同尸体上收集了各个部位，缝合成另外一个人，然后依靠闪电神奇地让他复活了。

其他时候我会回忆卡索说过的话。在我忙个不停，忙着压扁牛头、清理内脏、割掉厚实的牛舌时，一遍又一遍地重复着那些话，卡索与我同床共寝时说的老话。

汽化器。

芝加哥。

我们的机会。

六到八个月后我转到了切割区，一天晚上卡索摇醒了我，半夜让人叫醒让我异常烦躁。“老了，经不起这种折腾了。”我没好气地说道。

“胡说，小坏蛋。”他说，“不准你这么说。”

我的手疼得厉害。管事的把我从剥皮机调岗到了切割站。由于白天拿刀拿得太久了，到晚上睡觉时我的手还在微微颤抖。

“真是老了。”

“我知道，小冤家，我知道。听着，我有话跟你说。”

卡索总是知道一些我不知道的事，因为他见过奴隶变老后的境遇如何。很快管事的会来内场，读他的编号，把他转移到另一个宿舍。他是这一批年轻人中年纪最大的一个，不久之后他就得腾地方，把地方让给从育儿所里出来的小屁孩。之后他转到了9号宿舍，又过了一年，转去了饲养场。那天夜里，他等着我醒来听他说话时，他的一双大眼睛里噙着泪水。我希望自己以后能记得，他曾如此流过眼泪。

“我有一个秘密要告诉你，你要仔细听好，这很重要。”

“什么？”

“准备好了吗？”

我耸了耸肩，当作回应。

“我们是从未来来的人。”

“大哥，你说什么呢？”他的话让我彻底清醒了，“未来？卡索，别闹了。”

然而他的神情却很严肃，没有半点玩笑的意味。“我们来自未来，老弟。我们是未来之子，明白吗？”他声音很大，情绪很激动。我将手指放到他嘴唇上，希望他安静一点。他挪开我的手指继续说道，“表面上我们是在这儿，困在这里，但实际上我们是在别处。在未来我们会去别的地方。只是不是现在。”

“你说的是什么地方？”

“我也不知道，老弟。反正不是这里，在未来的地方，可能是芝加哥吧。”他跟我说过他所知的芝加哥，在美国的另一边，有着高大雄伟的建筑，“我现在在芝加哥，我在吃热狗。”

我必须用抽搐的手捂住嘴巴才能不让自己笑出声。卡索从来没有吃过热狗，我也没有，但我知道它们长什么样。屠宰屋北边的装卸码头每天会有卡车不间断地出来进去，而卡车车厢上就画着跳舞的热狗。而我们每天的食物基本都是面包，用料扎实，能填饱肚子。胡萝卜面包、高粱面包，有时改善伙食，会发香草面包。

“我们同时身处于两个地方，你和我。”卡索的目光中流淌着快乐，真正的快乐，仿佛电火花般照亮我们，灿若星辰，“有一个你存在于这儿，有另一个你存在于那儿。你既活在当下，也活在未来。这世上有两个你。你懂吗？”

我点了点头。我不是很懂他的话，但我想让他知道我听懂了。黑暗中，卡索举起两根手指，从此之后，这个手势成了我们俩的暗语。举起两根手指，彼此分开。它代表着——你和我，我们俩。既代表着他和我，也代表着我和另一个我，他和另一个他。代表着现在的我和将来的我，现在的卡索和将来的卡索。

代表着这间宿舍和另一个地方，此地与远方，现在和未来。

17

清晨，候诊室里静悄悄的，维尼西亚 - 卡巴奇医生的看诊室虽然不大，却光线充足，我独自一人待在这里，整个人却显得局促不安。我生命中大部分时间都在逢场作戏，适时地随机应变，如同一台不断变换频道的电视机。极少会像现在这般，全然安静，默默等待，在一间四面白墙、空气不流通的诊室里无事可做，只能坐着静候别人找上门来。我觉得现在的自己像一块空白的屏幕、一台关掉的电视。我回归到了那个卑微的自己。我穿着薄如纸片的看诊服，坐着等待医生的到来。看诊台的铁板冰冷，坐得我的屁股都麻了。

维尼西亚 - 卡巴奇医生的办公室里挂了一幅画，一幅诺曼 · 洛克威尔的印刷版油画，用木框装裱，挂在墙上。这幅画名叫《紧张的第一天》，画着一个黑人小姑娘，穿着朴素的白裙子，手中拿了一个苹果送给她漂亮的黑人老师，两个人都有些羞涩、紧张。这幅画画的是 1954 年小石城黑人学校第一天上课时的情景。那是在阿肯色州通过废奴法案的七年之后，高等法院通过新法的九个月之后。高院认为，光是废奴还不够，还要让黑人接受教育，让黑人得到发展机会。

我看着画中的老师，她头上绑着白色发卡，大眼睛兴奋激动，脸上却有些忧虑。我最近读过一篇写她的杂志文章，完整还原了画中老师后来的生活。我试着回想是在哪里看到的，试着回想她后来是否安好。

“早上好，莫顿先生。你是来检查身体的，对吧？”

“没错，大夫，您说得对。”我立即回神，“是的。”

“我们开始吧。”卡巴奇医生是名白人妇女，有五六十岁了，对人的态度不卑不亢。她留着男人般的短发，身材矮胖，毫无女性的娇柔姿态。按照她的指引，我脱下看诊袍，全身只剩下内裤，坐在看诊台上，手放在膝盖上，她给我做了全身检查，效率很高。她用手指碰触了我身体的各个部位：胸口、四肢、眼睛、耳朵、脉搏和腺体。我深呼吸了几次，她用冰凉的听诊器听了听我的胸口。我张开嘴，说了声“啊”，身体微微缩了缩，她用反光喉镜检查了我的咽喉。

接着她开始填表，问了我一些问题。根据我的设计，肯尼·莫顿这个角色是一个作风老派的老好人，医生问他以前在哪里看病，上一次看病是什么时候，他会表情夸张地表示已经想不起来了，同时也会不好意思地挠挠头。卡巴奇医生听到莫顿没有医疗保险，更无从得知如今工作的地址时表现得很淡定。在我的想象中，医生整洁雪白的看诊室仿佛刹那间变成了南雄公司西侧卫生室那间整洁雪白的看诊室：血迹溅在墙上、地板上，两名护士死了，寒鸦逃之夭夭。

医生把我的情况写到了表上，告诉我以我的年纪、身高和体重来看，我的身体很健康。当她问起我今天为什么来看病时，我想该是时候出招了。“那个……”我开口说道，情绪激动地哽咽着，“那个……”我从看诊台上跳了下来，焦急地说道，“那个黑奴！”

“什么？”卡巴奇医生吓得后退了一步，我忍住了抽泣。屋子很小，我上前一步就到了她跟前，紧紧地抓着她的肩膀：“你们带走的那个黑奴！”

我本可以用一些更文明的手段，用一些更迂回、更小心的招数，但那天清晨我觉得已经箭在弦上，不得不发。我感觉自己像是一把攻城槌，已经来不及思考就要砸烂各种东西了。布里奇的那番话，表明了我办事不利的下场，所以我必须尽快了结这事。

“你到底在说什么？”医生眉头紧皱，装作疑惑不解，努力演出一副不明所以的样子，“哪个黑奴？”

“别装了。”我说，“请您别装了。他们让您见了一个黑奴——地下航线让您见的黑奴，是在星期天晚上，还是星期一早上？”

“这位先生。”医生头也不回，向后一脚把门踹得关上了。

“那个黑奴！”

“先生，你冷静一点。”

我等着她用蹩脚的借口来搪塞我，比如“我不知道你说什么”之类的。但她也知道为时已晚，演不下去了——她的眼神出卖了她，她整洁的医用口罩滑了下来，她的脸上露出害怕的神色，同时还露出一直保守的秘密被人发现后的震惊。

她迅速转过身去反锁好门，然后又转过身来。她用双手理了理白色医生袍，扶了扶歪掉的听诊器，用细长的手指捋了下头发。

“好吧。”她说道，“你想干吗？”

“他……”我直接挑明算了，“他在哪儿？”

“我不知道，就算知道也没法告诉你。”她点了下头，像小鸟啄食一样。“至于你，我已经说过了，通过体检没有发现你有什么健康问题。你走吧，再见。”

她打开锁，推开了门。我走过来，伸手越过她，又把门关上了。医生转身面对着我，整个人如同石化，我们俩近在咫尺。下一步如何行事，我务必要非常小心。即便在男人中我也算身材高大的人，而她即便在女人中也算个子矮小的人，整间屋子并不大，空间有限。

“他是我的兄弟。”我平静地告诉她，声音轻得像是耳语。

“什么？”

我深呼吸了两下。屋内暖气冒着阵阵热气，在我们之间的空间中翻滚，吹动着医生笔直的短发，让它们看起来仿佛一堆白色杂草。

“我知道他和我没有血缘关系，可在我心里，他是我的兄弟。”我说起了南方口音，穷苦黑人的口音，我真正土生土长的口音，如今说起来却像是嘴里呛了土一般。“你知道在南方的我们的这种感情，对吧？大家一起长大的，他如同我的亲人。”我掌握好分寸，并没有说具体是哪个地方，没有说莫顿和寒鸦从小作为黑奴，是在哪个种植园，或是哪个煤矿、油井长大的。关于寒鸦成长背景的相关记录是一片空白，我估计巴顿对这方面也不是很了解，就算知道，也不可能告诉一个偶尔雇来给他治病的医生。但这事很容易露馅，于是我趁热打铁继续说了下去：“我们是 10 年前来北方的，他跟我一起，可他被卖到了别处。毫无预兆，连声再见也来不及说就让人给带走了。你知道是怎么回事，对吧？”医生谨慎地看着我，双臂交叉放在胸前，眼神在屋内游移。我继续用语言冲击她的心理防线。

“我现在住在威斯康星州，那儿有我的亲人。这些年我一直在找他，给我们老家的奴隶解放局写信。后来有了互联网，有些事变简单了，而有些事则变得更难了。我会上各种论坛，在搜索引擎里输入他的名字，找跟他年纪、长相一样的人。我还存了钱，妄想着自己能存够钱替他赎身。”我低下头，自嘲地摇了摇头，再怎么存钱，像肯尼·莫顿这样恢复自由身的奴隶也无法替另一个黑奴赎身——即便有钱，法律的鸿沟也是无法逾越的。“后来，很突然，我有了线索。10 年的杳无音讯之后，突然有一天，我在网上竟然找到了他的名字！一个叫寒鸦的黑奴，从亚拉巴马州的纺织厂逃跑了。我脑子里闪现出的第一个想法就是他会上这儿来，记得他以前一直念叨着印第安纳波利斯。不知道他从哪儿知道这个地方的。我们以前在闲聊时，夜里聊天时他说：如果我能离开这里，一定要上这儿来。”

当年的卡索和我，盖着被子说了好多话，讲了很多故事，畅想着不存在的未来，互相轻声编织着芝加哥的美梦。我们的梦想实现了，不是吗？我们离开那鬼地方了，对吧？时机来了，像马场里的赛马，一匹、两匹、三匹，争相奔向终点，而我们抓住机会，逃了出来。

“之所以我会追到这里，是因为我在自由城里遇见一个人，他说你有时候会给那些逃出来的奴隶治病。”

卡巴奇医生的眼里闪过一道寒光，她放下原本揣在胸前的双手，双手紧紧握拳，不自然地放在身后。我能感觉到，她很介意别人知道她现在的副业。我的话语让她心绪不宁了。我看着她，目光恳切，而她也凝视着我。在她身后的画上，那位 1954 年的老师正等着学生来上课，她的样子不像英雄，更像一位救世军成员，未来祸福难料。

“好吧，我能理解你的心情。”医生的眼神变得柔和了，嘴角带着微微的抽动。她的口气依然严厉，但有了几分温度，话语中似乎掺杂了什么别的情感，像是怜悯，又像是同情，或是仁慈，“你想怎么样？”

“我只想见他一面。”我说，“就这样。在你们带走他，带他去北方之前。我只想再见他一回。我得让他知道，我从来没有忘记过他。”

此刻，我的眼里开始有眼泪打转。说哭就哭向来是我的拿手好戏。我仍然光着膀子，身上只有内裤遮羞，而我们俩——一个医生，一个病人，一个女人，一个男人——此情此景无不迫使我们尽快了结此事。“我只想让他知道，我心里一直惦记着他，一直惦记着。我只想亲自见到他，把这些心里话都告诉他。我只有这个请求。”

她本该用一句“我很遗憾”来敷衍我，或是说自己爱莫能助。我知道巴顿神父一定郑重提醒过她不要向外人提及此事，他一定曾用冷酷的沉默告诫她此事非同小可。然而，此刻她的内心已然有了波动，迫不及待想要一吐为快。她想帮助我，她骨子里是这种人。卡巴奇医生这种人，和心怀怨恨的斯里姆正好相反，她是他们那一代白人中的自由派：她的办公室中一定要有黑人，要有出身低微，不会好高骛远的黑人，来见证她不是自视甚高、自以为是的白人统治者，见证她的出淤泥而不染，见证她是一个有道德和良知的人。巴顿要求她守口如瓶，正如他在和我吃饭时表现的一样，假装自己一无所知。但巴顿此刻并不在这儿，他只能在她脑海中敲响警钟，而我就站在她的办公室中。老实的莫顿，绞着手指，眼神满是恳切。

“问题在于……”她开口了，说得很慢，“我不知道他在哪儿。”

“跟您说吧，我不会伤害他，”我说，“也不会想带走他。我只想见他一面。我想再抱他一次。”

“你没明白我的意思。我不知道他人在哪儿。”

“可是……您去见过他啊，我以为……您不是给他治过病吗？”

她点了下头，小鸟一样的脑袋低了下去，又抬了起来：“是的。但我确实不知道他在哪儿。”

该死！该死的神父。一个阴险狡猾、贼眉鼠眼并善于掩饰踪迹的伪君子。

“您这是什么意思？”

“告诉你吧。”她的手又捋了捋头发，“我对这些……这些情况只是一知半解。有人会打电话给我，但我不知道他是谁，每次的电话号码也不一样。明白吗？这就是他们的行事风格。我有一部他们给我的手机，每次都是他们告诉我去哪儿。”

“您去了哪里？”

“市区。”

“具体是哪儿？”

“一家商场，中环商场。”

我点了点头，我懂了。那家商场在市区中央，站在先烈林肯塑像那儿可以看见它的停车场。

“但那里并不是我给他治病的地方。他们会安排一辆车在那儿接我，那是一辆出租车，但……它好像不载客，而是专门为我准备的。”

巴顿的工作方式：计划缜密，用了预付费电话，各个流程环环相扣。

“那辆车会带您去哪儿？会带你到他身边吗？”

“是的。可是，他们蒙上了我的眼睛。”那帮家伙在车里给她蒙上眼睛，载着她至少兜了一小时的圈子，到处乱转，让她根本分不清方向，到了目的地后他们领她下车，还要走一段路。一段崎岖小路，路面湿滑，而她依然被蒙着眼睛。等他们摘掉她的眼罩时，周围一片黑暗，伸手不见五指，这时有人会打开手电筒，那位她要救治的病人就在眼前。

“他就在眼前。”我轻声重述，回想起我在照片上看见的那张憔悴、机警的面孔。医生也在努力回忆那张脸，她站在我面前静静地思索着，回忆起与他见面时的情景。她鼓足勇气，走上前，用她的一对小手握住我的手：“你应该高兴起来，莫顿先生。我从没见过像他那样的年轻人，从来没有。他现在就要得到自由了，他会好起来的。”

不，他不会，我心想。因为我可不是什么该死的莫顿先生，我离目标又近了一步。因为我是头一心追逐猎物的野狼，我一定要找到他，今天就要，因为布里奇说过，如果你找不到那家伙……我向医生凄凉一笑："他人还好吧？他们让他待的地方是什么样子？"

"我不知道，真的不知道。"她缓缓摇了摇头，"反正是在一个房间里。我不清楚。里面好像有发电机，一会儿停一会儿转的，弄得电灯都忽闪忽灭的。"

"所以，是在……空着的建筑里面？"

我的大脑动起来了，思考着各种可能——有可能是仓库，或废弃的民宅，或未完工的建筑。"那么你的工具呢？"我指了指屋里的器具——听诊器、喉镜、压舌片、纱布等，"你给他看病用的东西怎么办呢？"

"那里没有。"她说，"他们那儿没有，我要的东西我会自己带上。他们那儿……没有医疗用品。"

她的脑海里回想出了那里的情景，想起了那个地方。这个骗子，不说实话！她想起了什么，感受到了什么，我看出来了。我继续逼近，问道："怎么了？"我语气冷静，没有废话，"你发现什么了？"

"房间里面……"她点点头，小鸟一样的眼睛眯了起来，"噪声很大，很奇怪的噪声，嗡嗡地响，像是管道的声音，像是水流过管道的声音。"

"管道？"我说，"所以……那是间地下室？是间地窖，或者是……”

“有可能。可能是吧，我也不清楚。我……我只知道这么多了，好吗？我能告诉你的只有这些了。”

医生不想再和我纠缠下去了，她越来越紧张地回头看着大门，仿佛随时会有病人或护士，或巴顿神父走进来，他那双淡色眼睛充满了怒火，用手指着她，谴责她背叛了他们的事业。

“好吧。”我说，“我很感激您。真的。但愿我还能再见到他一面……”

她匆忙地点点头，说：“好的，好的。”她点头点得如此匆忙，嘴唇一张一合，我心中又生出疑窦，难道她不仅只有负罪感，对此事还很害怕？

这个巴顿究竟是什么人物？我们面对的这位伸张正义的神父到底是何方神圣？我说了很多遍“谢谢”，非常卑微地感谢了她，非常卑微地向卡巴奇医生保证绝不会辜负她的信任。她无奈地笑了笑，理了理白袍，恢复了医生的神态。

“哦，对了，”就在她快要走出门，就要摆脱我之际，我说道，“我还有最后一个问题想问您，希望您别介意。”

“不行，莫顿先生，很抱歉，我不能……”

“求求您了。”

“我不能再说了。”

“夫人？我只想问……他为什么需要看医生？”

我曾经试过一次逃跑。那是我刚刚被迫做这一行时，已经是很多年前的事了。我想是我在夜半失眠，恍惚之际看着旅馆天花板时，说服自己这么做的。刚刚干这一行时我无数次夜不能寐，第一年我几乎夜夜失眠，我以为这事只是场骗局。他们给我下了药，让我在昏迷状态下过了两个钟头，然后等我清醒就告诉我，他们把一个微型电脑芯片植入了我的神经系统中，放在了脊椎和大脑的接连处，从此之后芯片会向外传送我的位置。

我心想，这不可能。怎么可能有这种科技，我要是信了就是傻瓜，所以根本没把它当回事。

我记得那次逃跑发生在布里奇第一次安排我去追捕一个女人的时候，逃犯的服役名叫作达玲。我一路追查可怜的达玲，追到了爱达荷州的爱达荷市。按照计划，我应该监视她堂叔的房子，然而我从百货商店里偷了一套衣服，然后上了一辆开往俄勒冈州的长途汽车。我只有一个大概的逃跑计划，一路向北到安吉利斯港，搭渡轮去维多利亚。然而当长途汽车开到波特兰市中心，我下了车之后，迎接我的是三个身着深色西装、喝着咖啡的探员。三人见到我就立即起身走向我，我只能再次登上了长途车，返回爱达荷去执行这个任务和下一个任务。而一直以来，布里奇对此事只字未提。他从没有问过我："你那趟旅游玩得开心吗？"是的，这不是他的工作风格。那枚电脑芯片真的植入了我体内。

这不是谎言。我按命行事就没事，如果试图逃脱，绝对有事。

至于爱达荷州的那个叫达玲的女人，她其实压根儿算不上一个女人，只是个女孩，当年刚 12 岁。

这一切我都记得清清楚楚。

18

一缕青烟从我的车中飘出。我站在 12 街，隔着两个车道就能看得一清二楚。我的车前面有一棵榆树，枝干向四面八方伸展着，树叶已经掉光了，后面还有一盏弯底座的路灯。这股烟是从车前盖里飘出来的，徐徐而上，然后消失在日光之下，如同已制服的恶灵幻化为烟。我急忙赶了过去，脑中闪过一个念头，心爱的阿蒂玛车的引擎会不会坏了——里面的哪个零件坏了，竟然起火，还冒出了烟。

但情况显然并非如此，我才走到这条不平整的小街一半就放慢了脚步。那是香烟的烟雾，仅此而已。有人在街对面倚着车身，一边抽烟，一边等我。一定是马里斯，他或者巴顿调查了我的底细，发现卡罗来纳没有叫简特尔的人，也没有什么德克森。我看了看这条街，现在再跑是不是晚了？我四下看了看有没有人藏在暗处紧盯着我。我站在街道中央，鼓起勇气想象我的大衣衣兜里装了把沉甸甸的科尔特左轮手枪，随着我迈开的双腿不断晃动，撞击着我的髋部。

然而，在那里抽烟的是那个白人女子玛莎。我看见她的头发用一根筷子盘了个发髻，她的神情有几分犹豫，又夹杂着些许期盼。

我紧绷的神经彻底放松了，差点笑出来。眼前的人是她，我此刻的心情几乎可以用开心来形容了。那个孩子也跟在她身边，莱昂内尔身上套了件运动服，比他的体型大了一两号，肩部和下摆处有一些条纹。他在听音乐，听得很起劲，小脑袋一前一后地晃来晃去，在车子旁边蹦个不停。他没看到我过来，但玛莎看到了，她尴尬地冲我挥了挥手，脸上勉强露出了点笑容。她抽的是那种怪模怪样的、嬉皮士风格的手卷烟，是从脱了奴籍的黑人烟草种植者那儿“购买”来的。

“天哪！”我说，“你好吗？”

“我是在乱来。”她说，“我知道，我是个很乱来的人。”

“你怎么了？”

“嗯，那个……有件事想麻烦你。”

我该怎么回答？德克森该怎么回答？我心里在想怎么回答？最后我回答说可以。她开的那辆南非产的粉色两厢车停在了梅里迪安街上，她从后座拿出儿童座椅，放到我的车上。我们把莱昂内尔安顿在了后座，接着我们开车出发，玛莎坐在副驾驶座，我看到她双手十指交缠搁在腿上。

“我们去哪里？”

“嗯，应该是走这条路吧。”玛莎轻声说，于是我顺着她指的路，沿着梅里迪安街向南驶去。

“没事吧。”我说。

她笑了笑，笑容却一闪而过。“没事。”她答道，好像这情景没什么大不了的，好像我们天天同车出行，“你刚才看医生去了？”

“对。”我说，“我去看了医生。”

“你身体没事吧？”

“哦，没事，谢谢你。我很好。”我现在扮演的是德克森的角色，我戴着眼镜，双手规规矩矩地握着方向盘 10 点和 2 点的位置，“滑了一跤，受了点小伤而已。昨晚在外面工作，在路边摔了一下，扭伤了脚踝。没什么大碍，可雅加达那些总部的人很爱大惊小怪，一点小伤……也要登记在保险上……”

我唠叨个没完，愣是把本来漏洞百出的谎话给圆上了。不过她根本就没听进去，只是出神地望着窗外。她戴着一副廉价的猫眼墨镜，却意外地和她头发上的塑料筷子很搭。她身上穿着一套老旧的深蓝色佩斯利印花洋装，手指戴着一枚戒指，仿金的，是那种很便宜的地摊货。我开车时她不停地把戒指摘了又戴，戴了又摘，从一根手指换到另一根手指。根据我的观察，年轻白人身上有一种共性，那就是自信，自以为是地认为自己可以在世上为所欲为。玛莎也有这种特质，即使她现在有求于我，仍然可以随意翻我车子的前排抽屉里的东西，看看我有什么磁带，当然这没什么大不了的，但她的自信只是一层薄薄的伪装，在这层伪装下，她的内心充斥着担忧和恐惧。

“能听一下磁带吗？”玛莎说道，其实她询问时，磁带已经有一半插进播放机里了。

“你随意。”

杰克逊五兄弟的《谁在爱着你》（Who’s Lovin’ You）响了起来，迈克尔领唱，四名兄长为他配唱。我打量了一下玛莎，她转头看向窗外，而此时我再次看到了她脖子上的黑色小石头，再往下，是奶油一样的雪白肌肤和粉色的胸罩。我顿时红了脸，有几分尴尬，还隐约夹杂着几分恼怒。莱昂内尔在后座如同机器人一样晃着脑袋。

我们的车子经过一栋又一栋建筑：医疗机械店、东方地毯店，还有一些招租的门面。

“那个……”我说，“我早晚得问你，咱们现在要去哪儿？”

“哦！”她说，“对啊。”

玛莎瞄了一眼莱昂内尔——他完全沉浸在了迈克尔的歌声中——随后说道：“其实，我想……有人陪我去个地方。就像……朋友间互相帮忙一样。我今天有个任务，得去见一个女人……这个人……我非见不可。我本来以为她会到旅馆来见我，结果她现在说要我去见她。”

德克森的个性一板一眼，听到这话不由得皱起了眉头："这跟你求职，当医疗护工有关系吗？"玛莎答道："不，没关系。"于是我的脑子里浮现出了各种可能。倒卖药品？枪支？对玛莎很容易引起的联想是，穿着廉价衣服的单身母亲，欠了一身的债务，不得不东躲西藏。

玛莎还是没有告诉我要去哪儿，我们的车子就这么往前开。然后我向右转到了 16 街，在与国会大街的交叉口，我把车停下来等红灯。

"而且别人忠告我……天哪，这词也太洋气了。"玛莎扮出了大律师一般的洋气口音，嘲讽他们的目中无人，"别人忠告我不要单独去那里。因为，我是个……"她转头看了看我。交通红灯变成了绿灯，"我是个'姑娘'。"虽然她没有说因为她是个白人姑娘，但这层意思不言自明。

我点了点头。

"但是……所以……你只是……你帮了我的忙。你显然是个好人。所以我想……"

我没有说话，我知道她会把我的沉默当作羞涩或是谦逊，然而实际上我的感受是害怕，我竟然是好人，我显然是个好人——这是怎样的黑色幽默，这是多么讽刺的一件事。我回过神，将车左转，驶入了马丁·路德·金博士大街。我已经猜到我们要去哪儿了，心中有一种预感。迈克尔唱出了最后一句，声音高亢，宛若天使。

“我不能承诺给你报酬。因为，我现在，身上一个子儿都没有。不过我欠你一个人情，以后会给你钱的——说不定今天晚一点就可以。说不定和她见完面后就可以。”说完她喘了口气，看了我一眼，透过墨镜片，她的眼神中透出勇敢与焦急，“你觉得呢？”

按照常理，我百分之百应该拒绝。我的案子已经很有把握了，离胜利不远了；而另一方面布里奇把我逼得很紧，过往的回忆幽灵般地在我脑海里纠缠着我不放。

“那么……”我问道，“我们要去哪里？”

她把记着地址的纸条从裤兜里掏了出来。“在这儿，嗯，10 街和贝尔蒙特街的交叉口。”

我点点头。没错，我们正在朝那里驶去——“自由城”。

我知道如何让一个对某件事心里打鼓的人去做这件事，那就只有两个字：胁迫。透露一点信息，让他（她）帮你找个地方，我天天都在干这种事。不知道玛莎是去干什么事，但是人人都有自己的秘密。人人都有埋藏在内心深处的秘密，深不见底，无人知晓。

我们开上了通往自由城的桥，一条破旧的两车道马路桥，横跨于缓缓流淌的污浊河水之上。我很乐意帮玛莎·弗劳尔斯的忙，不管那件事情有多神秘。世上的人每天都在忙着解决自己的烦恼，想方设法处理自己的烂摊子。所以偶尔能换换口味，处理别人的烂摊子，感觉也挺不错的。

“我的天！”玛莎惊叹。

我小心开着车经过这里的街道，街上的坑大得像被炮弹打过，石头、瓶子遍地都是。自由城里的这一片区域仿佛遭受了敌军轰炸，犹如末日来临。

莱昂内尔蜷缩在儿童座椅上，透过车窗打量着外面。

我到过这样的地方。虽然没来过这座自由城，但我去过类似的地方。我的足迹遍布北方各地，每座北方城市都有这样的自由城。纽约有几个，芝加哥也有，估计在 10 个以上，巴尔的摩和华盛顿也有。恢复自由的黑人总得有地方去，而他们的选择并不多。他们的住处大致一样，但细节各不相同。有的地方是围着一块空地建起的密集高层塔架式公寓，住满了穷困潦倒、辛苦奔波的黑人，他们是弱势群体中的弱势群体。有些地方和这里一样，一个街区接着一个街区的破烂小屋，路旁没有人行道，路面老旧开裂，屋旁的院子要么杂草丛生，要么空空如也。屋子上的藤蔓已连成网，将一二楼包裹得严严实实，一些藤蔓的卷须还爬到了更上层的窗户。屋檐上的排水槽或空空吊着，或满是垃圾，门廊也摇摇欲坠。

我看得出来，玛莎从未到过这种地方，也从没有见过这种地方。

“到这儿好了。”玛莎说道，“你能……把车停到这里吗？”

“你还好吧？”

“还好。”她咬着小手指说道。我们离她给的地址还隔着一个街区。

她变得越发焦虑不安，如同某种气流在车内盘旋。她摆弄着墨镜的鼻托，使劲向内掰，想让它更贴合。一个玩滑板的小孩慢慢经过我们的车子，头上顶着一个桶，另一个孩子在逗他，让他小心别让桶掉下来。“当心，小弟……小心点，好的……慢慢来……”二人笑闹不止。一个女人推着手推车走在路上，一边打电话，一边抽烟，还能推着车走；手推车里有个两三岁的小孩，正兴致勃勃地玩着一瓶汽水。一群社会小混混坐在露台上，抽着烟，眼睛恶狠狠地瞪着街道——正是落枫溪的那两位小朋友渴望成为的，真正的黑道中人。这时，有个男人慢吞吞地走近了他们，打开一个鞋盒，应该是向他们推销着什么东西，小混混们赶走了他，派头十足。

一条和狼一样高的恶犬，在街上撒着欢乱跑，项圈上的牵狗绳在身后狂舞。

“见鬼了！”玛莎阴郁地说道，“真他妈的见鬼了！”

“妈妈，不能说脏话。”

“对不起，熊宝。”她伸手拍了拍在后座坐着的儿子的腿，然而莱昂内尔一边望着窗外，一边用手指轻点鼻子，就像是在做数学题一样。

我对此情此景已然麻木。我的内心早已经麻木了。那种第一次来到自由城，目睹这种超现实的地方的惊讶，我早就没有了。在 21 世纪的一个富裕工业国家的大城市，竟有相当大的一块区域是如此令人绝望。它仿佛浩瀚的文明海洋中一座被世人遗忘的孤岛，一座隐形的城市。

一辆警车沿街缓缓开着，暗色的车窗紧闭。没开警笛，但警灯亮着，红蓝两色的灯不断闪烁着。没有什么紧急警务要处理，警车就这么慢悠悠地开着。有人在车前盖上用喷漆喷了句话：警察只会巡逻。

“要不然……”玛莎说道，“算了吧。”

“什么算了？”

“这件事……算了。我不想……”她回头看了看莱昂内尔，她儿子也正好在看她。他有些紧张，想从妈妈脸上看出点什么，想知道现在的处境有多严重。警车从我们面前开过，然后右转，越离越远。

“好吧。”我说，琢磨了一下眼前的情景，发动了车，“走吧。”

这时有人重重地拍了三下驾驶座旁的车窗。一个巨大的身影出现在车窗前，挡住了日光。玛莎座位旁的车窗外也出现了一个人，同样壮得吓人，这个人示意我摇下车窗。

我的枪没带在身上，我不可能带着枪去看医生。我脑海里浮现出枪的样子，它现在好好地锁在都城十字路口旅馆，我房间里的保险箱里。

我打开车窗，眯眼看向窗外。一个巨人一样的黑人戴着打高尔夫球时才戴的遮阳帽，身上穿了件紧身 T 恤，外面套了件皮衣，硕大的脸盘上长满了痦子。他压在车窗上，绕过我，冲玛莎问道：“你是旺达吗？”

“我是。”她答道，看了我一眼——她用了假名——继续说道，“你是给沃克夫人办事的吗？”

“对啊。”小山一般的壮汉答道，说话时胸腔的共鸣很大，隆隆作响，“她是我妈。”

“是吗？好的。那个，麻烦你和她说一句，我很抱歉，我答应她的事办不了了。我改主意了，成吗？”

戴着遮阳帽的家伙乐了：“成啊。”

“你愿意帮我转告她？”

“你自己跟她说好了。”他拽开我的车门，另一名体型和他一样，穿着也一样的大汉打开了玛莎的车门。“下车，快点。”玛莎那边的大汉用同样洪亮的声音说道。只是他的门牙缺了两颗，这是两名黑大汉之间唯一的区别。玛莎飞快地点头答应了对方，她舔了舔嘴唇，说道：“那个，吉姆？”她用手握住了我的腿，“你能在这儿等我一下吗？帮我看着……”

“那可不行。”一号壮汉说，“所有人都得下车，一起走。”他打开后车门，指着莱昂内尔，“你也一样，小孩。”

我在芝加哥唐尼斯百货店上班时遇到过一位黑人经理，心肠不错，叫德里克，有时下班他会开车载我回家。每次我坐他的车的时候，我们都沿着湖滨向南走，随后便会看见自由城。看着那里杂乱无章的楼房，德里克总会摇头叹道："我真搞不懂，为什么不把这种地方拆掉。我们多少能给这儿的人帮点忙吧，你说呢？"

"当然。"我如此回答德里克，心里也这么想着。

现在，我的想法改变了。我开始不懂，但后来想通了这其中的秘密。自由城的存在是有目的的——它的存在不是为了那儿的居民能住得舒适，住在那儿的人必须忍受着贫困和偏见，在法律的束缚下不能搬家，也不能工作。自由城的存在是为了其他人，为了像玛莎这样的人，为了让她能戴着墨镜从远处眺望而不用与里面的人为伍。在城里面修一个畜栏，让位于其中的人别无他法，只能像牲口一样活着，然后旁人指着他们说道：*你看见这些牲口了吗？他们就是这种人。*黑人天生就是穷人，而穷人天生就很危险，这种观念如同烟囱飘出的烟，从自由城飘到各地，所有的人以讹传讹，偏见越发根深蒂固，如肮脏的空气一般飘散到全国各地。

这时，我们几个人排成一队，缓缓前行，沃克夫人的一号壮汉走在前头，另一个跟在后面。两人领着我们这支奇特的队伍走在大街上，路面上有车子轧过的车辙印记，队伍经过了被乱涂乱画的大门、破旧不堪的汽车、胶合板搭建的棚屋、冒着青烟的炉子，还有挂在树上的破烂吊床。

莱昂内尔看上去并不害怕，他一蹦一跳地走着，打量着四周的环境。但走过半个街区后他握住了我的手，我也握住了他的手，开始时没有抓好，他的小手如同一只好奇的小兽，在我握紧的手心中蠕动。

19

“闺女，跟我说说咱们是怎么认识的？”

“您不认识我。”玛莎说道，“我们没有见过。我的朋友安妮卡，她认识您的孙子韦恩。”

“加里的韦恩？”

“不是，夫人。是新奥尔巴尼的韦恩。”

坐在长餐桌一端，颐指气使的女人举起手指来回晃着：“孙子？拜托，闺女。那个韦恩跟我八竿子都打不着。干儿子而已，他只是我的干儿子。”她狠狠抽了一口烟，把烟灰弹进了手边的果汁杯里，“他现在还在那里混吗？”

“他现在应该在路易斯维尔吧。”

“是吧，你最好离他远点。他是个蠢货，还是个小气鬼。蠢的人不见得小气，他可是两者兼具。你离他远点。”

“好的，夫人。我会的。”

“别叫我夫人了，闺女。”老妇人说道，“大家都叫我老妈。”

“好吧。”

玛莎勉强挤出一丝微笑，面部和身体显得很僵硬。她没有称呼那女人为老妈，她不习惯这种称呼——她对眼前这一切都不太习惯。她把墨镜折起来，放在桌上，仿佛正在参加某个牌局，除非到了万不得已之时，墨镜就是她的赌注。屋子不大，摆满了各种绿色植物、盆栽花和一些花瓶。老妈抽着走私来的骆驼牌香烟，那两个押我们过来的儿子却抽着大麻，搞得屋子里乌烟瘴气，然而这些植物却奇迹般茂盛地生长着。

我看不出沃克老妈具体的年纪，可能在45岁到60岁之间。她以前肯定是个美人，现在仍然风韵犹存，有着老妇人历尽沧桑的优雅。她皮肤黝黑，面部有些皱纹，嘴角处尤为明显，她的眼神灵动锐利，不时地观察着四周，不放过任何蛛丝马迹。

“他们俩是我的儿子。”她突然转身对我说道，用拿着烟的手指着两名壮汉，“他们是双胞胎。想不到吧？”

我看向二人，坐在双人沙发上的他们一齐向我点了点头，两个巨人并肩而坐，活像退役了五年的美式橄榄球防守前锋，身材虽然发了福，但肥肉底下仍有肌肉。在里屋还有一群孩子坐在大沙发周围，年纪要小得多。莱昂内尔在沃克老妈的鼓励下也去了那边，沙发对面的液晶电视上正放着孩子们爱看的动画片，他立即被深深吸引住了。

沃克老妈掐灭了骆驼香烟，又取出一根新的抽了起来。

“我知道，别人管它叫苦难烟，可我抽不惯那种印度烟。

我心里也为我们的奴隶同胞难受，可那种印度货抽起来跟牛屎一样。你今年多大了，闺女？”这段对奴隶种植烟草的评价是对我说的，但这个问题是问玛莎的。

“三十二。”

“三十二, 三十, 二。”她仔细打量了一下玛莎，眼神里在挑她的毛病，仿佛在审视一件珠宝，“这个年纪对女人来说很关键啊，是不是？”

“对，当然。”

“但白人姑娘就不一样了，没错吧。”

玛莎无奈地耸了耸肩：“没错。”

“甭管什么事，到白人姑娘身上都不一样。”

我再次陷入沉思，现在这里到底是怎么回事。还有一件让我想不通的事，我是怎么搅和进这件事里来的。

“闺女，我就直接问了。”老妈细长的脑袋往里屋一仰，冲着沙发上莱昂内尔的方向说道，“小家伙是你生的吗？”

“是的。”玛莎看着她儿子，目光中满是爱怜地答道，“你说得没错。”

老妈点了点头。她打量着那个男孩，研究着他的肤色，目光锐利，和我当初审视寒鸦的肤色时一样——和我对每个逃跑的奴隶审视的目光一样。我不用多做思考，就可判定沃克老妈体型适中、显瘦，涂了红色口红，皮肤是 211 号或 212 号色卡的颜色。

“你又是哪位？”沃克老妈看向我，“你是孩子的爸爸？”

“我不是，夫人。”我淡淡地说道。

玛莎急忙解释：“他只是个朋友。”

“只是朋友。”老妈的声音低沉，仿佛在你耳畔轻声细语，“只是朋友。”她探过身来，嘴角吐出一个烟圈，拍了拍我的腿，“很高兴认识你，‘只是朋友’老弟。”

两个沃克兄弟站在门边，安静地分享着一根大麻烟，你抽一口，我抽一口。

“他爸爸人呢？”

“这个……”玛莎的头微微颤了一下，“这事我不想说。”

“不想？”老妈收起了笑容，“为什么？”

“我只想，那个……谈我们的交易。”

“成啊！”沃克老妈说道，“当然可以。”

我听到门口传来打火机的声音，转过去看了一眼：二号儿子在重新给烟点火，一号儿子出神地看着某处。电视里播的动画片中的角色说了句好笑的话，一条鳗鱼飞快地冲向另外一条，一屋子小孩哄堂大笑。莱昂内尔也跟着放声大笑，丝毫看不出他有任何紧张。

“不过呢，我还非得说说这事，就说几句。你没意见吧？”她盯着玛莎说道，“你不用回答，我来猜他爸爸出什么事了，如何？”

“这个……”玛莎双手抱肩，面有怒色，“好吧。”

“我猜他死在了白人手里。”沃克老妈轻轻松松丢出这枚炸弹，仿佛还带了几分欢喜，“而且是因为你才死的。对不对？我说得八九不离十吧？”

玛莎没有应答。“我就知道是这样。”仿佛玛莎承认了老妈的猜测一样，“白人做事就是这样。你可得当心一点。不管你是在北方还是南方，有些事必须小心。白人做起事来是动真格的，明白吗？我没说错吧，‘只是朋友’老弟？”

“没错。”我答道。

“我给你举个例子，如何？你见到这个破地方了？”她指着外面，指着垃圾满地的街道，“原来这一片可绿了。完全可以用‘山清水秀’来形容，是这个词吧，马福？”

“是的，老妈。”她的一个儿子低沉着嗓子回答道。

玛莎突然站了起来。“非常抱歉，打扰您了。”她说道，声音哽咽，眼看就要哭出声来，“莱昂内尔，亲爱的，咱们要走了。”

正坐在沙发上的莱昂内尔应声看了过来，可与此同时沃克家的一个儿子也站了起来，不是马福，是另外一个。“坐下，小姑娘。”他说，“老妈还没说完呢。”

玛莎只得再次坐下。莱昂内尔的注意力又转移到了电视上。老妈若无其事地继续说道：“那时候，这里真是山清水秀。这是祖辈传下来的。我说的是我出生以前，知道吗？好几辈以前的事儿了。当时这里有条小溪。我记得我还有张地图，现在却不知收到哪里去了，不过你们也能看见它，走过外面街上的狗屎和碎玻璃之后，你就能看到很多年前曾流经这里的河道。但问题是，那些规划郊区发展的白人，他们不喜欢这条小溪的位置，于是他们就……”她用手在空中比画了一下，“把它弄到了地下。在河上面修了房子。你懂吗？明白吗？”

她等待着，她需要有人回答。玛莎小声答道：“明白。”我摘下眼镜，用衬衫一角揩了揩镜片。大麻的烟雾不断从双人沙发上飘过来。

“他们把那条小溪弄成了地下水，在上面修了一座丑死人的城市。白人们就是这副德行。凡是他们不在意的东西，凡是他们不喜欢的东西，他们就要么把它赶尽杀绝，要么消灭它，要么掩埋它，直至从所有人的记忆里把它剔除掉。你懂吗？”

玛莎的眼睛已经闭上了：“我懂。”

“他们就是这样……这样对待你孩子的父亲的。就是他们——这些白人干的。”

“抱歉。”她为来到了这个黑人家庭而抱歉，为自己是个白人而抱歉，但这丝毫于事无补。“我只是来寻求帮助的。”

“不然你来干吗，宝贝？所有人来这儿都是来寻求帮助的。这世上又有谁能万事不求人呢，对吧？我没说错吧，‘只是朋友’老弟？”

吉姆·德克森和我头一回感觉一致，我扮演的角色和我一样摸不着头脑。我小心翼翼地笑道：“没错。”

“所以，你的问题是，你需要哪种帮助？你在我眼里，是个漂亮的白人小妞。白人小妞可不会无故到这里来……比如，来配眼镜？”玛莎点了点头，身体微微颤抖，双手不知所措地绞着脖子后面的头发，“白人小妞不会到市区来除腋毛，不会来送文件，不是来搞同性恋的，或是……”她双眉挑起，玛莎急忙摇头，“不是？所以漂亮白人小妞不是到这儿来睡男人，抽大麻或摆脱奴籍的。那么她来这里干吗呢？”

我真希望自己是玛莎的老朋友，能握住她的手，或在桌下拍拍她的腿，给她一点点安慰。可我不能这么做——我和她完全不熟，我们其实形同陌路。

“肯定是这位姑娘需要钱。对吧，儿子？”沃克家两兄弟听到问话，一齐点了点头。这一切都是套路，这一问一答是套路的一部分，没有例外。“所以，真正的问题是：这姑娘需要多少钱？”

玛莎将双手压在桌上，希望能保持镇定。我的视线越过她，看向窗外，捕捉到一点动静——那辆警车又开过来了，警灯仍然慢悠悠地闪着。

“我需要 29 500 美元。”

这时，老妈的一对弯眉翘得更高了：“两万, 九千, 五百美元？”

玛莎点了点头，动作小得像老鼠一样。老妈提高声调，如同舞台上的演员对观众慷慨陈词一般对两个儿子说道：“29 500 美元。你们能相信吗？”

他们不能，两人相当惊讶，慢慢地，来来回回地摇起了头。我也无法相信。我偏过头，用全新的眼神打量着这姑娘——这个玛莎，或旺达，不管她叫什么名字。老妈向后靠上椅子，又抽出了一根骆驼烟。

“29 500美元。”她一边点烟一边说道，“这个数目可真是——我该用个什么词啊，埃尔顿？”

“精确。”埃尔顿含着满嘴烟回答。埃尔顿是两兄弟中缺了门牙的那个。

“这可是一大笔钱。”老妈看向我，“这算是一大笔钱吧，‘只是朋友’老弟？”

“是的。”我说，“确实是。”

“有件事我不明白，宝贝——你是白人，为什么不去找份工作？”

“嗯，我……”玛莎低着头，然后眼神落向别处，目光中带着痛楚，“我在找工作，我去会展中心那儿参加了招聘会，整个星期我都在忙这件事……”她看向我，希望我能证明，我点了点头，虽然我并不清楚她这个星期在干什么。显然我对她一无所知，“我是一名有证书的医疗护工。”

“医疗护工。”老妈摇了摇头，吸了口烟，吧唧着嘴。

“对。我还……还打了点零工。我有工作，真的。我有一点钱，但不够。我要照顾儿子，你知道的，很多地方需要花钱，所以攒不下几个子儿。”

“世道艰难。”沃克老妈说道，然后她冲着厨房窗户外一栋荒废的空屋挥了挥手，“世道真的艰难啊。不过你还是没说你要这笔钱的原因，这笔‘精确’的 29 500 美元。”

玛莎不假思索地答道：“我不能告诉你。”

“你不能告诉我？”沃克老妈眼中寒芒一闪。

“她不能告诉我！马文，亲爱的，你听到了吗？这是人家的秘密！”

“那个……您听我说，夫人。”玛莎努力压抑着情绪，直视着老妇人的双眼，“您能不能借我这笔钱？或者借我一部分，好吗？不管您愿意借多少，我都愿意接受。我会还给您的，连本带利地还。”

“你说的不是废话吗！”沃克老妈吼道。她激动地站了起来，一大截烟灰从烟头上摔落到桌上，“你必须给老娘付利息。我办的不是善愿协会，不是什么照顾可怜白人小妞的慈善机构。”

“对不起……”玛莎说道，“对不起。”她不停地道歉。我认识玛莎三天了，一直在听她说对不起。不管是对着吹毛求疵的白人还是凶恶的黑人妇女。

“行了，听着，宝贝！”沃克老妈说道，玛莎满含希望地笑了，然而这事根本就没戏。老妈没有坐下来，两个儿子也坐正了，屋里的气氛瞬间变了样，我经历过这样的场面，看过谈判的过程，就知道接下来会发生什么。持枪的潜逃奴隶、贪污腐败的警察、在边境行贿的走私犯、倒卖奴隶的掮客、绑匪……我跟各种人打过交道，坐在桌前看着谈判走向僵局时，我总能第一时间感觉出气氛的变化。

“你仔细给我听好了：我借钱给别人时，是必须要求有回报的，是有条件的。”

“我知道。”玛莎说，“我说了……”

“我知道——你会连本带利还给我。可是，你拿什么保证呢，宝贝？你不愿意告诉我你借钱的原因，我也不认识你。你带了个黑人朋友和一个黑人儿子到我家里来，以为我就会犯糊涂，把你当成自己人看待，以为我就会相信你？”

“可是我……我可以向您保证！我绝对说到做到！”

沃克老妈已经懒得继续搭理她了。她狠狠地掐灭了烟，两个在门边的儿子立刻开了门。玛莎终于明白这事是成不了了，于是她立即转变了态度，她做好了离开自由城的准备，有多快就走多快。“莱昂内尔。”她叫道，她儿子仍然在津津有味地看着动画片，被里面的剧情和声音吸引，没有马上反应过来，她又声音高亢地叫了一声“莱昂内尔！”，他这才赶过来。

“幸会了。”沃克老妈说道，“几位，幸会了。”

两个壮汉让开了条道，沃克老妈说了句话，声音低得几乎让人听不清：“如果你把孩子给我，我就给你那笔钱。”

“你说什么？”玛莎问。我拖着她的胳膊走了出去。

我拽着她的胳膊走下台阶。她还在问：“她刚才说什么？”

我领着她和她的儿子穿过这个街区，她的眼神始终很慌乱。我把她塞进车里，赶紧离开了这里。

20

喷泉餐厅的电视开着。在收银台上支了个铁架，电视机就放在铁架上，此刻电视开着，但没有开声音。餐厅里的人要么在专心看正在直播的听证会，要么在边忙边看。这是一场在星期六举行的参议院财政委员会特别会议，顾客的眼睛无不盯着电视屏幕，甚至忘了吃面前的煎饼；清洁工反复擦拭着脏桌子上的同一个地方；女服务员把我们点的东西送到了别人的座位，眼睛却一直没离开电视。电视里，巴特里奇镇定自若地看着折磨她的敌人。她的拇指夹在食指和中指之间，目光如炬，屏幕下方打出字幕，显示出她说的话：“参议员先生，如果你在问，我的观念是否……或者以你的说法，这是我的‘思想体系’，虽然我认为这并非……不，抱歉。能让我说完吗？如果你问的是，这些观念是否让我背离了美国的主流民意，那么我认为答案是否定的。我认为答案是完全否定的。”

在隔壁桌的清洁工，一个光头年轻人，很认可这个回答，他满意地点了点头，微笑着走回厨房。

我们坐在一个卡座注视着屏幕，包括莱昂内尔都在全神贯注于电视上的内容。也许他并不能完全理解电视里说的事儿，但他的小脑袋里也在思考，和所有人一样，明白这件事意义远大。如同人们喜欢用的那个词，这是一道“分水岭”。他正在给菜单背面涂颜色，时不时地停下，看一两眼电视上那个坚强的白人妇女。我也在看电视，试着为此感到一丝兴奋，试着感受那名清洁工，那些厨师的情怀。即使她真的下定决心，即使她真的言出必行——即使重整旗鼓，秉公处理这次旷日持久的诉讼，起诉那些榨取奴隶血汗钱的金融公司，但那些金融公司自有应对之道。南方地区政治游说联合会将会派出他们 K 街[①]的精英团队，拿着政策白皮书前去游说。奴隶制在南方是有广泛民意基础的自治权，是这么多年沿袭下来的传统，这样的老调会在国会重弹。于是，一切照旧。餐厅里玛莎是唯一一个没看电视节目的人，她悄然安坐，出神地看着前方，点了杯咖啡却没有动，不断冒出热气仿佛在诉说着咖啡杯的温度。

“你还好吗？”我问。她听后叹了口气。

“应该还好。”她摇了摇头，头发滑了下来，原本别着头发的筷子不见了，也许掉进了她背的大包里，也许掉在了沃克老妈家的地板上。“其实，我感觉不好，我不知道自己在干什么。

① K 街（K Street）：位于美国国会山与白宫之间，由西向东，横贯华盛顿北部。这条街上云集了大批智库、游说集团、公关公司等，有“游说一条街”之称。——编者注

我把你拖进了这堆破事，现在……我真不知道自己在干什么！你不想知道是怎么回事吗？”

“知道什么？”

“你在开玩笑吧？”玛莎看向我，看向吉姆·德克森，想知道这个正直有礼的生意人是过于礼貌，还是不通人情世故，“当然是这笔钱的事啊！”

“哦……”我说，“当然想。我当然想知道。”

之前她说想吃午餐，让我们到这儿来，可现在她却一口没吃。而这家餐厅也是她选的，坐在这个位子上，自始至终我都在提心吊胆，担心威利·库克警官会不会突然闯进来。这里是他最喜欢的餐厅，上一次我见他，他就和他的白人搭档坐在另外一张桌前，从我们坐的地方可以清楚地看见，想到这一点我就忐忑难安。他那张过于亲切的笑脸和那份心照不宣的表情在我脑海中挥之不去。

玛莎坐在位子上，琢磨着自己前途坎坷的生活时，我在盘算着该如何向库克警官解释我们仨为什么会在这吃饭，鳏夫吉姆·德克森为何会和新认识的白人女性朋友一起共享午餐——当然，还有为什么一个白人姑娘会和黑人一起吃饭。我想象的对话是“对了，玛莎，这位是库克警官——我们俩认识，而且他还是一名地下航线的成员……”

电视上，多纳泰拉·巴特里奇说完了自己的一个论点“将用实事求是的精神来研究问题，不带任何偏见”，然后端起水杯喝了一口。镜头切换到两个长着双下巴的南方富豪议员，两人靠在一起窃窃私语，表情沉重，提防着镜头。

我到底在这里干吗？我正在调查案子，有一个逃犯要追捕，而布里奇无时无刻不在盯着我的一举一动。

“宝贝？”玛莎说道。她看见莱昂内尔趴在了桌上，呜呜地哭了起来。“宝贝，宝贝，怎么了？”原来他是被一个迷宫难住了。他刚才一直在玩菜单后面印着的一个海洋生物主题的迷宫，迷宫把他难住了，于是他就哭了。这才对啊！这感觉真好。他妈妈此刻焦头烂额，外面的世界也阴云密布，而占据了他心神的却只是一个印在菜单背面的迷宫：一只小小的章鱼宝宝，要从迷宫中找到一条路回家。我俯下身子，指向一个方向，他拿起手有些迟疑地重新开始走。我把手指放到菜单上，给他指出该怎么走。

“哦……”他说，“是这样啊。”

“这个迷宫有点难。”我说，“来，慢慢来，慢慢来。”他小心翼翼地移动手指，按照我指示出的路往前走，终于自己摸索到了出路。他用手指在纸上印的“终点”上绕了几圈，我说：“你看，完成了。”我们俩互视了一两秒。

“该说什么呀，莱昂内尔？”玛莎笑着问道。

“谢谢，吉姆先生。”

显然我对玛莎和她儿子产生了感情，想保护他们。但我的心中也已有所警觉，脑海中亮起了红灯。我本该找个时机站起来，说一句很高兴认识你们，然后回去工作。但，我现在到底在干什么啊?

“我认识了一个人。”玛莎开口说道，视线绕过我看向远方。

“什么，在这儿吗?”

“他在俄亥俄州的斯托本维尔。”她一字一顿地念出那座城市的名字，似乎这样更能取信于人，“斯托本维尔。但我并没有见到他的真人，我是在网上认识他的。”她的声音很幽远，不大，却很有力量。她需要向我，或向某人倾诉。整间餐厅里的其他人都在看电视。莱昂内尔在忙他自己的事，在菜单上的空白处画着一座城堡。

“他说只需要 29 500 块就行了，这个家伙，他可以……那个。”她深吸了口气，直视着我的目光，“听他说，政府有一个……数据库。”

“有一个……什么?”我嘴上虽在敷衍，心里却幡然醒悟。她身上的种种谜团逐渐解开了不少。

“一个数据库，里面记录了他们在哪里。”她低下头玩弄着手指，“所有奴隶的位置，明白吗?这家伙说只要我付钱，他就能到数据库里找出他的位置。”

“哦。”我轻轻说道，语气透露着半信半疑，仿佛我并不清楚她在说些什么。

这个数据库名叫“火炬之光”，里面有一份综合名单，记录了所有正在种植园、工厂、矿场、“劳动监狱”、家庭作坊、油井，以及其他各种“强制劳役人员”的工作场所里工作的人，或曾经在这些地方工作过的人。根据各州法律，所有雇用奴隶的企业和个人都有义务就每笔奴隶买卖、每次奴隶潜逃、每个奴隶的出生和死亡，以及每次负伤奴隶的伤情在“火炬之光”中进行记录。每一条信息都被进行存储和分类。奴隶这种劳动力，其健康程度、当前市值和预期贬值牵涉到了南方奴隶主自身错综复杂的利益，因此这些信息对他们来说相当关键。

我对玛莎口中那个斯托本维尔的神秘黑客的能力非常怀疑。这些年来，通过接下的各种案子的间隙，我一直在设法登录“火炬之光”数据库。如果能获得里面的信息，对我来说有多方面的益处。但是“火炬之光”受到法律保护，受到内部安全防控措施的保护，受到政府专用防火墙的保护，因此恐怕只有坐在某个政府高官办公室的电脑前，才能登录到这个数据库。

“但是谁……”我开口问道，而玛莎飞快地转头看了一眼她的儿子，然后再看了看我，即便老好人吉姆·德克森也明白她的顾虑。就在此时，女服务员过来了，端来了我的三明治，孩子点的煎饼，又重新给玛莎续满了咖啡。玛莎说道：“莱尼[①]？想不想干点疯狂的事？”

“什么？”莱昂内尔抬头问道，“什么疯狂的事？”

“想不想一边听音乐，一边吃饭？”她从手提包里拿出一副大耳机，然后将耳机插进了一个扁平的移动音乐播放器，这个

① 莱尼（Liney）是莱昂内尔（Lionel）的昵称。——编者注

音乐播放器比一片吐司面包厚不了多少，是从日本进口的新奇货，是她姐姐给她儿子买的生日礼物。当他听着音乐，我吃着午餐时，她向我说起了儿子的父亲。

“他叫山姆森，别人都叫他山姆。”

“这是个罕见的——嗯，是哪个词来着？——这是个罕见的服役名。”

玛莎的眼神黯淡了几分。“那不是他的服役名。他有一个服役名，但没必要跟你说。他也几乎不——他不喜欢说起那个名字。他的名字叫山姆，好吗？他以前在一条捕虾船上工作。”

“是在路易斯安那州吗？”

“是亚拉巴马州，拜尤拉巴特里。”

我没有见过在捕虾船工作的奴隶，只是听说过：他们工作时头顶烈日，大汗淋漓，还要面对大海上的惊涛骇浪。

“后来有人组织了一次很大的救援行动。”玛莎说，“是墨西哥人干的。他们有很多船。我忘了那些人的称号。”

“我记得是‘企业家’组织。”我如此说道，仿佛我并不清楚。仿佛我脑子里并没有对南美洲、中美洲和加拿大各种游击队、外国各派的自由佣兵了若指掌。有一部电影也叫《企业家》[①]，我刚巧还看过——这部电影是我在芝加哥的那段美好时光里看到的，我走进了霍尔斯特德街的一家电影院，一连看了两遍。爱德华·詹姆斯·奥莫斯在其中演海盗头子，丹泽尔·华

① 此电影为作者虚构的作品。——编者注

盛顿饰演一个喜怒不形于色的黑奴。另外一个演员，好像是詹姆斯·伍兹，饰演高贵却内心矛盾的海岸守卫队长，一直在追捕这两人。电影结尾有一幕很经典，两个流犯从船上跳进大海，毅然选择面对凶猛的鲨群。

玛莎告诉我山姆森在营救过程中一直在船的甲板下，他被关在笼中，让海浪冲到杰克逊维尔，最后几经辗转，终于让人接到了新奥尔巴尼，当时她也在那儿生活，新奥尔巴尼对两人来说都是一个临时的落脚点。

有一名联合包裹速递服务公司的司机，一个孔武有力的白人，负责给玛莎当时工作的诊所送货。有一天，在下班后他对她悄悄说道，我们几个人一起出力，搭救一名黑奴，你能帮一下忙吗?“我当时以为快递公司的那个人，”玛莎回忆道，“是在跟我搭讪！”不过她还是去了聚会的地方，然后她见到了那名黑奴。他身上满是这次旅途的痕迹：手指因为长期的海上劳作而长满了水疱，背上有一片尚未愈合的伤疤。在海上暴晒了六个星期后，他的一只眼睛严重受损。

“他长得很帅。”她静静说道，“我开始并不知道他会是什么样子。我不知道该如何想象他的样子。可能是，瘦巴巴，没怎么读过书的，留着光头……的一个人。可能，已经不成人形了，可能被折磨得没有人样了。但他本人……”她身体微微一震，因为回忆和惊讶而颤抖，“他长得很帅。”

“你知道吗，”我轻轻说道，“奴隶留光头是犯法的。”

“是吗？”她沉浸在回忆中，心不在焉。

“是啊，蓄奴四州的法律都有这一条。有时候没有头发，很难判断一个人是黑人还是白人。”

“哦。”

她转过头，看了看她的儿子，他把煎饼丢到一旁，正随着耳机里的音乐而扭动着身体。她低声对他说道：“吃饭，宝贝，饭要好好地吃。”

他向她比了下拇指，继续晃动。

玛莎和山姆森坠入了爱河，一个白人女孩和一个潜逃的黑人奴隶。整个过程很肉麻，而且那份感觉不像是爱情，她说，是比爱情更纯粹的感觉。

“我的意思是，比爱情更高一个层次，是更触及心灵的爱火。你爱过别人吗？”

卡索，我的兄长。夜里他的那双黑眼睛，两只长长的胳膊，揽住我的胸膛。

还有亚丽克丝。我在芝加哥那几年里遇到的一个女人。她在唐尼斯百货商店里的仓库工作。一个美丽练达的黑人女性，性格强势又浪漫，热衷于政治。我从没有跟她说过我的身世，我们俩的关系因此没有很亲近。

“没有。”我答道。吉姆·德克森是个老光棍，“没有认真过的，都不值一提。”

玛莎的咖啡已经冷了。电视上，听证会暂时休会。录影棚里点评专家们正在打嘴仗，后面的背景则是华盛顿特区的天际线。

善良的德克森在聆听玛莎的倾诉，头略略歪向一侧，眼中饱含同情，在德克森的躯壳之下，我也在聆听，内心却充满了警惕与焦急，心跳如鼓。我等着库克警官进门，坐到他最爱的座位，等待着在巴特里奇听证会的旁听席上见到布里奇，这很荒唐，但他为什么不能参加呢？就算参加了，我又何从得知哪个人是他呢？

我在考虑这些问题的同时，也专心地听着山姆森再次被捕的经历——他们在一间公共厕所的男厕下面给他挖了一间地下室，玛莎和那个快递公司的人小心翼翼地给他送吃的，谨慎地为他找前往下一个去处的连接航线。而在我的想象中，一个“无面人”一直在处理这个案子。他住在新奥尔巴尼的一间旅馆，戴着耳机听着电话录音，使用卫星软件搜寻逃犯的行踪，一个没有脸，心术却与我别无二致的人。

“后来……”我清了清嗓子，“后来他怎么了？”

玛莎在回答前看了看莱昂内尔，他正在大快朵颐，一边摇头晃脑，一边大口吃着煎饼。“当时我还在诊所里，正在上班，就出了事。”

我能看出来这事对她打击很大，尤其她当时还在上班。她与山姆森相处的时光如同上帝恩赐一般，而上帝突如其来地收回了这恩赐。她正在工作，快递公司的人给她打了电话，他语速飞快，带着哭腔："突然来了一辆白色的面包车，下来了几个人，抓走了他……"

我握住了她的手。

这是一个非常微妙的技巧，我装出认同的感觉，装出在特定情景下应有的表现。我身体微微前倾，脸上露出同情的笑容，同时，掩饰着心中的狂澜，拍了拍朋友的手，说道："我很遗憾。"

"不是你的错。"

对，不是我的错，我心想，至少不是我个人的错。

与此同时，在这段时间里，我不断地研究着我的案子。我停不下来。我回想着过去三天里我注意到的一两件事，回忆着沃克老妈的房子，以及医生提到的水管的响声。在她叙述自己的遭遇时，我却游离在自己的世界中，研究着自己的案子。

莱昂内尔叫了一声"啊！"，我吓了一跳。玛莎也吓得叫出声来，转头看他。"啊！"他又叫了一声，但他只是在兴高采烈地拍桌子。餐厅的厨师用培根和两个草莓在莱昂内尔的煎饼上摆出了一张笑脸，他把笑脸的眼睛、鼻子、嘴巴挑了出来，破坏了那张脸，"啊！我的脸啊！"

"别闹了，宝贝。"玛莎不以为意地温柔地呵斥着，"乖一点……"

莱昂内尔最终吃完了那张煎饼，随后，坐在车上很快睡着了，他的两边脸颊上还粘着糖浆。我开车将他们送回玛莎的车停的位置，解下他的安全带，小心抱起，避免将他吵醒。有时候我勉强能想象出一个不同的世界，这个想象的世界中存在着公道，生活着英勇、正直的人，所有人都知道应当与人为善。我发誓有时候真能见到这样的世界，隐于地下，闪现于陌生人的善意提醒中，一个充满活力的幻境中的世界——这才是世界真正该有的模样，宛如一层迷雾笼罩于真实的世界之上。

然而，真实的世界却危机重重，我避无可避。因为我知道寒鸦躲在哪里，所以更确定了这一点。我已经推测出了他的藏身之处。并非我有意为之，只是已经习惯成自然了——我在忙着处理杂务时，脑子已经想通了案子的各个环节。

我对自己能破这个案子很有信心，因为我向来如此，而且我的确也破了本案。

“吉米[①]？”

我不知道莱昂内尔为什么会用如此亲昵的称谓叫我。他的小脸出现在驾驶座的车窗旁，他看着我，面露忧色，我们俩仿佛隔着水族馆里的玻璃一样。他问：“你没事吧？”

我想自己刚才可能一直在呻吟，或做了什么事，让他发现了。我不知道自己做了什么，但肯定是做了。他没有跟我告别，反而又连续问了我三次，话语中突然显得很焦急：“你没事吧？你没事吧？你没事吧？”

① 吉米（Jimmy）是吉姆（Jim）的昵称。——编者注

21

雨下了起来。豆大的雨点从乌黑的天空中凶猛地坠落。我站在旅馆房间的阳台上，凝视着这场大雨。

如果能对布里奇说“抱歉，领导，没查到线索”，这感觉应该不错，“我破不了这案子，调我去查下个案子吧”或者说“兑现你的威胁，派辆面包车来把我抓走，然后把我送回贝尔农场吧”。

但事实是我破了案子。

我把拍到的照片和其他文件锁了起来，但此刻逃犯那张脸仍然清晰地浮现在我面前：面容英俊，眼神困惑，神色中带着几分悲戚，还有一些伤痕。唉，寒鸦！唉，臭小子！唉，你这个可怜的，孤独的黑奴！

屋外雨势不减，一改过去几天细雨的腼腆与欲说还休。雨势浩大，远方隐约响起了雷声，倾盆大雨落在外面的停车场上。

我拿出手机，取下吉姆·德克森戴的眼镜丢在了床边，将手机握在手中。现在，只需打一通电话就可以了事。

雨仿佛在天地间筑起一道水墙。

这个案子搅得我心绪不宁，如同潮水冲击着防波堤，不只这个案子，还有这座城市，那个姑娘，那些猩红与黑暗交织的回忆，自从我来到这儿之后就一直让我不得安宁。为什么旧时情景会重现心头，为什么我会在印第安纳州灰暗的天空下想起这些往事？为什么是现在？为什么？

我告诉自己，我不知道答案，其实不然。我有线索，我知道答案。

现在这一切都可以结束了。给马里兰州的总部打一通电话，只要一通电话，就能彻底了断。

我站了起来。手里握着手机——一个铁砖头，一个混乱制造者，一个与周围环境格格不入的人造商品。它和船锚一样沉，如同一个鱼钩扎进了我的手掌。我幻想着打开阳台的门，把这东西丢到大雨滂沱的停车场里。我幻想着它掉进水沟里，一路冲进白河，最后在下水道的某处或是海底沉没。我幻想着自己掉进水里，摊开四肢，让汹涌的水流将我从停车场的沥青车道冲到丑陋的 86 街，我不会反抗，任凭湍急的水流翻转我的身体，将我带到地下某处，再将我完全吞噬。

我打通电话后，接下来就是依法规处理，照步骤行事。我会根据掌握的证据，就逃犯的下落提出我的建议，然后出外勤的我会配合坐办公室的布里奇制订抓捕计划。布里奇会向他在盖瑟斯堡大楼里的上级发送抓捕通知，我接到抓捕命令后会赶到行动位置，布里奇按照我们商量好的计划发起行动。

接下来，警车出动，警笛长鸣，警察们挥着警棍和电击枪进行抓捕；接着逃犯被带上法庭，由仲裁长审理，由法庭指定律师为其辩护；再之后，比对逃犯本人与报案人提交的逃犯特征是否吻合，比较逃犯的指纹与记录在案的指纹是否吻合。

我发现自己已经按了通话键。听筒里的等待音已经响了起来。这种电话在我的职业生涯中已经打了有上千次了。

（有没有发现我在撒谎？这种电话已经打了有上千次了，仿佛我已经不记得确切的数字了。在这一天前，这种电话我打了 209 次。有时我会发送短信。但是我破了的这些案子也让我的良知蒙羞 209 次。）

电话线路将我与在盖瑟斯堡的办公室连接在一起。

我已经准备好了结此事了，这件案子也已经结束了。我知道那个黑奴在哪里，巴顿，库克，V 医生，通通下地狱去吧！我准备好了。汇报的措辞已经到了我嘴边：都查清了，结束了。

“你好，这里是执法官署布里奇的办公室。”

接电话的是个女人，声音很甜，人很开朗。是詹妮斯，布里奇的助理。她接电话即是表明布里奇出去办事或开会了。

机会。卡索的声音。卡索在黑暗中对我轻语。*机会来了*。

好脾气的詹妮斯继续开朗地问道：“你好？”

“你好。”我模仿布里奇的声音特别拿手。冷如寒冰，平似土地，毫无抑扬顿挫，带着南方口音的低沉烟嗓。“是我。”

雨水拍打着阳台门，在门框里噼啪作响。我的号码不会显示在办公室的电话上，因为这是外勤人员的手机，不过据我猜测，布里奇自己的手机打到办公室时也不会显示，也会屏蔽，被当作探员和总部的通信，和我一样。而在詹妮斯眼中，这两个屏蔽掉的号码没什么区别。在目前的情况下，出此险招是极其冒险的。而这仅仅是我正在，以及将要冒的许多风险之一。

“哦，天哪！你是开会开到一半打过来的吗？”詹妮斯也有一点南方口音，新一代的南方口音，比小石城更偏向于亚特兰大那边。在我的设想中，她年近三十，涂着鲜红的口红，穿着浅色的鞋子，像一条漂亮、忠心的看家狗。

“是的。”我谨慎回答，“还在开会。”

“你打电话是为了查我的岗吗，长官？”

詹妮斯的声音很甜美、很欢快，带着一点挑逗。我做出了回应，我从没听布里奇发出这种声音，但我想他面对助理的挑逗时肯定做过：我笑了一下，符合布里奇风格的扑哧一笑。

“不是的，美女，我打来不是为了查你的岗。”

“长官，你查一下也无所谓啊。”

我在想他有没有叫她“小詹”过，而她有没有叫他“老布”过。我在想老布是否在办公室的圣诞节派对上见到了小詹。或许他是带着老婆一起参加的，喝着蛋奶酒，配着吐司，最后喝醉了，叫了辆出租车回家。他会不会指导孩子踢足球，攒孩子的大学学费，开一辆居家厢型车，当刹车坏了的时候开到厢型车的修理店去。我想象着正常的俗世生活的样子。

“你有事要我帮忙吗，长官？”

她能帮我做什么呢？既然走到了这一步，接下来要怎么做？我把注意力集中在模仿布里奇的声音和神态上，尽可能达成我的目的，而不去想我正在做什么和这么做的原因。如果我停下来思考，我可能会自问一个很现实的问题：我敢这么做，是不是发疯了？

当我用冰冷的、缓慢的、语调毫不起伏的声音和詹妮斯交谈时，我想达成的目的是什么，为什么要这样做，我还没有完全想好。

因为文件上有一个剑形号？因为案卷里有语法错误？因为这次的事情不合常理？

这些都不是原因。我见过混乱的逃犯案卷，见过案子里有不合常理之处，有些时候它们可以解释得通，有时候不能。而这一次真正蹊跷的，真正让我敢铤而走险的，是布里奇的语气。上次通电话时他的语气，焦躁、紧张，仿佛压紧的弹簧。那晚他在 9 点 36 分打电话过来，比预定时间提前了，而这是从没有发生过的事。

我用手敲击着桌面，这是我思考时的习惯。

“我有个问题需要你帮忙。关于这个案子的。”我恢复到了公事公办的语气。*玩笑开完了，该办正事了，詹妮斯。*

“你说的是哪个案子？”

我稍微思考了一下。布里奇处理了多少个案子？有多少个案件编号？处理过多少个寒鸦？手下有多少个我这样的外勤探员？

我把案件编号告诉了她，而她问道：“什么？”

我又念了一遍，慢慢地，一字一顿地，她重复了一遍，然后说她很抱歉，但她不知道我说的是哪个案子：“在系统里查不到这个案子。”

“那个黑奴。”我开口说道，差点说出了他的名字，赶紧住口。我屏住呼吸。在系统里查不到这个案子。

“要不我去问问玛琳娜？”

“不用了，不用问了……算了，就当没这回事吧。”

我没有抽烟，没有在房间里绕着圈走，头脑几乎是一片空白。我挂断电话，走到阳台，听着远方的雷鸣，看着周围厚厚的雨幕。我异常冷静，这一发现让我——不能说获得了平静，这不是平静——感觉到一种义无反顾的冷静。我是一块在空中坠落的石头，我跳下了悬崖，从此再也没有回头之路。

在系统里查不到这个案子，她说。查不到这个案子。

问题在于，系统里肯定会有相关的案卷。只要有奴隶潜逃，就会有相关的案卷。整个管理系统的运作有条不紊，依法办事，遵守制度。如果有奴隶从种植园里跑了，种植园的主人会向地方行政官报告，后者会出具潜逃奴隶案卷的誊本，要求联邦执法机关参与调查。然后由法官签署法令，通知各个执法官。这是整个系统的运作方式，自1787年以来一直如此。

所以应该有一份案卷，然而系统中却查不到。

布里奇知道一些我不知道的底细，他向来如此。我们的工作方式就是这样。但我肯定，在所有这些案子已知的信息后，还藏有未知的信息，你能察觉到，但看不到，如同绑匪勒住人质脖子的那条粗壮的胳膊一样。

现在我能感觉到这些未知的信息了，感觉到温热、滑腻的雨水打在我的皮肤上，感觉到这个案子只是一场骗局，感觉到我的心开始狂跳，体内的肾上腺素在狂飙。

这个案子根本没有建立官方记录，没有州级法官开具潜逃奴隶案卷的誊本，证明报案人的描述。印第安纳州南区的奴隶事务总监也没有收到警告。并不存在真正的搜捕行动，并没有真正的备案在册，只有一份奴隶的案卷。

如果执法官并没有在追捕寒鸦，将他遣送回原籍——如果这并不是我和布里奇的真正任务——那么我们为什么要抓他？等我们真的找到寒鸦后，等待着他的会是什么？

而这仅仅是整个谜团中最好回答的一个问题。

我是头野兽，但内心深处尚有人的良知，不是吗？我已经彻底堕落了吗？在吉姆·德克森、肯尼·莫顿、园丁艾尔比和其他我所扮演的角色之下，我的内心深处，难道没有半点良知吗？我有良知，以前有，现在也有。内心深处，我良知未泯，仍然记得那些美好的东西。

那是一幅静止的画面，只有我和卡索两个人，快乐地说着悄悄话，讲着故事，在最北边畜栏的那间宿舍里，我们憧憬着未来，低声轻语，带着无限的希冀。

我开始行动，动作迅速，先用毛巾擦掉头上和脸上的雨水。等待电脑开机的过程中我换了件衬衫，然后用了 5 分钟进行了基本搜索，按传统方式挖掘出他的信息，又用了 10 分钟在地图上用手指追溯了各种路线。

然后我拿上手电和其他我需要的工具。布里奇应该不久后就会发现我干的“好事”。我能想象出小詹和老布两人偶然开始的对话：我还是去了玛琳娜那儿一趟，问了你要的案件资料，向她问了……

做好出发的准备后，我立即开始行动。我知道寒鸦的位置，我最好尽快找到他。

22

等我再次回到马路边上那片斯里姆的地盘时，雨势已住，乌云也散去了，不知不觉中暮色降临，原本的昏暗让位于迷离夜色。但见月光灰白，星辰稀疏。

杂货店已经关门了，百叶窗也掩上了，修车铺也一样。我将车子停在街对面，匆匆穿过昏暗的停车场，经过铜拱门，走上影影绰绰的小路。我低着头，能清楚听见心跳声，赶往那条小溪。

我之前并没有注意到它。就算我注意了，多半也会把它当成排水沟：山脚下敞开个口子，在一堆房车之间隐约可见，有泉水汩汩流出，注入褐色的浅溪，在停放场后，溪水蜿蜒流向前方。

我快速经过这堆罐头盒和它们上方的部落旗帜，我知道有十几双眼睛在盯着我看，但我决意不看他们。这些人躲在百叶窗后，白胖的脸上两只圆眼珠闪闪发亮，看着我这个黑不溜秋的陌生人闯进他们的隐居地。这帮白人佬中可能会有人带着猎枪走出来，我不知道自己会怎么应对，但事实是，并没有人出来。

我穿过一堆杂乱的野餐桌，操场上的游乐设施，小心翼翼地沿着山谷斜坡而下，将手电筒的光照向小溪。由于刚下了雨，小溪也涨水了，褐色的溪水流向前方。小山山脚下的洞口是个入口，不是出口。这条浅浅的泥水溪只能算一条水沟，是很早以前工程师引入地下水时修建的。

这条小溪名叫波格溪，我在地图上查到了它。我还查找了它的来历：在 18 世纪末到 19 世纪初这段时间被收录到了早期地图中，当时这里还不是城市，只有成片的茅屋，是人们赶路途中的一处歇脚之地。对于城市规划者而言，这条小溪妨碍了他们规划的城市功能区。于是正如沃克老妈所言，他们把它引入了地下。

我走进了溪水中，鞋跟踩出了一个个湿滑的脚印。

马里斯终究没有发现自己被跟踪。吉姆·德克森笨重的蝴蝶刀被他装进了口袋，而他并没有把刀扔掉。他只是走进了小溪里，仅此而已，然后他走进了隧道，到了地下。

溪水很浅，但下雨之后也变得湍急了起来。我走得很慢，脚踩着石头往前走，来到了隧道口。我弯腰趴下，感受溪水漫过我的身体，淹过手腕，冲击着我的膝盖和双腿。我眯眼看着深不见底的隧道，仿佛一只湿漉漉的冷血动物，嗅着我的气味。

现在只能硬着头皮朝前走了，对吧？爬进去。

我颤抖着，对抗着一波又一波可怕的回忆。当年农场的人管它叫黑棚，其实更像个小房间。一间地下室，四面硬墙，狭窄逼仄，活像一具棺材。如果在屠宰区违反了卫生规定，就要在里面关四小时；把肉撒出来要关六小时；出现偷懒的念头要关一晚上。人关进去后，每小时的整点会有监工过来打开盖子，用灯照一下你的眼睛，确认你呼吸正常，然后再关上盖子。

我只能硬着头皮适应这个环境。我缩起肩膀，用上肢的力量小心地匍匐前进，就好像马戏团的演员谨慎地把头放进狮子嘴里。我来回移动，探测隧道的宽度，寒鸦的身高是 1.73 米，身材中等，完全可以钻进这里。对于马里斯这种彪形大汉来说，空间就很窄了，但勉强也能进来。

我钻进隧道，关掉手电筒，把它揣进上衣的兜里，然后整个身体都爬了进去。我的身体在泥水里扑腾，尽量缩成一团，慢慢向前挪。我伸出双手，抓着粗糙的石墙，靠上肢的力量向前移动。我像这样爬了很久，一直弯腰屈膝，整个人几乎是贴在地上，后来隧道顶更矮了，我只能趴在地上，匍匐前进了一阵，膝盖和手掌都湿透了。

时间一点一滴地流逝，我不知道过去了多久，只能像一个盲人不断前进。

这样的形容似乎在说我很冷静，与这地底的泥水一样，头脑清醒，心态放松，然而事实是我的五脏六腑都抽紧了。我从没有参与过抓捕的这一部分，我不用管具体抓人的事。我的工作是找到逃犯的行踪——不管男女，不管是一个还是一群——找到藏身地，然后打电话通知执法人员。我只需要顺着藤摸到瓜就行了：我曾经在草原上为找人寻遍方圆几十里，曾经出没于自由城的羊肠小巷，曾经沿着木板路追到海滩上。每次找到人后我会给布里奇打电话，让他负责接下来的行动，而此时我就可以抽着烟，逍遥快活去了。显而易见，我并不需要参与最后的抓捕行动。

有一次我强迫自己留下来，不知道当时心里面憋着什么劲，中了什么邪。总之我留了下来，那是有史以来第一次强迫自己在打完电话后留下，看着剧情落幕。

那一次的行动是在马萨诸塞州，时间是在2月。一座规模不大的学院，位于马萨诸塞州的西部，我追踪一名逃犯的线索，追到了男生联谊会会堂。帮助他的人将他藏到了阁楼的一间屋子里，在那里藏了三天，每天给他送啤酒和食堂卖的燕麦粥，想办法安排他的下一趟“航班”。但那栋房子有太多人来来往往了，女性友人、学习伙伴、醉汉等，太多人发誓会保守秘密，结果还是在阁楼显露足迹，走漏了风声——整个学校，整座城市都知道了这事。这是我处理的最简单的一个案子。

可不知为什么，我的心情像中了邪一般。可能和季节有关系，或是和如此轻松就破了案有关。我强迫自己留了下来，扮成一名教授，戴着领结，穿着花呢西服，在宿舍区找了张摇摇晃晃的桌子坐下喝起了咖啡，在那儿可以清楚地看见联谊会会堂。我还准备了一套说辞，以防有人问起：我声称自己是种族历史系的一名助理教授，但最终并没有人询问。我看着车队开过来，有人冲到屋里，看着愤怒的男学生与执法官互相推搡，发生肢体冲突，眼睁睁看着自己的善举付诸东流，执法官捆住黑奴，两个人并排架着他走出屋子，上了车。我看见了那个黑奴的脸，那张饱受折磨、满脸羞辱、震惊莫名的脸，明亮的院子让他一时间丧失了视力，他困惑地大叫着。已经逃了这么远，现在又被抓回去，他那些穿着希腊字母运动衫的新朋友只有徒劳地喊着支持口号，义正词严地表示他们的父亲是律师，而执法官们反手铐住了这名可怜的黑奴，带到车上后又用绑带将他捆在了轮床上，仿佛他是个精神病发作的疯子。最后，我见到那名黑奴用脚拼命踹着用后车窗加厚的玻璃，就这样，车队开走了。

渐渐地，隧道变得开阔了起来，我开始能直起身了，双脚踩在湿滑的硬地上，发出清晰的回响。我打开手电筒，光线沿着隧道里面不规则的、弯弯曲曲的石壁游走。头顶是厚厚的石质壳体，再往上是黏土和河边卵石，以及一层薄薄的表层土，再向上就是城市的街道和人行道了。

我继续向隧道深处走去，嘴里念念有词，那是我苦难童年留给我的一首古怪又无聊的童谣。潜逃黑奴寒鸦就在前方，身上缠着绷带，准备前往加拿大。不知道有没有人在他身边，比如协助他潜逃的助手，在黑暗中握住他的手，给予他安慰。可能是大块头马里斯吗？还是库克警官？或者是年轻白净的巴顿神父本人？

我在黑暗中摇了摇头。虽然说不出为什么，但我知道不会有人在他身边。不会有助手，不会有勤务人员，只有寒鸦自己，形影相吊。

独自一人，遍体鳞伤，疼痛难当。我问完 V 医生最后一个问题后，她慌慌张张地告诉了我他的伤势：和逃走的黑奴一样，身体过度疲劳，脱水，浑身布满新伤和旧伤，还伴有罕见的急性中毒症状。

“急性中毒是什么意思？”扮成肯尼 · 莫顿的我一脸悲愤地问道，演得逼真极了，“这是什么意思？”

“意思是他的体内摄入了某种化学品或化合物。”医生告诉肯尼，“有人对他下了毒。”

我小心翼翼地向前走着。思考着我将要见到的那个人的处境，他所经历过的一切，即将面对的一切。他将要面对的是我，一头沿着隧道向他慢慢靠近的怪兽，见到他后会……会如何呢？我并没有头绪。向布里奇传送信号再转身走掉已经来不及了。正如他们所说，我知道得太多了。但话说回来，我知道得还不够多，远远不够。

我至少走了两三公里的路。隧道前方渐渐向下延伸，越往里感觉越冷。空气又湿又重，久不通风，散发着一股浓浓的霉味。

离寒鸦更近了。我掏出手枪，平时我很少带枪工作，但今晚我把它带了出来。很快我将抵达我的目的地，不管它是什么样子——上了锁的铁闸门，四面无墙的石室，或者是洞口有石头滚落的山洞。

然而，当我到达目的地时，当我找到本应上锁的门时，却发现它根本没锁，甚至连门都没有。我伸出手，试着沿着两边的墙壁摸索看有没有暗门的缝隙，或是凸起的扳手。

突然，我发现左边的墙缺了一块。我转身蹲下，顺着手电的光线看到隧道墙壁上有一个狭窄的缺口，活像是给小孩寻宝用的线索。我跪到地上，关掉手电筒，当然如果他在里面——我知道他肯定在里面——那么他一定已经发现我了，发现我的手电灯光慢慢靠近，照进这个没有门也没有锁的山洞。

布里奇手下的搜捕队，如有必要，也会亲自到这儿走一趟。那帮家伙都是退伍军人，身材高大，性格粗野。他们会先扔照明弹，然后喊着口号冲进来，他们会把瑟瑟发抖的黑奴拖出来，不出 30 秒就能将他制服，戴上手铐。布里奇的手下才不会管他的身体是好是坏，他们的方式就是冲进来把他带走，直截了当。而我只需打一通电话就行了。我可以向布里奇解释，假扮他的声音给詹妮斯打电话，无非是好玩罢了。也许，仅仅是也许，我还有利用价值，他们在抓走寒鸦后，不会把我丢进另一辆车里带走。

也许我应该转身离开。这个案子里我的调查工作，六年前我答应做的调查潜逃黑奴的工作已经结束了。我只需返回地面，打一通电话。

我走进这间新的密室，深入黑暗当中，内心渐渐升起一股同情。我和那个在里面蜷缩成一团、屏住呼吸、默默等待、对慢慢靠近的手电光线心惊胆战的人别无二致。此刻，我心跳加速，他可能也是同样的感觉。因为恐惧，我的眉间冷汗涔涔，他可能也一样。

我接手这个案子不过几天，感觉却像一万年一样漫长。调查的结果快要出来了。这次的案件，几乎让我忘了每次调查都该有一个目标，如果一切顺利，每次调查都会找到最终目标。当你打开大门或棚盖，或拉开尸体袋，或撬开板条箱，或打开活板门，或爬下绳索，或放下梯子时，总会迎来调查的结果。

这条狭窄通道的尽头有三级向下的台阶。此刻仿佛有两个我，一个是正在行进的自己，另一个是那个小路尽头的人，正在听着脚步声越来越近。踩在石阶上，“咔嗒”作响的脚步声仿佛来自远古，无尽地回荡。

我就是寒鸦，见到手电筒的光照进他的世界。我既是我，也是寒鸦，这入侵者的声音让我陷入恐惧当中。我感觉到的不是狩猎者的焦灼，而是身为猎物的恐慌。

手电筒的光照到了一面墙，形成了一个光圈，开始在这间斗室游走。这种煎熬简直令人无法忍受，如果我是困于其中的猎物，我一定会绝望地大叫。

“你是谁？”一个绝望、低哑、刺耳的声音问道，“你是谁？”

我没有回答。我不知道如何回答。我用手电筒在屋内扫了一圈，最终找到了他。他身上裹了条毯子缩成一团，眼睛死死瞪着我，双颊打着战。他所在的这间斗室只有一盏紧急出口灯权当作照明，这盏灯挂在光滑的墙壁上，发出幽暗的绿光。我走上前，他低声哀号。他看着我不断逼近，如黑暗中的幽灵伸出其邪佞之手，我的灵魂游离于体外，附于他身上的感觉越发强烈。我仿佛通过他的眼睛看见自己缓缓向前，一步接着一步，手中握着手枪；而他蜷缩在一角，瑟瑟发抖，如同一只躲避在树上的受伤的熊，身上裹着一张破旧的毯子，与阴影融为一体。

寒鸦的状态很糟，蓬头垢面地缩成一团蜷在地上，活像一个遭人遗弃的孤儿。有人在他床旁边留了一瓶水，里面插了根吸管；屋子对面放着一个便盆，盆边还有一摊尿液。寒鸦半眯着双眼，像飞蛾般目不转睛地注视着微弱的光线；他身上伤痕累累，还有伤口愈合之后留下的黄色印记。他整个人瘫在一张行军床上，身上盖着毯子，以及（我意料当中的）马里斯的夹克，相当于另一层被子来抵御地底的寒冷。毫无疑问，我的蝴蝶刀仍然在那夹克的口袋里。这小子身上胡乱套着各种衣物，身子半遮半露，仿佛夜里不肯乖乖睡觉的小孩，仿佛当年的卡索和我。很久之后，当我在脑海里回忆这个画面时，才想起他边上残留的几根半截蜡烛，有的被吹灭了，有的已经燃尽，只剩下一摊蜡油。

除去身体的种种惨状之外，他和照片上一模一样，面目英俊，骨骼分明，生着一张电影明星的脸，却遇上一连串祸事。他完全不像杀了两个护士的人，不像把人活活打死后跳窗逃跑的人。他面容枯槁，眼神憔悴，面部因为受伤而肿着，但即便如此，仍然是个英俊的小伙，英俊得不像是这个世界的人。

我站在黑暗中，一言不发，寒鸦成了最先开口的人。

“你就是那个人了，是吗？”

我靠墙而立，将身体没入阴影中。

“是谁？”我问，“你觉得我是谁？”

“别装了。”寒鸦蠕动着毯子下的身体，慢慢将身体往后挪，靠着墙壁。他借助下巴用力噘起下唇，使劲板起那张俊脸，“来吧，动手吧。从哪儿开始？拔手指甲？”

“什么？”

“你习惯对腿下手，是不是？带了球棍，还是喷火枪？我知道你们这种人的套路，电影里都是这么演的。你们身上都带着球棍、钳子。听着，我不会把地点告诉你，你要动手便动手好了。”

他的声音和他的脸仿佛一体两面，悲凄、恐惧，却拼命装作无所畏惧。

“你觉得我该动手干什么？”当然，我也是在伪装，假装自己不明白眼前的局面。我脑子一团乱。我们俩之间仿佛隔了黑雾，彼此看不真切。他刚才说，我不会把地点告诉你；电影里都是这么演的。

“什么电影？”我问，“你都看过什么电影？”

“你说什么？”

我想起了各种线索，各种琐碎的信息，终于，我豁然开朗（库克说，他是个特别的孩子；詹妮斯说，在系统里查不到这个案子），我深吸一口气，上前蹲到他旁边，他仍在发抖。

“你不是奴隶。”

寒鸦咳了几声，看我的眼神仿佛在看一个疯子：“我当然不是，你早就知道这事。”

“我什么都不知道。”这是句实话，上帝做证，这是我的真心话。

“我不是奴隶，混账东西。”他的眼神里现出几分斗志，他直视着我，说出了真相，“我从小到大都是自由人。”

23

我一把将他扛起，转身离开。

这个奄奄一息的男孩身体很轻。天知道他在围墙里关了多久，在营救者的安排下，又在这个地底空间住了近一星期。虽然我疲惫不堪，但把他扛走完全不成问题。于是我就这么蛮干了，将他扛在肩头，像对付不听话的小孩一样。他挣扎了一下，但力道很弱，他实在太虚弱了。

我扛着他快速前行，到了空间不够高的地方，就将他放下，半推半拽。我说不定还拖着他在地上滚了两圈。我选了隧道的另一方向走，和我来时的路恰好相反，顺着地底小溪流淌的方向前行，远离拖车停放场和斯里姆的破烂小王国。我估计隧道这头一定会有出口，我带着寒鸦一路寻找，终于找到了出口。

我们从隧道的另一头出来了，溪水于此汇入白河混浊的河水中，这里是市区南边。我带着他深一脚浅一脚地走在潮湿的河床上，终于走到了岸上。这里没有河边步道，没有人行道，只有堤岸连接河岸和上方的公路，15 米长的斜坡上只有一片一片的杂草和碎石。一弯新月挂在天上，白河下游有一座桥，桥上有一对昏暗的路灯，两者加在一起，让人勉强能看清周围的环境。我将他轻轻放在岸边，一边弓腰大喘气，一边琢磨着下一步。

我不知道自己在做什么，也不知道该把他交出去，还是要营救他，更不知道迫害他的是什么人。他手脚并用，往前爬了几步，吐了一口黄色浓痰，残留的痰液挂在嘴边，接着又弯腰干咳了几下。

“动手吧。别磨蹭了。”

“我不是来折磨你的。”

“那么……”他说，“开枪吧，打死我得了，黑鬼。不要……”他的勇气耗尽，全身打起冷战，“不要……冲我的脸开枪，行吗？不要……还有……告诉我父母我对不起他们，可以吗？你能不能帮我这个忙？”

“听我说。”

“他们在底特律的布莱特摩，这样总行了吧？我就是从那儿出来的，其他人还在那里，这样总行了吧？”

“寒鸦。”

“我的名字叫凯文。”他说，“凯文。”我想打他一巴掌，又想拥他入怀。这个可怜的孩子，在这新月之夜对着我苦苦哀求。

下雨后河水涨高了，从我们身旁湍急地流过。“告诉我父母，我只是想做点好事，行吗？想做……”他又哭了，一颗颗泪珠从脸上滑落，“告诉他们。他们叫查尔斯和桑德拉，好吗？住在底特律的布莱特摩。告诉他们！”

“你给我住口！”我说，“住口。我不是来杀你的。”

他抬起头，怔怔地看着我：“那你来干什么？干什么？干什么？”

我没有答案。我看向他，目光中带着悲哀的恳求，仿佛要他告诉我该干什么，我们彼此对视着，如同两条死鱼。但已经晚了，太晚了。我听到头顶的马路上传来了刹车声，听到摔车门的声音，听到飞快踩在杂草上的脚步声，有人在迅速向我们逼近。

来的人是库克。我看到了他的棕色警用皮鞋，我一把将男孩抓住。我是头野兽，此刻发挥出了野兽的本能，我抓紧了唯一可谈判的筹码，就是这个男孩，无论他是谁，不管发生了什么事，他知道一些对这些人来说很重要的事，他们在知道这些事之前不会杀他。我抓住他向后倒退，只走了一步就踩进了河里，我把他当成盾牌，挡在身前。

“站住！”我厉声喝道，库克已经拔出了枪，正沿着斜坡下来。听到我的声音，他止住了脚步，我继续说：“扔掉枪，举起手来。”

在昏暗的光线中，我只能勉强看清他的身形，他张嘴咒骂时露出了两排白牙，他把枪扔到了我们之间的草丛中。

寒鸦困在我的手臂中，人已经呆住了，心却狂跳不止，仿佛在我手里攥着的是一只活蹦乱跳的兔子。我慢慢掏出自己的枪，对准了他的太阳穴。

其他人也陆续赶来。大块头马里斯和巴顿在夜色下先后跑了过来，很快，几个人围着我俩站成了一个半圆，他们站在堤岸中部，俯视着站在河边的我们。巴顿是三人中个子最小的，面色苍白，宛如一个在黑夜里穿着教士黑袍的游魂。巴顿的到来让寒鸦先是震惊，随即平添了几分勇气。见到神父，他面露忧色，在我怀里加紧反抗，仿佛一根紧绷的弹簧。

“没事的。”我听到自己心里说道，虽然我拿枪对着他的太阳穴，却像嘱咐兄弟一般对他耳语，“不会有事的。”然后我对马里斯说，“劳您大驾，丢掉武器。”

“我没带什么武器。”他魄力十足地冷冷说道，言下之意是他不需要武器——干掉我这种货色不需要武器。

“你晚上睡得着吗？吉姆，你他妈的晚上能安心睡着吗？”库克警官咬牙切齿地问我。

而我学起了布里奇的招数，用问题来回答问题。

“这个男孩是谁？”

“你去死吧。”库克回答。

在场的人中，只有我手里有枪，我还有人质。于是我问巴顿神父：“告诉我，他是谁。”

“他可以自己告诉你。”巴顿道，而寒鸦（凯文）听到这里又生出了几分力气，想挣脱我的钳制。我在他耳旁轻声安抚，“嘘”。然后继续把话锋转向巴顿：“不行，得由你告诉我。”

“他是上帝之军的一名战士。”

“上帝之军是什么？”

“你问他。”巴顿神父说道，我的眼神紧紧盯着他，而他的眼神盯着凯文，“你可以问这孩子。”

“该死的！”我骂道，“我问的是你。”

马里斯的脸在微弱的光线下泛着古铜色，他仍然不太清楚情况。

“这家伙是谁？”他问。

库克转过身，不可思议地看着他，说道：“他是个卖奴贼。”然后他对我露出讥笑，“没错吧？卖奴贼，害人精。”

马里斯吃了一惊。他上下打量了我一番，仿佛我是幽灵，神话中的妖怪。

“他是政府派来的人？”他问。

“对，”库克答道，“他是该死的政府派来的人。”

凯文察觉到了这话里的意思，他明白这次他得救了，我感觉到他的身体放松了下来。

“他是个卧底探员。”巴顿神父静静地、哀伤地说道，像一名睿智的父亲向孩子解释人世间的邪恶。然后他带着怜悯向我说道：“你经历了多少苦难啊……在这世上遭遇过多少不幸。”

马里斯向我的方向走了一步，他握紧了铁拳，微微提起，蓄势待发。他知道了我的身份，已准备好拧下我的脑袋。我把身体转向马里斯，让他看清楚我紧紧地抱着他们的宝贝。

“快说！”我说道，“告诉我这个男孩的事，快说。”

巴顿微微颔首。天色刚刚破晓，金色的阳光照着我们这剑拔弩张的五人。45米以南有一座铁路桥，桥墩上有各种涂鸦，仿佛岩画一般。巴顿走下堤岸，准备向我说出真相。他直视着我的双眼、我手中的枪、我劫持的人质。现在，上帝箴言的喉舌官走到了野兽的面前。

“五年前，我们从多个渠道得到消息，注意到这个种植园实施的非人政策，这家南雄成衣公司。我们想出了一个计划，准备收集这些苦役的证据，之后把它们带到北方，再公之于众。”巴顿说话时，神职人员的平和退去了，他的声音变得高亢，频频点头，仿佛站在祭坛上念祷文一样，慢慢扬起双手，“这样一来，我们可以动摇奴隶制的根基，不仅关闭这个种植园，而且还可以将所有的种植园都连根拔起……这样一来，我们就对万恶的旧制度的心脏发起了致命一击。这样一来，世上所有的人对奴隶制自有公论……”

他完全变成了另外一个人，从一个内向的年轻神父化身为坚定的布道者。我想象着他坐在忏悔室帘子另一头时是什么样子，会低声呢喃“上帝赦免世人之罪”吗？他在废奴运动筹款会上又会有怎样的表现，会主动与人寒暄，假正经地接过叠好的支票塞进教士袍里？面对不同的人，他能变化出不同的嘴脸，就和我一样。

“我懂了。”我说，“你把他招进了你的组织，你派他去了南方。”

“不错。”库克道，“这孩子表现得很好，相当好。”

巴顿镇定自若地点了点头，然后双手举起，长吸了一口气。凯文此时一脸厌恶地看着他。

他对凯文说道：“我记得那个晚上。我记得找到你的时候，我是多么自豪，我们是多么欢欣鼓舞，我们对这项事业充满了激情。”

“他当时去了我的学校。”寒鸦突然开口说话了，我将他搂得更紧了，“就是这个人。穿着便服，牛仔裤、衬衫和罗马领[①]，模样很精神。我当时在易尔罕姆学院念大二。他出席了黑人学生的聚会，大谈年轻人如何承担责任。他说，诸位，你们有没有人签请愿书签累了的？有没有人因为参加了太多次游行，已经走不动了？有没有人愿意干些实事？然后我说……”凯文的声音很轻，带着自嘲，带着对自己的蔑视，“我说我愿意，我愿意。我当时热血沸腾。”他闭上了眼睛，精疲力竭，像个布娃娃一样倚靠在我身上。

我问巴顿：“他得在南方工作多久，才能冒着生命危险帮你收集到……你要的东西？”

---

① 罗马领是天主教神职人员的日常服饰。——编者注

巴顿举起一根瘦骨嶙峋的手指:“一年。”

我的手紧捂着寒鸦的胸膛，我感觉到他的心是滚烫的。这个底特律的孩子：和同伴们一起在自由世界里长大，打着篮球，能进大学念书的孩子，竟然愿意做出这样的牺牲。他原本只是名大二的学生，学习自由派艺术，整天围着课本和论文打转，在篮球场上与队友们互相激励，却突然间被要求到围墙里生活一年。我无法想象，但其实又能猜出个大概，我完全能想象到。我当年曾是一名养牲口的奴隶，不是成天手握剔骨刀，就是终日被日光曝晒，而他去了一个工厂假扮一名奴隶，日日裁剪衣服，做着针线活。本质上两者是一样的——所有为奴之人本质上都一样。

“而他做得……”巴顿脸上原来的笑容消失了，他又向我们迈出了一步，向寒鸦伸出了手，“他做得非常好。凯文？你听到我说的话了吗，凯文？你的任务完成得很好。”

寒鸦清了清嗓子，向神父的脸上吐了口浓痰。巴顿没有躲闪，他缓缓举起胳膊擦掉了痰。与此同时，我留神看着堤岸上另外两人的动静。库克抱着双手，眯着双眼；马里斯则表情凶狠，眉头紧蹙，不断关注着局势的变化，他在等一个时机，准备伺机而动，把我们分开，救下男孩，然后把我撕碎。

“证据在哪儿？”

所有人一片沉默。河水淙淙流淌，远处传来汽车的喧嚣。有人开车沿着 65 号公路南行，按响了喇叭。

“说吧。这孩子去了南边，很好地完成了任务，收集到了证据。那么现在证据在哪儿？”

“问他。”巴顿说道。

我说：“我现在在问你。”

“这个小王八蛋没有带在身上！”库克嚷道。他向着我们走了一步，我一把勒紧人质，他又退了回去。“他说他带了证据出来，但是藏到了半路上的一个地方。”

“为什么？”

“因为他动摇了。”巴顿温柔地说道，“他累了，意志上有些动摇。”

“因为卢娜。”寒鸦——不，是大二学生凯文——说道，他说话的神情不像是累了，也不像意志动摇。虽然身体被我挟持，但他却又重新燃起了斗志，他要诉说自己的经历。“有个叫卢娜的女孩，是个黑奴，是她帮你们收集到了珍贵的证据。她把命都豁出去了，这姑娘生下来就是奴隶，当了一辈子奴隶。”他语气冲动，带着哭腔，饱含激情。

巴顿的声音也随着强硬了起来：“我跟那个姑娘说过，如果她愿意帮助我们，我们可以把她也救出来。可你们的人……”

“那些可不是我们的人。”库克嚷道。

“他们丢下了她，把她留在了南方不管。所以我告诉他们……”他在我身后仰起头，靠上了我的胸部，“我告诉他们，先把那姑娘救出来，然后我就告诉你们，我把那个信封放哪儿了。”

回应他的是一片沉默。太阳已升起。混浊的河水拍打着我们的脚。巴顿闭着双眼，静静站着，那口残留的痰慢慢地流下了他的脸颊，愤怒和克制在他脸上交织着。

这时巴顿又向前走了一步，我说道：“站住。”然而他没有。他跪进了我们脚边污浊的河水中，褐色的水波浸湿了他的教士袍、他的皮鞋、他的棕色薄袜。他说话时仿佛正在主持典礼，既温柔又有力，而且还带着些许迫切。“你一定要想清楚，凯文，要想清楚。这事关 300 万人的命运。”

“我不在乎那300万人，我只在乎一个人。你去把她救出来，我就告诉你信封在哪儿。”

“我们做不到。”巴顿说，“我们花了很多年来筹备那个计划，很多年。我们不能随便闯进……”

“她死了。”库克警官突然插嘴道，“知道吗，你那个姑娘已经死了。”

巴顿回过头，看向库克，马里斯也看着他。众人之间又出现了一段长长的死寂。三人中无人说话，但在晨曦中我能读懂他们无言的交流——他们并不打算告诉他，担心他不能接受，担心他会走向极端，可现在事情已经发展到了这个地步，他们别无选择。政府的走狗已经赶来了，一头野兽正站在他们面前，形势危急，不得不吐露实情。

听到这个消息，凯文顿时如遭雷殛，原本绷紧的面容转瞬间垮了下来，悲痛难当。他那瘦小的身躯贴紧了我，我感觉他的悲愤好似电流从他的心脏传到了我身上，最终他悲恸地哀号起来。可怜的凯文低声悲鸣，久久不止，如同一头野兽掉进了陷阱里。

“不。”他含糊不清地咕哝道，“不……”面无表情的巴顿在一旁看着。他的眼珠打量着痛苦的凯文，如同X光一样想要穿透他，割碎他，就像要一刀将这男孩砍成两半，亲手找出那个秘密。库克叹了口气，继续说道：“那帮家伙发现她帮助你逃走，于是就宰了她泄愤，还把现场伪装得像一场意外。你知道他们是干得出这事的。”

凯文摇着头，一脸悲痛。库克的用词很残忍，仿佛她只是头牲口。

“不，不对，不能这样……”凯文说，“他们不能这么做，他们可以惩罚她，但……不能，不能处以极刑……不能。不是有法律吗？有法律……”

一厢情愿。我想到了这个词，但没有说出口。不错，是有法律，有制度，暴力蓄奴的确是违法的，但法律什么时候管得住人？看守会有大意的时候，奴隶的工作会有危险，监工会收受贿赂，会变懒，他们压根儿不会管奴隶的死活。

“那个……”库克说道，“我很难过，兄弟，这事情，真让人不好受。”

“对。”马里斯说。

“这是上帝的旨意。”巴顿道，“而你现在自由了……从那里逃了出来，能告诉我们……”

但凯文在听“上帝的旨意”这五个字已经听够了。这句话让他忍无可忍，他转过身体，顶了一下我的膝盖，我没想到他有这一招，或者我想到了，但不想阻止他——也许这才是他能挣脱我的原因。他趁机夺走我手里的枪，用它对准巴顿神父。

“魔鬼！”他怒吼道。

巴顿说：“孩子，我不是魔鬼，我……”两声枪响，一声接着一声，“啪！啪！”在哗哗的流水声下听不太真切。在场的人乱作一团，巴顿抽动了下身体，仿佛中弹了。但中弹的并不是他，是我。我的肩头传来一阵刺痛，随即向后摔倒，开枪的人是马里斯，他从地上捡起了库克的枪，扣动了扳机。另外一枪击中了凯文的胸口，我倒下后，他随之也倒在了我的身上，就这样没了命。

他不应该丢了性命，可偏偏就中枪死了，而我仍然活着。

我才是应该死的那个人。

我应该在贝尔农场暴毙于暴风雨中，血流一地。我应该死在芝加哥的便道上。我应该和面包车里冲出来的人殊死搏斗，逼他们向我开枪。

此时此刻，在这条灰褐色的河里，听着河水淙淙，我本该中弹身亡，然而我仍然活着，我仍然不想放弃生命。

太阳越升越高，照亮了四周，鹅卵石上溅满了血，草丛里有鞋印。我感到了满腔的愤怒和混乱。马里斯和库克在朝我跑来，马里斯手里仍然拿着枪。“把枪还给我。”库克说道。

“这里完事了我就还你。”马里斯对他说道，然后冷冷地对我说道，“站起来。”

我站了起来。

“把手举起来。”

巴顿跪在浅浅的河水里，凯文的头枕在他的腿上，他一边念着祷文，一边轻抚着那孩子的脸庞，想从这具没有生命的躯壳中找到他急需的信息，招魂也好，通灵也罢，他一定要得到关键的信息。马里斯向我走来。他们要在这里动手吗？在这个可以听见清早交通喧哗的地方动手，太不谨慎了。巴顿抱着男孩，马里斯拿着库克的警用枪离我越来越近。

“等等，等一下。”库克急忙上前几步，站到了马里斯和我之间，“先别急。”

库克蹲到了神父边上，两人凑到了一起，头挨着头，凯文的身体一半没入水中，一半在水面上，库克和神父一人站一边，好像一座拱桥。库克对着巴顿不停耳语，神父频频点头，目光里又恢复了神采。

“怎么了？”马里斯问道，然后提高嗓门，不耐烦地又问了一遍，“怎么了？”他的两个鼻孔张得很大，脸上的怒气清晰可见。我这个魔鬼、政府的走狗，必须死在这儿，立刻得死。他对我的恨意已经呼之欲出，即将彻底爆发。

然而另外二人仍在低声耳语，又说了一分多钟，马里斯像木桩一样站着，凯文的身体没有半点生气，我静静地候着，终于库克撤回了脑袋，起身问道：“行吗？”

巴顿也站了起来，轻轻放下凯文的头，慢慢起身，嘴里反复说着“可以”，不管库克跟他达成了什么协议，总之库克非常满意。即使是自负的神父也立刻答应了他的安排，完全不假思索——知更鸟思维，没有自己的想法。“接下来我们这么办。”他的声音已经稳下来了，很镇定。刚才低声祷告的神情消失了，声音中的愤怒也不见了，现在的神父带着一副战场指挥官和领导者的神态，果断而坚决。

“刚才说的那些事，你去安排。”他对库克说，“不过首先要处理好这具尸体。你有办法吗？”

“有办法，”库克道，“有办法。”他低头看向凯文，我也看了过去。河水冲洗着这孩子的脸庞，他睁着双眼，望向太阳。

巴顿接下来对马里斯说道：“你把这个政府探员带到老地方去，等我们过来。听清楚了？要等我们过来。”神父不等马里斯回话，转身走上堤岸，直奔公路，教士袍滴着水。“今天……”他说，“是星期天，我先得去做弥撒。”

马里斯按神父的交代照办了。

他驱车把我带到圣安塞姆天主教礼拜堂，我曾去过的那个地方，然后我们来到久未打扫的主厅坐下，坐在一圈折叠椅中间。

就在我们等待的时候，教堂的钟声响起，外面摩托车引擎肆意咆哮，中央大街上运动型轿车里传出了嘻哈音乐的鼓点。我真想拥有一台收音机，或是恳求马里斯放一点动听的、悦耳的音乐来打发时间，比如斯莫基·罗宾逊、迈克尔·杰克逊的歌。但马里斯与我没有半点交流。他坐在我的对面，双腿张开，冷冷地瞪着我，腿上放着一把猎枪。我晕乎乎地坐着，肩膀的伤口火辣辣地疼，血流不止。我的双手被捆在身后的椅子上。没有人处理我的伤口，也没有人给我水喝。

“换作是我，”马里斯幽幽开口说道，目光仍然死死地盯着我，“一定要把你折磨个够，慢慢来。你懂我的意思吗？”

我没有回答，满脑子都在想着凯文。

想着他原来住的地方：底特律的布莱特摩。

想着他的父母：查尔斯与桑德拉。

想着他做过的事，他未尽的心愿，他的死状……

多希望能听一点音乐，让我从这些繁杂的思绪中抽离出来。

“换作是我，”马里斯说，“不会让你好受的。懂吗？”

我仍然一言不发，可马里斯还没完。他把椅子拖到离我更近的位置，那把猎枪仍然放在他腿上。虽然我的手被绑在了椅子靠背上，但我仍在琢磨着制服他的办法，我学过一些面对这种情况的办法。

“你干过多少回了？你东奔西走的，逮了多少人回去？多少？”

见我还不说话，马里斯的眼神里透出越来越明显的不善。

“你已经记不清了，对吧？已经数不过来了？多到想不起来了？”

210个。如果我愿意，其实我可以告诉他。从我在芝加哥被捕，从布里奇在联邦大楼的地下室里跟我通话，从我在亚利桑那州的沙漠接受训练后算起，一共是210个，包括最近这一位，寒鸦，凯文，查尔斯与桑德拉的孩子，密歇根州底特律市布莱特摩区的凯文。

我握住了自己的手，感觉鲜血正从我的肩膀上不断渗出。

将近午夜时分，才有人推开这座老旧废弃的社区中心的大门，巴顿进来了，后面跟着库克。

巴顿没有穿教士服，而是换上了牛仔裤和衬衫，胳膊下面夹了台笔记本电脑。库克靠墙而立，嘴里嚼着口香糖，而巴顿从一圈椅子中抽出一把，拖着靠背走到我面前，然后坐下。

他打开笔记本电脑，将屏幕对准我，让我能看见上面的内容。马里斯仍然留在原位，猎枪放在腿上。

巴顿点击了一个我熟悉的图标，一幅地图出现在他的屏幕上。地图首先显示的是全世界，然后迅速缩小到美国，接着缩小到印第安纳州，再缩小到这座城市，最后，一个红点出现在中城区，红点在屏幕上不停闪烁。

“你知道这是谁吗？”神父问我。

“我知道。”

“告诉我。”

我看着这个红点，错愕得几乎说不出话来：“是我。”

“没错。”他合上屏幕，起身说道，“就是你。”

“这怎么可能？”我嘴上这么问，心里想的却是他们为什么把我抓到这儿来，他们接下来又有什么打算。

“他是一名警官，这你是知道的，他有渠道了解一些信息。”

库克挥了挥手：“有人要欠我一份人情喽。”

我重新打量了一下库克警官，他脸上带着笑容，扬起眉毛，镇定自若地与我对视。他的脸仿佛在说“小事一桩”，但我们俩都知道（或许巴顿不知道）这是一桩不得了的事。我想象着，假如布里奇发现固若金汤的美国执法官局信息技术处发生了情报泄露，他会做何反应。

巴顿的眼神一直没离开我。

“你的工作是追踪逃犯，调查线索。我们现在就需要你去追踪和调查。找到凯文原本应该交给我们的那样东西，那里面有很重要的资料，现在仍然在蓄奴四州。”

“你怎么能确定？”

巴顿皱起眉头，库克替他说道：“至少，那东西不在这儿，对吧？”

“重要的是……”巴顿继续说道，“你要找到凯文藏起来的东西，把它交给我们。”他指了指笔记本电脑，“我们会一直盯着你的去向。盯着你去南边，盯着你再回到北边。你回来后，要立刻来这里，把找到的东西交给我们。如果你不照办，我们随时可以找到你。”他又指了指笔记本电脑，“然后，杀了你。”

现在，我假装听不懂他在说什么，因为问他为什么要这么做，只会是白费力气。巴顿很清楚我的底细和工作，我没有登记在案的指纹，没有固定的身份证件，只有一身训练出来的本事，还有美国政府提供的资金。而且一旦我被抓了，遭受毒打和折磨，死在别人手里或被卖到南方，也不会有人找我，不会有人在意。我是一个隐形人，也是一颗棋子。

我回头望向库克：“有件事我搞不懂。你们在追踪我，而我的上线管理员也在追踪我。所以……”

库克刚想回答，巴顿却举起了一只手，伸直了手掌，让他安静，如同他在喷泉餐厅对我做的手势一样。然后他放低声音，歪着头学起了我的样子，学起了冷漠的、强势的卧底探员打电话时的神情。“这事黄了。”他模仿我的声线说，“我查了半天，查到这个逃犯根本没逃出围墙，看样子他还在南边。要找到他我还得去一趟南方。”

我闭上眼，轻轻点了点头。这就是我的人生，我的命运：不是当张三的走狗，就是当李四的走狗。

“等你找到我们需要的东西，”库克补充道，“打电话给你上司说你不走运，找不到那个黑奴。”

“这事黄了。”我默默说道。

“然后你把东西带给我们，”巴顿说，“我们就算两清了。”

“两清？”我说。

“对，”库克说，“两清了。”

马里斯无法接受：“不，绝对不行！”巴顿又霸气地举起了手，成功让他闭上了嘴。“就是这一件事。”巴顿说，“办成它，把东西带回来，我们会安排‘航班’带你去加拿大。”

马里斯站起来，放下枪，怒气冲冲地踢翻椅子走向房间对面，身体靠在门框上，双手环抱在胸前。巴顿不为所动，眼睛仍然盯着我。

“成啊！”我说，“我要找什么东西呢？”

“一个小包裹，用信封装起来的，里面有文件，密封好了。我们当初交代凯文，在信封背面写上他名字的缩写字母，以作证明。但我们不确定他有没有这么做。不过在信封正面有南雄成衣公司的标识，你认识吗？”

我点了点头，因为我知道这个标识烙印在了奴隶寒鸦、大二学生凯文的锁骨上。我是从逃犯文件中看到的。

“你们要的是一个密封的南雄成衣公司的信封，里面有文件，背面上有名字标记。”

巴顿点了点头。

“那里面是什么呢？”

“证据。可以扳倒整个奴隶制度的有力证据。”

我差点笑了，笑他们一厢情愿地想把我蒙在鼓里，笑他们故作神秘：“你们让我南下前往蓄奴州去找这样东西，却连是什么东西都不告诉我？”

“我们会告诉你的。”房间对面的马里斯说道，“就像我们告诉了你接下来要干什么一样。”很难得，他和库克在这事上达成了一致。

“或者……”库克道，“我们可以让你小命归西。”

巴顿站起，眼睛看向我，若有所思：“不，我们会告诉你的。”他转向马里斯和库克，“你们要告诉我们的朋友如何与律师取得联系。你们要让他知道，他要找的是什么东西。”他用手摸了摸我的头，“让他知道那样东西为什么这么重要，为了他自己的命，为了我们所有人，他必须得找回来。”

巴顿低下那颗金灿灿的头。“我们给你的这个任务很艰难。但你必须明白……”他强调了当初对凯文说的那个词，那个柔软又有力的词，它集柔软和力量于一身，如同包裹着绒布的铁锤，“你必须明白这是你改邪归正的机会，在废奴运动中留名的机会。现在你成了一名战士，你可以做个好人，孩子。你可以做点好事。”

24

我和马里斯、威利·库克这两个地下航线的人在那间房子里又待了一小时。

他们把我该知道的一切都告诉了我。包括那个律师在哪里，怎样找到他，所有关于寻找信封所需要知道的资料。

至于这份惊人的证据，能动摇奴隶制根基的证据，他们也把具体情况告诉了我。我真是使出了吃奶的劲儿，才表现出对此无比震惊的表情，得知这件事背后罪孽之深，以及我们将揭发出如此之大的丑闻时无比震惊的表情。

马里斯仍旧怒气难平，站在房间角落里狠狠瞪着我，仿佛死神一般，向我解释的人是库克，他说，南雄制衣公司长期违反公平劳动法。

从 1994 年开始，南雄公司就在吉隆坡成立了多家空壳公司，每年通过这些公司运输价值几百万美元的服饰。南雄在亚拉巴马州的种植园将做好的衣服出口到马来西亚的公司，这些公司换好商标后，再重新发货到一家国内的百货商店。这样一转手，即使空壳公司要抽成，即使要加上运费，即使要出钱贿赂，即使要算上申请许可证和物流运送的成本，这笔生意对双方来说都是一笔一本万利的买卖。

不过整件事中让我感到意外的——也是最需要演技的地方——是得知南雄在美国国内的犯罪同谋的身份。用库克的话说，这个同谋不是家庭作坊那类的小角色。南雄公司的生意伙伴是美国国内最大的百货商店：唐尼斯百货商店，其分店遍布全国的 36 个州，从冰箱到香水，从小家电到儿童涂色书无所不卖。服饰当然也包含在内，店里摆着一货架又一货架的廉价棉质服饰。

“你敢相信吗，老兄？”库克问道。我当然敢相信。他表面是城市里的警察，暗地里却在给地下航线的人做兼职，而我表面是通信业场地顾问，而实际上却是执法官署的密探。所以我什么事都相信，因为一切皆有可能。

在美国历史上，最先通过公平劳动法的是马萨诸塞州。多亏了当年激进的麻省好人，“疯子”约翰·布朗在马萨诸塞州募得了资金，才得以发动废奴起义，19 世纪 50 年代的内尔与莫里斯自由联盟运动就是在这里兴起的，并在 20 世纪初再次兴盛。波士顿义警委员会有一个锄奸阵营，专门负责搜查奴隶捕手。

1927 年，北方的几个联邦州通过立法，宣布从今以后，在州内持有、销售或购买奴隶所生产的商品均属犯罪行为。

南方的蓄奴州，用他们尊贵的语气、雄辩的风格对这一法令表示了坚决反对。“凭什么，这是在非法钳制贸易！“凭什么，这是贸易保护主义！”“这些州政府剥夺了美国公民与生俱来的，受宪法保护的自由消费权！”这场道德较量闹到了最高法院，就是那场著名的联合劳动企业诉亨德里克斯案。时任马萨诸塞州司法部长的观点是，就各州政府捍卫州内人民的道德标准而言，这属于州政府的治安管理权范畴。身穿在种植园制作的衣服严重违反了联邦各州人民的道德认知。而出人意料的是，最高法院居然赞同了这一看法。

其他的北方各州急忙陆续通过了不同版本的公平劳动法，而在罗斯福执政时期，民主党占多数的国会在 1934 年通过了这一法律的全国性法案。如果一家公司需要和颁布了公平劳动法的州做生意，那么无论该公司的经营场所在哪里，都必须要遵守相关法律。自此开始，公平劳动法成为一部信仰保护法。正气凛然的北方表示：好吧，我们无法结束悲剧，要与奴隶制共存，要在国内和公然允许种族歧视的州共存，我们甚至在经济上都与南方那些围墙里的坏蛋绑在了一起：南方的税收也因此进入了国库，南方公司赚取的利润也进入了华尔街的股市。而且，毫无疑问，公平劳动法不是双边的，并没有法律禁止南方消费者购买北方生产的商品。

但至少这部法律让人们的良知得到了一些安慰：你到密尔

沃基或皮奥瑞亚的商店购物时，不用担心买回浸染了奴隶血汗的商品。

而巴顿神父想要打破的，正是这样一个给人安慰，让人良心上好过一点的假象。

于是他派了凯文过去，凯文也收集到了南雄公司和唐尼斯百货商店勾结的证据——一块硬盘，上面有各种犯罪信息，包括公司半年的内部数据（货运追踪记录，交易记录，在四个国家的银行账号）。这些记录证明一家大型零售商店和一家蓄奴州的工厂有商业往来，这将让北方人（巴顿认为……他希望……他梦想……他说服了凯文也做起了这个美梦）在情感上蒙羞，并显示出联邦法律体系的脆弱，证明妥协共生这种论调已经烂到了根儿上。那些自以为奴隶制的魔爪不会触及自己生活的北方人，那些无法接受这种假设不成立的北方人，将会看到奴隶制的魔爪已经伸向了他们的日常生活，伸向了他们的服饰，伸向了他们在感恩节第二天大排长龙抢购的商品。

他会让每一份北方报纸的头条新闻报道这件丑闻，亲自将证据递交给伊利诺伊州南区检察院，因为该检察院对唐尼斯百货总部有司法权，奴隶制从此将土崩瓦解。

凯文第一次听到这个想法就被深深折服，因此头脑发热，想也不想就答应了。这一线希望说服了他甘心冒生命危险，改头换面，烙上烙印，卖身为奴。

巴顿认为世界将从此不再有奴隶制，他的同伙深表认同，包括凯文也如此。

我对这事半点都不相信。我能够预见未来会发生什么，这事会如何收场，结局只能是什么也不会改变。

人们在林肯在世时就在谈论自由，然后有人刺杀了林肯，有什么改变了吗？没有。

100 年后马丁·路德·金博士做起了名为“自由”的幻梦，告诉美国人民应该继续先辈们的未竟事业。北方的黑人和白人前往南方发动了“自由之夏”公民运动，到剩下的几个蓄奴州往返奔走，见证了历史波澜壮阔的一页。众多废奴主义者聚集于刚刚宣布废奴的佐治亚州，然后浩浩荡荡游行至亚拉巴马州的塞尔玛。蒙哥马利[①]一位勇敢的黑奴妇女要以绝食抗争，并要求当局结束奴隶制，在整个南方掀起了绝食抗议运动。当时的总统也为此摇旗呐喊，公布了投票权法案，号称是美国的新发展目标——“我们这个时代的废奴法案”。

这些行动结出了什么果实呢？黑人劳动党正式宽恕了白人，并为绝食抗争的黑奴强行灌食。约翰逊总统在得州内战这个泥潭里越陷越深，无暇顾及投票权法案。废奴运动的暴力派和非暴力派，“保障权利”派和“争取自由”派针锋相对，让废奴运动“自食其果”。当局将黑豹党定义为恐怖主义组织。金博士庆祝了自己的伟大胜利（田纳西州颁布了废奴法律），

① 蒙哥马利（Montgomery）是亚拉巴马州的首府。——编者注

然而随后却在旅馆房间外惨遭毒手，中弹身亡。

一切并没有真正改变，第 18 号宪法修正案仍然岿然不动。美国还是从前那个美国。

这个狂热的神父，这个激进的小孩，陷入妄想中难以自拔，他现在究竟在想什么？他们这几个人，眼睛里一直燃烧着怒火，个性正直的马里斯，大肆谈论新时代即将到来，要干出一番惊天动地事业的库克，到底在想什么？我比他们头脑清醒，我知道会发生什么。艾奥瓦州和爱达荷州的人发现自己买的便宜 T 恤竟然是黑奴血汗换来的，他们绝对会变得义愤填膺。这件丑闻会登上头版头条。唐尼斯百货的老总会召开记者会，摇着头噘着嘴说“我会承担全部责任”。政府会关闭南雄公司（也许会，也许不会，又或者只是暂时关闭），对此事进行调查。唐尼斯百货将支付巨额罚款，新一期的财务季报会相当难看。

慢慢地，人们会重回唐尼斯百货，因为他们的东西就是物美价廉，不管产地是哪里。一切都不会改变。人们会摇摇头，耸耸肩膀，接着购物，奴隶仍在遥远的地方受罪，地球照样围着太阳公转。

正因为如此，我接下来要做的事才能解释得通。当我开着车返回都城十字路口旅馆时，脑子里构想的事情发展就是这样。可是凯文遍体鳞伤、血迹斑斑的尸体仍然历历在目，像是对我的惩罚。

我相信（我真的相信，也宁肯相信）就算找到那个装有资料的信封，并交到巴顿神父手中，也改变不了什么。300 万黑奴不会恢复自由。

但我有办法让一个人因这个信封而获得自由，而这个人就是我自己。

我走到旅馆房间的阳台上，点燃香烟，拨通了布里奇的电话。

25

“小子，我就纳了闷了，你为什么要这样做？你知不知道自己闯了多大的祸？”

布里奇慢条斯理、语气坚定地说着，彰显着自己的权威。我站在阳台上，抽着烟，默默听着他把怨气都发泄出来。我心里面在想别的事。我见到路灯亮了，残阳的血红正在褪去。

“你打那通电话到我的办公室，还干扰联邦执法官员办公，你已经严重违反了法律，更是严重违反了当初的协议。”

布里奇像是个任性的孩子，没完没了地数落着我的种种罪状。联邦执法官员这个词让我愣了一下。詹妮斯，他说的是詹妮斯。

冒充探员。非法获取秘密信息。

我根本懒得回应他这一长串指责。我甚至懒得回他一句“去死吧”。周日的夕阳为这座灰暗之城送上一份祥和，如韶华正在消逝。我现在精疲力竭，肩部的肌肉深处还在抽痛，鞋子上、手掌上、膝盖上都沾了在地底蹭的泥土。

可怜的布里奇以为我跟不上他的思路，还在想这事怎么办。但我已经超到他前头去了，一番深谋远虑之后我已经把他远远丢在了身后。

“你先安静一下。”我开口说道，“先听我说几句。”

“什么？”

“我叫你安静一下，听我说，行吗？因为你现在已经是个死人了。”

“你是……”他愣住了，这是他跟我说话时从没有发生过的事，他真的愣住了，“你刚才是在威胁我吗？”

“不。我只是在陈述事实，千真万确的事实。我不会跟你废话，你已经完蛋了，不过我会帮你。我们要互相帮忙，明白吗？”

“我……”

布里奇只说了一个字就陷入了沉默。这份沉默很好解读，像一片缓缓流淌的、危机四伏的沼泽。

“接下来你照我的话去做。”我说道。他没有再气势汹汹地打断我，只是静静地听着。我让他挂断电话，离开办公室，然后去巴尔的摩国际机场 7 号门内行李提取区外的付费电话那儿打给我。我提醒他，那部付费电话的对面有一个柜台，在那儿可以打电话租车或订旅馆房间。

“记下这个号码。”我把一部新手机电话的号码告诉了他，在我从圣安塞姆天主教礼拜堂开车回来的路上，我在 38 街买了这部预付费电话。“你要在 45 分钟内赶到。”

他又沉默了片刻，在想要不要再跟我唱反调，不过最后他只是挂了电话。

我安静地站在阳台上，望着周日夜晚 86 街上的车流：一辆、两辆、三辆车依次驶过。如果我错误解读了布里奇最后的沉默，如果他在最后那一刻嘴角噙着狞笑，暗想“这是我最后一回听这个自作聪明的黑鬼说屁话了”，那么前来逮捕我的车队随时会呼啸而至。

然而车队并没有出现。他对眼前形势的判断是正确的，他现在处境不妙，只有我才能助他一臂之力。

我想象着他现在的样子，人到中年的布里奇，急急忙忙下楼，走出执法官署，赶到停车场，然后以最高时速开着他用那点公务员薪水能买来的那辆破车赶往巴尔的摩机场。

在经历了漫长而且难熬的 24 小时后，此刻对我而言应该能放松了，甚至弥足珍贵。我会慢条斯理地告诉布里奇接下来怎么做，受他钳制这么些年后，我可以逼着他按照我的指示行事。我可以摆脱布里奇对我的控制了，不仅如此，还可以好好敲打敲打他。

但是凯文的死状残留在我心中，久久不散，每次回忆起来都沉甸甸地压在我心上。我肩头的血与他胸口的血混在一起。那个瞬间改变了所有的事，我内心的警钟猛然敲响，无垠的天空出现了一条裂隙。

我本应如释重负，但心里只剩疲惫和伤感。我中弹的肩膀疼痛依旧，嵌在身体里的子弹如同燃烧般灼热滚烫。

如同在那个地道里前行，我无路可退。无论如何，结果都会很快揭晓，我的计划要么成功，要么失败。

34 分钟后电话响起。

“挂掉电话。”我说。

“什么？”

“到楼上！”我说道，“用 B13 号登机门和 B14 号登机门中间的那部电话打给我。它在男洗手间边上。”

“你要我从登机门那里打电话给你，要进入登机区我还得买机票。”

“是吗？看来你得买张机票了。”

布里奇准时地打来了，用的是 B27 号登机门和 B28 号登机门中间的电话。我直接进入主题：“那个叫寒鸦的男孩，我们一直在追踪的这个黑奴，他是个送信人。当他……”

“你是从哪儿知道这些事的？”

“别打断我。当他离开南雄公司时，他带走了一样东西——一个信封。”

我没有告诉布里奇信封里有什么，因为我不确定布里奇是否知道里面有什么。我也没告诉他黑奴寒鸦就是大学生凯文。

我不确定他知不知道这事，但我绝不会主动向布里奇透露。

我直接说到重点：我发现的最重要的情报。我和他的关系如同万年寒冰，一成不变，而这份情报就是一把破冰的锥子。

“这个男孩带走的东西，把你跟我都拖下水了，甚至执法官署都被卷了进来。如果他带走的东西曝光了，你的部门也会受到牵连，是不是？”

我等着他回答。这段沉默有些怪异，我意识到这是因为我屏住了呼吸，全身一动不动。我呼了口气。

“布里奇？”

“什么？”

“你没有回答，是因为你也不清楚其中的具体情况，还是因为我叫你不要打断我？”

他默然不语，片刻后说道：“都有。”

我让他紧张起来了，很好。我需要他感到紧张，其实执法官署会受到怎样的牵连并不重要，重要的是他们的确会受到牵连。也许执法官署是协调方或者是执行方，或者他们可能在服装进口海关审批过程中的关键节点有意放水。可能存在上述任意一种情形，也可能所有情形都存在。对我来说，重要的是布里奇现在有了大麻烦，而且他的某一级上司现在也有了麻烦。

现在唯一重要的是他要找到凯文拿走的东西，不管他藏在哪里。不管是什么原因，执法官署和巴顿一样迫切需要找到它，而我就是负责去找那个东西的人。

布里奇保持着沉默，我听到了他身后机场的喧嚣：提醒旅客登机的声音，婴儿的哭喊，某种小车倒退时渐渐减弱的嘀嘀声。

我继续说道："所以这人逃走，就是给你们执法官署出了个难题。你们不能逮捕他，因为如果逮捕了他，他带的东西就会落在加拿大政府或法官手里。"

他依旧沉默。

"你没有打断我，是因为我说得没错，是不是？"

"是的。"

"很好，现在我需要你回答。我有个问题要问你。"其实我不需要他回答，我已经知道了答案，但我要听到他说出来。"报告里提到获悉寒鸦有意潜逃至印第安纳波利斯……你们是在刑讯逼供，是不是？所谓的'获悉寒鸦有意'？你们让某个监工睁一只眼闭一只眼，然后把寒鸦的同伙吊起来，或者活埋她，逼她说出寒鸦的下落。"

沉默。

"回答我。"

"是的。"

"是的？"

"是的。"

我不得不把电话拿远一些。我侧着头，张嘴，无声惊呼。在她死之前还遭受了折磨。当然，我早就知道里面另有隐情，是什么隐情呢？当你揭开类似“获悉寒鸦有意潜逃”这种委婉词句的那层面纱后，你总会在下面发现一层真相，而真相只能是暴力，永远是某种暴力。

我默念出那个女孩的名字，凯文对着天空说出的名字，卢娜。太阳已经落到地平线下了。夜色已至，月亮挂在天边，躲在云朵之后。

“这件事……”布里奇说了半句话就停下了。

“怎么？”

“我并不知情。”

“你不知道什么？”

“什么都不知道。当我把这个案子的文件交给你时，我以为这个案子是真的。我向你保证，维克多。”

上帝啊，他希望我在意他的感受。看在上帝的分上，他想让我知道，当初他也在意过这个案子。

“一开始我和你的想法一样，看到这个逃犯的资料后，我觉得里面有些古怪。我的职责是监督你的工作，所以我嘱咐你把事情办好。但是你有很多顾虑，而且你把心里的想法都说出来了。你一直纠缠着这些事不放。”

“我跟你说过查一下这里头的情况。”

“我查了。”他清了清嗓子，“你是对的。”

我心里一时间有些酸楚，升起一丝怜悯。我无法对此释怀。我握紧了电话，集中注意力梳理时间线。

“你给你的老板打了电话，向那位大哥问了资料的事。”

“是大姐。”

“好，问了那位大姐。她什么时候给你回电话的？星期五上午？”

“对。她告诉我没什么好担心的。但是我觉得这事没这么简单。我追问了她几句。她把电话挂了。到了星期五晚上她给我回了电话。”

“7 点半回的。”

“是的。她跟我说……”他犹豫了片刻，想着要怎么说才好，“她把这事的原委对我和盘托出了。”

“她告诉你，你们单位里有人知法犯法，是一起针对美国人民的特大诈骗案的共犯。”我现在想把自己的疑问都弄清楚，“布里奇，是不是？”

“是的。”

“她给你的指示是，找到这个年轻人，不能留活口，再找到并毁掉相关的证据。”

沉默。他彻底沉默了，如死亡一般的悲戚。

“布里奇，你在听吗？她交代你，你真正的任务是找到并干掉这个年轻人，将那个要命的信封一把火烧掉，对不对？”

“对。”

“你为什么不拒绝她？”

“因为……我不能……我不能拒绝。”

他不能拒绝。这句话真是出乎我的意料。我心中恼怒不已，他为什么这么束手束脚？是因为忠诚？这个老板手里面攥着他的把柄，多年前他的渎职记录？会是爱情（这个词我想着就反胃）吗？布里奇和这个神秘大姐，他们俩上床了？我将电话握在胸前，像掐着别人脖子一样掐着这个廉价的塑料玩意儿，然后又放回耳边。

“……要什么，维克多？”

“现在事情简单了，那个年轻人已经死了。”

“死了……怎么……”

“那帮人干的，是个意外。”

我没给他时间偷着乐。我磨着牙齿，将所有坏消息也一并说出：“但是那个包裹还留在蓄奴州。他把信封藏起来了。”

“为什么？”

“听我说，别打断。他把信封藏了起来。他觉得航线的人背叛了他，于是他把东西扣下了。信封还在围墙里面，现在没有人能找得到。所以他们派了我去找，明白吗？他们策反了我，我现在是双面间谍。我现在在给你的敌人做事。”

布里奇终于没再问为什么，他终于学会听完后自己琢磨了。

“你在给我的敌人做事，可你现在又把这些事告诉了我。”

“我这个人没那么简单，布里奇先生。我有很多面。”

暗夜如同一池黑水将我包围，正在将我吞没，我与暗夜渐渐融为一体。我的目光却锁定在远在天边的一丝光明。当巴顿派我去执行新任务时，我得以窥见一线希望。

“我会为这帮人找到那个信封。”我告诉布里奇，“找到后，我会把信封交给你。作为交换，你要答应我一个条件。”

“什么？”

“我的自由。我把信封拿回来，你把我体内的传感器摘掉。你给我自由，我给你信封。我会去加拿大，从此之后你永远不要再和我联系。”

我遇见了玛莎，她从房间里出来，背着一个行李包，正在下楼，要去一楼的门厅。我手里也拎着一个袋子，是旅馆里提供给顾客的洗衣袋。

“玛莎。”我说道，她回过头来，我现在没有戴眼镜，衣服也乱糟糟的，整条袖子血迹斑斑。

“吉姆？”她回应道，然而在她回应我的时候，她已经知道眼前的人不是吉姆——我已经扯掉了吉姆的那层伪装，他已经和白河里的泥沙混为了一体。

“我不叫吉姆。”我说，“我叫维克多。”

“什么？”

“其实我也不叫维克多。”

“什么……你的袋子里装了什么？”

为了避免有人看到，我们走进了她的房间。这里和我的房间布局一样，只是大床的位置改成了两张标准床。玛莎的那张床很干净，寝具收拾得很整齐，而莱昂内尔的那张床却很乱，漫画书、塑料小玩具、宇航员、士兵、超级英雄摆了一床。莱昂内尔正在大厅等候，她说要把行李都收拾好装进车里。而我告诉她，她不能走。

“不能走，为什么？我们……我们已经退房了。我们要离开这里。”

我握住她的手。我攥紧了她的手。

“听着！”我说，上帝做证，我这时已经泪流满面了（为了凯文，为了我自己，为了卡索，我痛哭不已），“我需要有人给我治伤，我十分需要帮助。”

由于集血池并非一项正式工作，所以我从没去过集血池。到内场的前两年里，每个人都是三个月换一次岗，所以在头两年里我干过的地方有待宰栏、冷冻库、蹄角修剪站、去皮站……毫不夸张地说，涉及屠宰的所有工作我都干过。但是集血池并不需要经常打理，所以它不是一个常规的工作站。

排血的流程基本上都自动化了。屠宰场里流出的血从地下排水沟里排到外面的集血池，每隔半年会有一辆卡车开过来，用管子吸走牛血再运走。

然而当天下起了雨。中国人来了，这是第一个原因，第二个原因是下雨了，第三个原因是里迪又犯病了。这三个原因叠加在一起，让我们有了机会。卡索以前一直在说，“机会”会来的，结果机会就这么来了。

我听说过这些中国人，但从没见过他们。他们来的那天早上我们起得比鸡还早，老奴工起得比我们更早，他们一边拍手，一边念着口号：天津佳畜！天津佳畜！这是我们最大客户的公司名，但听在我耳朵里和念咒语差不多，老奴工和警卫们要么忙个不停，要么急赤白脸地高声指挥着其他人做事，白人工人们走路的速度都加快了，说话的声音很大：赶紧去工作，注意重点，互相帮衬着点，为了贝尔先生好好干。

我那天的任务是割牛肠，把胃下边的肠子割下来，整齐地盘好。我正在干活，15 分钟后一群好奇的中国人进来了，一起走进了屠宰现场，然后各自分散参观，有的人弯下腰，观察着各站点的情况。我继续干我的活，其他人也一样。天津佳畜公司的人腿上绑了护膝，爬到机器下面，讨论着生产情况。监工们见他们过来会让道，白人工人们也一样。

这时贝尔先生走了进来，穿着雪白的衬衫，打着深红的领带，脚上穿着一双棕色大皮靴，和中国人握手致意，通过翻译回答他们的问题，再微笑着摸摸胡子，等待翻译把他的话译成中文。他对看见的每一个黑奴微笑，有时还摸摸我们的头。

这是当天的第一个因素。其二则是下起了雨。一场我从没见过的盛夏暴雨。豆大的雨点砸在屠宰场的屋顶上，打湿了外面畜栏里可怜的小牛犊……集血池也被水淹了。我身前挂着一只剥了皮的牛，而我拿着刀正在处理牛的内脏。一个白人工人闯了进来，裤口和袖口都在滴水，焦急地跟一名警卫说了些什么，警卫撇了撇嘴，走过来拉了拉贝尔先生，贝尔先生用手指了指胖子里迪。

随后，贝尔先生一手搭住胖子里迪的肩膀，说道："带一个人过去。把雨水清理干净。"

贝尔先生挑了里迪，里迪挑了卡索，而卡索带上了我。

我一直在想卡索是否当时已经有主意了。当里迪的大手握住卡索的肩头时，他是否已经预见到这是一个机会？另一个世界在朝我们招手——那个有我们未来的世界？还是说他不过认为，我有了半小时不用干活的时间，有这种好事得把兄弟也捎上？

因此当里迪说"小子，跟我来"时，卡索却壮着胆子建议："先生，您别见怪，我想我还需要一个帮手。"

卡索肯定是有主意了。集血池在农场边上，是很古老的设备了，修在屠宰场和围栏中间一块长条泥地上。卡索肯定是猜到了（他能猜到吗？）中国人一来，员工的注意力都放在了他们身上，同时又下起了大雨，视线不佳，那一片的老旧电灯也不太管用，这几个因素集中到一起，给了我们一个难得的机会，一个我们一直在等的机会，去追逐卡索这些年里不厌其烦地给我讲的那些故事。如今，我们和那个故事之间的障碍只有胖老头里迪，可悲的里迪。

里迪并不难对付。不论警卫、白人工人、老奴工当中，还是监工那帮人当中，都有好对付和不好对付的人。里迪戴着眼镜，体力欠佳，头上已有了白发，脸上也有了老年斑。有一次他看着我们排队从屠宰场回宿舍，我看到他摇了摇头，然后低头看着地面，面露悲色。

“好吧，小子。”他对卡索说道，“你可以挑一个人。”

于是卡索挑了我，我们坐在屠宰场门口换上了雨鞋，然后我们去了集血池，清除多余的雨水，但雨下得太大了，血水不断累积，血污堵住了各个排水口，卡索和我飞快地向外舀水，但是水位还是不断地上涨，没过了我们的脚踝，已经快到膝盖了，一大团黏糊糊的东西包围住了我们。

“真该死。”里迪说着，不安地站在池子边上看着我们，来回踱着脚，不停地揩着眼镜上的雨水。他四下打量了一下。他可不想和两个黑小子一起淹死在这血池子里。但更糟的是三个人一起回去，告诉贝尔先生问题没解决。

“该死的。”他又说了一遍，脱掉雨衣，在腰间别上枪，然后也进了集血池，跟我和卡索站在了一起。

暴雨如注，浇在我们三个人头上。两个黑小子和一个白人警卫，像疯子一样拿着大桶、小桶往外舀水，我用余光注视着围栏上的护栏柱。我们平时一直在说这些护栏柱到底有多高，那是一根根高大的木头，中间是密密麻麻的铁丝网，我们一直在讨论这些护栏柱的高度，却没有说过它们插入地下有多深。我从没想过这个问题，而现在大雨把泥土变成了泥浆，于是我见到这些柱子的根部已经有点歪了，在泥浆里有点晃动，只有一点，开始有些轻微的晃动。

“加把劲儿，伙计们！”里迪喊道，忙到完全忘我，“加把劲儿！快啊！”

可是他错了。虽然我们在拼命舀水，但仍然跟不上雨势，远远跟不上，我们尽可能快地向外排水，但雨水仍然漫过了出血口。里迪可能是我们三人当中干得最卖命的一个，动作越来越快，累得气喘吁吁、汗流浃背，而我注意到护栏柱地基的土越来越多地变成了泥浆，柱子已经从土里松动了。而卡索在注意着里迪，他在喘着粗气，呼吸声中夹杂着呻吟，他重重地瘫倒在地，然后栽倒在泥塘里，往前爬着。

“里迪先生！”我喊了一声。他开口说了句“去找……”，然后就失声了。他张着嘴，却发不出一点声音，仿佛后半句话卡在喉咙中，令他窒息。

去找人过来，去找人来救我，拉我起来。然而里迪再也说不出话来了。他面色发黑，又有些涨红，声音噎在喉咙里发不出来，身体的血似乎都涌到了脸上和脖子上。我全身湿透，惊恐难安，大雨依旧在下。里迪无助地望着我们，摆动着双臂，眼珠子瞪得滚圆，像是一条将死的大鱼。

“没事的，先生。”我不由自主地说道，我蹚着齐腰深的血水向他走去，卡索紧紧地抓住我的手，把我扯了回来，甩了我一巴掌。暴雨中卡索的两只大眼睛直直地凝视着我，晃着我的双肩。

“转过身去，小子。”他说，“转身朝围栏那边跑，快跑！”

我照办了，我跑到了护栏柱边上，弯腰从根部握住柱子，使劲往外拔，这时我听见身后的一声枪响。雨中回荡着这一声枪响。我已经拔出了柱子，我竟然把栅栏扯到了地上。

“快走！”卡索说道，手里拿着里迪的手枪，我们跑向远方。没时间回头，但我仍然回头看了一眼，看见里迪的身体缓缓摔倒，被一池血水淹没。

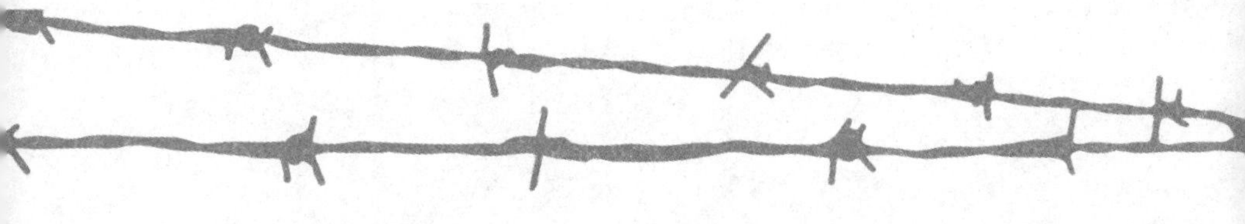

第二部分

南方

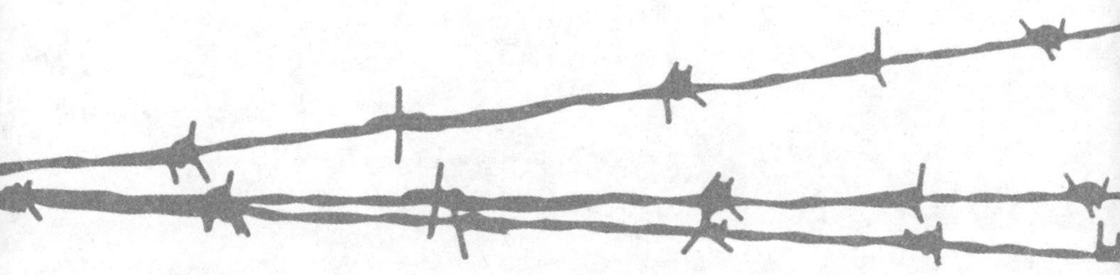

显然在任何国际组织中分歧都会存在，美利坚合众国不会回避分歧。然而各个国家都有自己的传统，如果要以放弃传统作为加入国际组织的前提条件，美国对此无法接受。

——1973 年 12 月 11 日美国国务卿亨利 · 基辛格
在记者会上宣布美国退出联合国时的发言

终于摆脱了。

——1973 年 12 月 12 日《伦敦时报》援引
英国驻联合国永久代表科林 · 克罗爵士的评论

1

到了星期一，玛莎和我开着车向南方驶去，开了整整一天。

我们开着一辆威斯康星州牌照的白色丰田车，这是一辆地下航线提供的破烂。按库克所指示，我在南边的一个停车场找到这辆车，车钥匙用胶布贴在车轮上方的空隙处。时速一超过60迈[①]，车就会发出怪声，我只能将时速保持在55迈，一路驶过印第安纳州南部和肯塔基州西部。这一段的65号公路没有州际公路的派头，就是一条蜿蜒曲折的两车道乡间公路。我们沿着蓝岭山脉的盘山公路时而上行，时而下行，然后开进了天清气朗的田纳西州。我们沿途经过红色的谷仓、绿色的田野和一望无际的玉米田。头上是风景画般的蓝天白云，缓缓舒展，仿若彩陶。尖顶建筑和水塔是每座小镇的标配，路肩立着各种

① 60迈约为96公里每小时，其中“迈”是英里每小时的速度单位。——编者注

木质广告牌。

这一切都让我焦虑不安。如画一般的蓝天白云，迷人的风景，在我眼中和嘲讽无异，我们越来越靠近南方，而尊贵又傲慢的南方大地露出了一丝嘲笑，仿佛在说："这儿很漂亮，对吧？快来吧，来住一段时间……"

我们全程都在听迈克尔·杰克逊的歌，开始听的是《战栗》，然后重温了更早的一些金曲，听了《本》(*Ben*)那张专辑里的歌，封面上的迈克尔留着埃弗罗式短发，面带忧伤。

他的悲剧人生向来镌刻在他的面部表情上，从他出道时便是如此。他的一双眼睛早已说明了一切。

我们听了《照顾好我们的兄弟》(Take Care of Our Brothers)[①]，这首给可怜的迈克尔带来诸多不幸的慈善单曲。这首歌募集了一大笔钱用于救助穷苦百姓，然而他的半数粉丝说他是个马屁精，说这首歌纯粹是改良版的基督教颂歌，之后他不承认这首歌是他的作品，然后他的另外一半粉丝又说他是个软骨头，自我设限，让政治干涉了音乐。

有时我觉得他在经历这次打击后再也没能站起来。有时我觉得他的后半生一直想逃离这个旋涡，逃离我们这个国家，但显然这是不可能的，没有人能做到。

不过这些歌从他的金嗓中唱出来，真的有如天籁。我们在歌声中一路南下。

① 此处疑为作者虚构的作品。——编者注

“晚上好，两位要住店吗？”

这个男人没有挂胸牌。这家“游子小憩”汽车旅馆可能没有给员工提供统一制服，或者这名前台人员更喜欢穿自己的衣服。他在外面套了一件皱巴巴的花呢衬衣，扣子都是散开的，没有扣上，露出里面一家啤酒公司的T恤衫。他站在柜台后，警惕地看着我们二人。

“我们需要一间房，谢谢。”玛莎说道。

我站在后面，站在游子小憩旅馆压抑的大厅的阴影里，大厅的沙发不是成对的，空气里飘荡着咖啡的焦香味。

“只要一间房吗？”管前台的白人老头问。

“是的。”玛莎答道。

“要几张床呢？”

他的眼神来回地看着我和玛莎，慢慢游移。游子小憩汽车旅馆位于田纳西州的普瓦斯基，离南边的围墙还有50英里，然而越往南走，即使只是办一点小事也会越来越难。我有时觉得空气里仿佛有一种无形的阻力，仿佛在水底行走，在餐厅里吃饭，在商店买东西，都得多费一点力，在汽车旅馆办理入住也不例外。

“无所谓。”玛莎咬着牙齿说道，“你们旅馆到底有没有空房？”

“嗯，空房应该是有的。”

前台人员双手叉腰，转身检查了下墙上的钥匙架，几乎所有钥匙都在架子上。他取下 12 号房的钥匙放在柜台上，然而当玛莎去拿钥匙时，他的大手却盖住了她的手，他轻声说道："我说，妹子，"他的声音有点哑，音量大得能让我听见，"你确定没事吧？"

玛莎没有回答。她把手从老头的手掌下抽了出来，仿佛在挣脱什么束缚一样。他耸了耸肩，把钥匙推给了她。

"好吧。"他说，"退房时间是上午 10 点半。"

12 号房间和大厅一样乏善可陈。房间里隐隐有股霉味，木格窗上挂着碎花窗帘，地上铺着薄薄的地毯，有着斑斑点点的污渍。屋里有一张单人床，旁边还有一张可活动的帆布小床。玛莎皱眉挑起床单一角，仿佛在检查里面有没有跳蚤。我有些后悔带她来这儿（也后悔我自己要来这儿，做这件事）。玛莎去了狭小的卫生间，关上了门。我别无选择，到这儿来是为了完成任务，我有我的使命，可这个姑娘……

衣柜上镶了一面镜子。我照了照镜子，安慰自己一切都没问题，一切都会好起来的。明天这个时候，玛莎就会回到印第安纳波利斯，从她姐姐那儿接走莱昂内尔。明天这个时候，所有这一切对她来说不过是做了个古怪的梦，24 小时之后她将从有我的这个梦中醒来。

我们达成了一笔交易，很简单：我出钱请她帮忙。

这笔钱来自我的备用金，那是布里奇提供给我以备不时之需的钱，没有做记号的钱，再过几天，我再也不需要这笔钱了。我在之前那间旅馆房间的密码保险箱里放了 20 000 美元。我的行李箱底下有个夹层，里面放了 5000 美元。在我开的阿蒂玛车前排的杂物箱里还有 5200 美元。我有两个皮夹，分别放了 400 和 200 美元的现金，最后还有 2000 美元，我把它们缝进了一件褐色运动装的内衬里面。

我从这笔钱里凑出 29 500 美元，装在洗衣袋里拿给了她。

我告诉了她真相（改头换面后的真相），虽然只是从全部的事实中摘取一部分。我是地下航线的探员，要到蓄奴州去取一样丢失的物品，一件在反奴隶制斗争中用来对付敌人的武器。我没有说谎，这些都是真的，都是真的。

黑人进入南方四个仍然蓄奴的州必须有白人陪同，由白人担保他的住处和行为，否则就不能进入这四个州。

“我知道这事你一时半会儿想不明白。”我告诉她。

“没关系。”她说，“没关系。”

“我会给你一个假身份证用来过边检。”我接着用很快的语速说，“等我们过了边检后，你就拿你真的身份证重新离开，然后烧掉假身份证。你的任务就完成了。你回到印第安纳波利斯，拿上钱，这边就没你的事了。这笔钱你想怎么花都行，或者……我提个建议，你可以带着儿子离开美国，去欧洲，去……”

“对。”她说。

我看得出来，我提的离开美国去欧洲的建议从她左耳进右耳出了。她会把钱交给那个俄亥俄州斯托本维尔的骗子，那个自称可以帮她黑进火炬之光数据库的人，这可真是肉包子打狗了，而这不关我的事。她已经是成年人了，我唯一欣慰的就是她愿意配合我的行动。

我把洗衣袋给了她。她没有看里面的东西，更没有点钱。她漫不经心地拎着袋子上细细的塑料绳，饶有兴致地看着我的脸：“我有一个条件。”

“什么？”

“你必须告诉我你的真名。就这一个条件。”

我愣了一会儿。我得好好想想这个问题的答案。卡索叫我老弟，布里奇叫我维克多。我有过好多个名字，旧的去，新的来。而我确实有自己的名字，我 4 岁的时候，妈妈在我耳边轻声呼唤过我真正的名字，当时我还没有让人从育婴所带走，带去学校上课。我有一个属于我自己的美好的名字。

我差点儿就告诉了玛莎，但后来想想，还是把我在贝尔农场的服役名告诉了她。这样比较合适，这个名字也和我的真名差不多了。

“布拉泽。”我告诉她，“我的名字是布拉泽。”

这些是昨晚发生的事。现在我们已经到了千里之外，我穿着长裤和汗衫，眺望着窗外的风景，火红的车尾灯在黑暗中连成一片。玛莎从卫生间里走了出来。

“哦。”

“怎么了？”

她走到我身边，眼神关注，脸上带着担忧的神色。“你的肩膀。”我意识到自己正捂着肩膀被子弹射中的地方，从那里引发出我的脖子和后背一阵阵的疼痛。

“这东西可得取出来。”

我拿开手，手上沾了脓液。“要命！”

“对，很要命。伤口已经感染了。”玛莎走近仔细检查着伤口。

“赶紧取出来吧。”我说，“现在就取。”

我们明天时间非常紧凑，没时间让我感染发烧，显然也不可能去医院。

而玛莎，一是经常旅行，二是名失业的医疗护工，所以多多少少身上带了些急救药品和用具，可以从我身上取出子弹。她带了针线、绷带、阿司匹林和纱布，甚至还有一小把手术刀。

“我现在唯一缺的……”她说，“就是麻醉剂了。不过我想明天上午我们可以去药店……”

“不行！”我说，“现在就做！”

她摇了摇头，眼神打量着我这个受了伤的陌生人，和她共处灯光昏暗的旅馆房间的我，与她印象中的吉姆·德克森完全不一样了。

“好吧，布拉泽。你先躺到床上去。”

她从自动售货机里搞来一些冰块，用毛巾包起来放在我肩上，直到我的肩膀渐渐麻木。

“行了，这应该有点作用。”玛莎说道，我不知道这种冰敷究竟有没有麻醉效果，但是她的手术刀割进我的皮肉时，我还是疼得要命。

我痛得喊出了声，尽力屏住呼吸。肩膀和后背全都火辣辣地疼。

“你表现得很好。”玛莎的声音很温柔，我听她哄儿子时就是这么说话的。“你表现得很好，忍一忍就过去了。”

她小心地切着我的皮肉，不敢大口喘气，我感觉到她的手指时而摁住我的皮肤，时而钻进我的肉里，仿佛有几条小虫在我肉里钻洞。我的双手紧紧地掐着薄薄的床垫，心想：*我并不适合干这行，我天生不是当兵或当间谍的料。这一切都是一个错误。*

“我看见了。”她温柔地说道，“我已经看见子弹了，它已经露出来了。忍着点，布拉泽。再忍一下。”

玛莎开始挖子弹，动作小心而迅速，我感觉子弹松动了。我在想以后我再见到布里奇时是否也会像这样让他手下的医生挖出我体内的传感器。这是我们协议的一部分，我逼他答应的协议。当然，传感器比子弹嵌得更深，卡得更紧。它在我的脑部基底和多条神经的交会处，卡在脊椎顶部的两根脊骨中间。

玛莎喘了口气，一使劲，把子弹挖出来了。“行了！”我转过头，看见她在笑。“你看！这个小浑蛋出来了！”

她的手套上沾着血污，脸上有一丝兴奋。我也虚弱地笑了，挣扎着爬了起来。她把子弹放到我的掌中，是一颗又小又丑的子弹，上面沾了血和人体组织，黑色的铜弹头受外力作用已经扁了。当玛莎将它放在我掌心时，我感受到了它的温度，像一条小虫，一截舌头。我把子弹放在床头柜上，置于床头灯的光影下，然后躺好，让玛莎缝合我的伤口。

缝合时的疼痛要比刚才轻一些。也许是子弹取出来后我已经感觉好一点了。也许我已经习惯了，习惯有人把手指伸进我的身体内。也许将皮肉缝合起来没有将皮肉分开那么疼。

“你刚才好像变成了另外一个人。”玛莎正在收尾，用黑色缝合线缝完最后一针时，我对她说道，“给人治伤的时候。”

“变成什么样了？”

“变得……很稳重。”

外面突然一声枪响，打断了我的话，声音离我们很近。声音很响，不可能是别的声音。我立马关上了床头灯，在黑暗中拉过玛莎把她压到地上，我嘴里喘着粗气，肩膀像火燎一样地疼。然后又响起了第二声、第三声枪响。

“你想干什……”

“待在这儿别动。”我叮嘱她，朝门口爬了过去。我半蹲半跪着，蹑手蹑脚地穿过走廊，来到值班室，我的枪别在皮带上，肩头的伤口又渗出了血。在那个夜晚，我穿过那条狭窄的旅馆过道时，心中升起一股不祥的预感，又有什么可怕的事发生了，肯定出了什么坏事。

“你好啊，小弟。”桌子后面的白人老头说道，“你也是来参加派对的吗？”

外面又是一声枪响，然后是一阵喧哗，人们在呼喊、鼓掌。人们在庆祝。他们不是在火并，是在朝天开枪。我瞧了一眼老头房间里的电视，电视上播放着一张巴特里奇的档案照。她头部中枪，已经完了。

“她是不是……”我不知道自己为什么要问。我已经知道答案了，“凶手确定了吗？”

“没有，人肯定抓不到。唯一确定的是她让人收拾了。”他比画了一把枪，比画了扣动扳机的动作，“只打了一枪，打中了后脖颈。今晚有个小子干了件让妈妈骄傲的事，这是能肯定的。”

我不需要把这个坏消息告诉玛莎。当我回房时，灯仍然没开，但电视亮着，她坐在床边，屏幕上报道着这则噩耗，电视的光照亮了她的脸。

我关上身后的门，她无言站起，关掉了电视。

我站到窗口，用右手握住左边肩头，紧紧地摁着伤口。我并没有感到悲伤，同时也不觉得意外。我又一次感觉自己像是个局外人一样进入了这个世界，只觉得自己投错了胎，生在了一个错误的身体里。鲜血从我的伤口渗出，在薄薄的棉汗衫上渐渐干涸。外面的庆祝仍在继续，月光下一群开心的田纳西人聚在一辆白色皮卡后面，分发着啤酒。

在他们身后，65 号公路上交通畅通，一辆辆汽车向南而行，驶向围墙。

玛莎神情淡漠，脸色阴郁而坚定。“你到过围墙里边吗？”她问。

“没有，”我答道，“从来没有。”

2

我们顺利通过了边检站，没有遇到麻烦。

边检站有六条检查点车道，六条金属横杆不断升起，落下，每次只供一辆车通过。有一条车道只给亚拉巴马州籍的白人用，一条给美国其他地区的白人用，一条给持有亚拉巴马州通行证，且车内有有色人种的车用，我们走的车道是：美国其他地区的汽车车道（车内有有色人种）。

在围墙下进行检查的是联邦官员，国土安全局下的特别部门，国内边检管理部的人负责这事。国内边检管理部的人穿着黄色夹克、黑色皮靴，戴着镜面墨镜，肩带上别着自动手枪。国内边检管理部的一名官员，皮肤已经晒成了深褐色，头发是棕黄色，面无表情，客气地示意我摇下丰田车的车窗。他越过我只和后座的玛莎交谈，他草草翻了翻我们的证件，由布里奇准备的特级通行证，价值连城的一张纸。他客气地对玛莎说道："劳驾，让你同车的黑人下车接受检查。"然后他带着我先做了一堆扫描检查，然后戴上手套，伸手指探了探我舌头下面，查看了我的头皮，用手电照了照我的肛门，还检查了我的睾丸，他的手摸遍了我全身每一寸肌肤。他彻底控制住我的身体，然后才放我走，不甘愿地咕哝道："你们的检查没问题。"他这话是对玛莎说的，不是对我，"走吧。"

国内边检管理部是联邦单位，而在围墙另一头还有三个单位有检查站，每一个都有自己的办事处，升着自己的旗子，装了卫星天线，分别是：亚拉巴马州高速公路管理局，莱姆斯通县警长办公室以及跨州有色人种巡视局亚拉巴马州分局。每一个单位都有法定权力拦截通过了国内边检管理部检查的车辆，然而那天早上，没有一个单位以任何理由阻拦我们的白色丰田车通过。

在边界站的背面有一块拉丁语宣传牌，淡紫色背景，白色醒目字迹，写着：Audemas jura nostra defender（我们敢于捍卫自身权利），还有一块像道路指示牌一样的绿色标牌，写着：欢迎光临美丽之州——亚拉巴马。

我开着车，玛莎坐在后座。有一群人在盯着我，我想象着他们在追寻我的踪迹——马里兰州的布里奇，印第安纳波利斯的巴顿及其同伙。他们坐在电脑屏幕前，看着地图上代表我的亮点已经通过了边界，向南而行。

我睁大了眼睛，等待着世界换上另一副面孔，我们已经穿过了边界，穿过了文明的边界，进入了罪恶之土，这儿的白人依靠着蛮横与恐惧统治着这方水土。我等待着乌云蔽日，成群的乌鸦盘旋于天际。然而眼见的是同样蜿蜒的道路，同样的绿色田野向远方延伸，同样的蓝天白云，如太妃糖一般可口。景色在围墙两边别无二致。

“喂，布拉泽？”玛莎叫了我一声，她刚才可能在说话而我没有听，她索性把头探到了前座中间。我稍稍转过头，肩膀一阵刺痛。

“你没事吧？”她问。

“别担心，”我安慰她，“你的任务已经完成了。”我转过头，看向前方的道路专心开着车，不想出任何差错。“我们离格林谷还有57英里。按照我们说好的，我们会把车开到小镇的广场。然后你就能掉头离开了。找一个你能停车的僻静地方，把这些假证件烧掉，用我教你的办法。然后你就能回去接儿子了。把丰田车停在唐尼斯商场的停车场。”

“南港路和爱默生路的交叉口。”

“没错。你知道那笔钱在什么地方。”

玛莎没有多说什么。我们开车驶过黑色的高速公路，经过路灯和道旁树。

“好吧。”

“谢谢你，玛莎。”我说，“谢谢你。”

两小时后我来到了亚拉巴马州格林谷镇的广场，日头当空，我低头走在人行道上，广场上一片熙熙攘攘的景象，我要在一座牵马者的雕像下寻找与我接头的律师。

这里让我感觉不仅到了另一个地方，更像是回到了几十年前。男人们戴着软呢帽，留着胡须，女士们穿着短袖花裙，推着大婴儿车，面带微笑。所有人都面带微笑。商店门前支着彩色的遮阳棚，迎风摇摆，这些文明人推开大门进店购物，门口的欢迎铃发出了悦耳的铃声。在一家餐厅门口，人们出入时彼此行着压帽礼，为对方拉开门。这家店叫作“熊童子”餐厅，是一栋漂亮的粉色小楼，窗台上的花台箱里种满了牡丹，正面还挂着一个招牌，上面用花体字写着：本店不招待黑人。

广场上另外一家餐厅是“鲍比将军”餐厅，是一家炸鸡连锁店，我碰巧知道它和印第安纳波利斯的汉堡小站的母公司是同一家企业，而我几天前还光顾过汉堡小站。这就是这些连锁大企业的伎俩，用子公司、母公司、控股公司等障眼法，有意向顾客隐瞒它们在围墙里做了多少生意。

天空蓝得醉人，云朵如同柔软的棉花，我沿着广场转了一圈。我经过两个戴帽子的白人，他们看样子老于世故，正在神情严肃地讨论着（用其中一人的话来说）“昨晚发生的不幸事件”。

“问题是，除此之外还有什么选择呢？”另外一人插嘴道。这两人同时郑重地点了点头。“是啊，我明白。不这么做还能怎么办呢？”

他们在用郑重的口吻讨论昨晚那起暗杀的必要性，他们的黑奴站在身后，低头看着便道，不敢抬头示人，缄默不语。另一个白人妇女身后有一个黑人婆婆，年纪比她的主人大得多，胳膊上挂着尿布盒和好几个精品店购物袋，正在推着婴儿车。我就置身于这样的环境中，像幽灵一样游荡在这幅水彩画中。

那个律师在哪里呢？那个雕像呢？

“接下来的事你们是怎么安排的？”在印第安纳波利斯的圣安塞姆天主教礼拜堂，在教会破败的总部里我曾经问过马里斯。当时巴顿已经走了，只剩下我和他的两名同伙。库克把前因后果跟我说了一遍，然后他和马里斯跟我交代了我如何和下线碰头。

“安排？”他说，“没什么安排。听好了，有些事你得明白。”

“我们不会安排后面的事，老兄。”靠在门框上的库克插嘴，一边用牙签剔牙，仔细听着我们交谈。“我们只负责和线人碰头。”

“你什么意思？”

马里斯没有回头。库克说话时他的一对眼睛仍然盯着我，眼神冰冷。“我们这位阳光帅哥的意思是我们会告诉你碰头的地点，怎么找到律师。接下来就是你和律师商量着办了。明白吗？”

然后，马里斯非常缓慢地说道：“我们只知道需要知道的事。”

“好。”我说，“很好。那律师是谁呢？”

答话的仍然是马里斯：“我们只知道需要知道的事。”这和他说他不知道律师是谁还不太一样。在我打过交道的人当中，马里斯是城府最深的人。他深邃的五官很好地掩盖了各种表情。“你要去格林谷小镇，”他说，“那里在伯明翰西北 20 英里的地方。然后你在广场会找到一个雕塑。”

“哪个广场？”

“那地方只是座小镇，老兄，”库克说，“只有一个广场。”

“你选工作日到广场，随便哪一个工作日都行，在上午 11 点 25 分到 11 点 35 分之间，你站在牵着马的男人的雕塑下面，律师就会过来找你。”

我依计行事，上午 11 点 28 分，站在亚拉巴马州格林谷唯一的广场上，额头已经渗出了汗珠。我的通行证没有问题，一点问题没有，但不管你有没有通行证，只要你是单身的黑人，在公共场合转悠的时间肯定是有限的。广场上的执法人员有两种：友好的格林谷警察局的片警，手背在身后，脖子上系着亮闪闪的哨子，一边向儿童微笑，一边向行人点头示意；另外还有一名跨州有色人种巡视局亚拉巴马州分局的警官站在屋顶上，一袭黑衣，还套着防弹衣，戴着头盔，背着步枪。他或许不想引人注目，但穿成这样站在屋顶只能是众人关注的焦点，或许就是要广场上的人知道他的存在，尤其是黑人。

整个广场至少有我注意到了他的存在，我四处张望，搜寻那该死的牵马者的雕像。我找到的几个雕像都不对：第一个雕像很丑，一名得州战争老兵站在冲锋舟船头，向前伸出食指，似乎在指挥一支无形的军队，但只有一群恶心的鸽子站到他的帽檐上；另一个雕像是一个穿着中世纪服装，戴着眼镜的小个子男人，在快乐地招着手，身后跟着一条小猎犬。我绕着广场转了三圈，没看到什么牵马者的雕像。

我顺着另一条路绕广场而行。有几个黑人站在熊童子餐厅前面小声交谈，我估计是在等他们的主人用午餐。而餐厅里面，一张双人桌前坐着一个人，赫然是玛莎·弗劳尔斯。

搞什么名堂？我暗想，心里激起一股愤怒和……安慰？（怎么回事？）她来这儿干吗？

几小时前在小镇边上，在卡塔尔之星加油站的停车场里，我们已经道过别了。我当时只说了“代我向你儿子告别”，而她也只回了一句“我会的”。然后我下了车，到了后面的有色人种洗手间，等我回来时按照我们的约定她已经走了。

她现在本该开着车回到了边检站，从她又大又乱的手提袋里翻出她的驾照，她在印第安纳州注册的真驾照。

然而她却在这里，看着熊童子餐厅的菜单，像个南方淑女一样双腿并拢着，让人感觉这不是她，是她邪恶的双胞胎妹妹。我看了两回，确认是玛莎无疑，然后错开视线。一个黑人透过餐厅的玻璃窗打量白人女性，恐怕用不了多久站在屋顶的巡逻警官就会盯上我。

我在广场上又拐了个弯。我现在大汗淋漓，心头既绝望又慌乱，还夹杂着几分愤怒与害怕。玛莎·弗劳尔斯在广场的餐厅里享受着一块馅饼，那个该死的雕像究竟在哪儿呢？那个该死的律师又在哪儿呢？

人行道上有个地方不平，我一个趔趄险些撞到一个白人身上，他肩膀很宽，拄着手杖走得很慢。我长出了口气，放慢脚步。我谨慎地从一排橡树下走过，从黑色的路灯灯杆下走过，然后又经过了百货商店、电影院和网吧。我望向街心公园的草坪，有十几个皮肤黝黑的男男女女，三三两两地躺在草坪上休息、聊天，拿着装在纸袋中的酒瓶喝酒。

在第三次经过那个小个子男人雕像时，我终于决定看一眼雕像下方的介绍牌：*亨利·史密斯，本镇之父，以及他的忠实盟友，马儿。*

马儿？这条狗的名字叫马儿？就这么个“牵马者”？远方的威利·库克一定笑得直不起腰来了。

我靠上了雕像周围的栏杆，立即想到最好别惹麻烦，于是又站直了。政府大楼上的时钟显示已经 11 点 35 分了，我会不会太晚了？会不会已经误事了？

我回想了一遍马里斯交代我的搭腔和回话的方式，接头的暗号。

那个神秘律师跟我接头时会说：“今天天气真不错，对吧？”我要回答：“天气好得很，最适合出门。”

我们练习了三次。马里斯说："今天天气真不错，对吧？"（他的非洲口音说这句南方农村方言有些好笑）然后我会说："天气好得很。"

马里斯嘱咐我："律师会主动来找你。你按时站到指定地点，他就会知道你的身份。你和他通过这一问一答接头。现在再来一遍。"我们练习了三遍，简单的两句对话："今天天气真不错，对吧？""天气好得很，最适合出门。"

我站在雕像旁，等着律师来找我。从这里看不见玛莎，因为餐厅在广场的另一头。我计划着未来，想象着我在加拿大的家，一栋童话般的房子，有炊烟从烟囱中飘出。雪花飘落在屋檐上，飘落在枫树树枝上。房子对面是一片结了冰的湖面。

我没有去想这儿离贝尔农场有多远，没有去想天空上方有乌鸦盘旋，或是公路上行驶的货车。

我抬头再次打量格林谷的居民，人人在忙着自己的事，买东西、吃饭、聊天。我并没有注意白人，把注意力放在了黑人身上：我看着他们，我发誓能看到有热气从他们嘴里冒出来，像是汽车的排气管，每个黑人的嘴里、鼻孔里都会喷出相同的愤怒的热气，飘在空气中，而白人们呼吸着这股热气却全然不自知。

有人拍了拍我的肩膀，我回过头。是个瘦瘦的黑人，穿着工装吊带裤，手里拿着铁锹。

"今天天气真不错，对吧？"拿着铁锹的人说。我回答："天气好得……”话音未落，他就用锹把捅到了我的腰，我失去平衡，眼看要摔倒。然而有第二个人搀住了我倒下的身体，一个我没看到的人，他接住了我的身体，然后扣住了我两条胳膊。

“搞什么鬼？”我骂了一句。穿吊带裤的人喝道：“闭嘴，小子。”他扔了铁锹，一拳打在我的肚子上。

如果不是后面的人紧紧地抓着我，我本来可以躲过的。我肩膀的伤口这时钻心地疼，肚子挨了一拳后也吃不消，我向前面踹了一脚，像条虫子一样奋力挣扎，穿吊带裤的人向后跳，躲过了我的脚，后面紧紧钳制着我的大汉轻声说道：“快完了。”

“什么？”我问。

“闭上你的嘴，朋友！”穿吊带裤的人嚷着，给了我的脑袋一拳。

尽管疼得快晕了过去，我还是注意到屋顶的那个巡警无动于衷地看着我们。

“喂。”我刚一开口，两个人就对我大打出手，把我扔到地上，拳头和脚如雨点般落了下来。我惨叫连连，把身体像胎儿一样缩起来，用眼角余光看见广场另外一头的那位和善的警察的反应，他有些好笑地看着我们，摇了摇头，仿佛我们是一群孩子在操场上撒野。我看见两个戴着软呢帽的白人站在药店门口，看着这场斗殴，彼此有说有笑。我看到所有格林谷的居民，男女老少全都停下脚步，欣赏起这场好戏。他们又踢了我几脚，不过我尽量扭动身体，避免他们踢中我的要害，用小腿和后背去挨揍。

我吐了口血，慢慢坐了起来，用双手撑住草地，稳住身体。那两个人站在我身前，握着拳头，虎视眈眈。我不知道我们打架的事是不是已经传遍整个小镇了，不知道在熊童子餐厅吃饭的玛莎是不是也听闻了此事。我希望她能聪明一点，待在位子上别过来，别暴露自己，别冲出来喊我的名字，不管是哪个名字，吉姆还是布拉泽。

“别起来。”大块头的黑人威胁我，我不敢造次，老实在地上坐着，两个人凶神恶煞地靠了过来。威胁我的那个人一脸凶相，表情冰冷，全身上下仿佛钢雕铁塑一般。我放弃了抵抗，垂下双手，闭上眼睛，两人用力地将我从地上拉了起来。他们架着我朝前走，一人负责一边，像提着一袋土，我的头随意地向后仰着。我出现了耳鸣，肚子上刚才挨了一脚的地方疼痛难当，四肢无力，头向后仰着，他们就这样架着我走过了政府大楼前稀疏的草坪，走上人行道，走向一辆大型轿车。

这时一个女人靠了过来，跟在我们身后走着，离我们有一两步的距离。她的头发包在橘色的头巾中。她两只胳膊很粗，体格壮硕。我们经过草坪时她打量了我一番，眼神不善，双手握着拳头，双眼凹陷，像头上嵌了两颗宝石。

“你是律师吗？”我问她。

“我长得像律师吗？”

她紧贴到我身后。因为被人架着，头向后仰，所以看着她的人是倒过来的。她飞快地拿出一个注射器和一小罐药水。我挣扎了几下，可无济于事，两个男人紧紧地架着我，她装好了药水，将针头插进了我脖子上的血管里。我的视线渐渐模糊。他们把我塞进了车的后备厢里。

“欢迎来到魔鬼四州。”一个粗哑的声音讥笑道，我慢慢失去了意识。“你的噩梦才刚刚开始。”

3

等我恢复意识，我似乎正置身于南方的一片粉色世界当中。我是一只逃出农场的鹅，正在尽情飞翔；同时我又在印第安纳波利斯的地下隧道中，要去找可怜的寒鸦，他窝在一隅，四面是渗水的黏土墙，拖着一副病躯，独自处于黑暗和寒冷当中；我又出现在了贝尔农场，被关在地下的黑棚里，透过缝隙，可以看见监工穿的黑色政府皮靴，我可能犯了点过错，可我做错了什么呢？我又来到了都城十字路口旅馆的地下室，这儿有游泳池和健身房，最后我去了卡索以前向我提起的那片天地，那片叫作“未来”的天地。

我站了起来，然后摔倒了。先是跪倒，隔了一会儿又整个身体瘫倒在地。而我这才发现此刻我居然一丝不挂，这太好笑了，周围有人在笑，我也跟着笑了起来。我的笑声很瘆人，我觉得很陌生，于是我赶紧收起了笑容。

“起来，坐回椅子上去。”说话的是个女人，声音严肃，却不含恶意，语气里还有几分促狭，“快起来。”

我尽量照办，首先扶住椅子的扶手，然后用力拉起自己，再转身坐下。中间我不得不停下喘了几口气，屁股翘在空中，闻了闻这里的味道（我这是到了什么地下室？），然后又听见了笑声，笑声充满了我脑子的所有角落。

我想起让人扎了一针的刺痛，那罐药水，那个短粗的罐子里装的是毒药。有人给我打了一针什么东西。不管是什么，反正让我晕过去了。我走进了别人的圈套，显然，这一切都是计划好的。

“坐下来，宝贝。”那女人说道，我渐渐看清了说话人的脸，是那个出现在广场上的女人，那个给我打了一针的女人。她摘掉了橘色的头巾，一头短辫子，张牙舞爪地向四面伸开。她现在蹲在我身前。她眼眶凹陷，嘴唇鲜红，肤若凝脂。一条红色的浴巾刚才从我腿上落到了地上，她现在捡了起来。应该是我在椅子上昏睡时用来给我遮羞的，我接过浴巾，重新遮住了下半身。

“听着……”我开口说道。

“安静，老兄。你现在要好好休息。”

“不用了，他没事。”一个站在另一头的人说道，然后又有人说：“他没事的。”然后又响起了另一个女人的声音：“他身体好得很。”引起一阵哄堂大笑。但这次我没有笑。

“你听我说……”我刚开口，那个女人又让我闭嘴，语气坚定。

这里是厨房！我在一间地下厨房，没完工也没有装修的厨房。一个人坐在料理台上晃着腿，另一个靠着电冰箱，怀里搂着一个姑娘，一副老电影里热恋情侣的架势。

在场的都是黑人。所有人都穿着吊带裤，胸口有一个标识。这些人要么光着脚，要么穿着凉鞋。

屋子里还放着音乐。我开始时没注意，但现在听到了，旋律真悦耳。有圆号、小号，似乎还有萨克斯，还有鼓声、架子鼓和钹。音乐欢快、甜美，洋溢在整个空间中。我感受着音乐，它仿佛一块硬糖。

“对不起，刚才在广场上对你粗鲁了点。”一头小辫子的女人说道，“两个黑人进一辆车，白人会觉得是阴谋。几个黑人把另一个黑人毒打一顿，不算什么大事。没有人在意。黑人打架，警察们才懒得管呢，巡警也一样，他们会转过身去。”

“转过身去？”坐在料理台上的人说道，“得了吧，埃达，他们肯定会赌谁输谁赢。”

“没错。”埃达说。她伸出手，摸了摸我的额头，我闪了一下，头仍然很疼。“没办法，演戏就得演得真一点。得罪了。”

“行了，我懂。”我说。我眨了眨眼，想看清这女人的长相。“你是律师吗？”

“要命了。你不喜欢跟人扯淡，对吧？”

“你是不是律师？”

“不是，”她说，“我不是。”

埃达站了起来。她只是个妙龄女子，年龄可能是 22 或 23 岁。她是个奴隶，这些人都是干家务活的奴隶。我的体内仍然感到一阵一阵的刺痛。屋里的音乐变得激情澎湃，高亢兴奋，圆号齐鸣，鼓声震天。

“谁是律师？”我问。

“听着，先别问那么多。”她说，“我刚才给你打的是大剂量的奥氮平[①]。你现在根本没办法办正事，老兄。”

我摇了摇头，现在连摇头都不利索了。我又站了起来，但双腿打战，叫埃达的女人使劲把我摁回椅子上。这时我离她很近，能看清肩带上的标识：一个木槌上缠着一条蛇，一把弓下面吊着一只桃子。

“坐下，你还好吗？”她转身吩咐，“给他倒杯水过来。”

“我去倒，埃达。”又是一个陌生的人说道。这屋子里到底有多少人？

“听我说……”

“坐下。”

地下室里似乎在开一场派对，我在椅子上坐了有一两小时，人们不断从我身边经过，穿着吊带裤和凉鞋，留着爆米花式的

① 奥氮平（olanzapine）：一种精神类药物，适用于精神分裂症等精神病。——编者注

黑人发型或一头发辫的模样俊俏的黑人，他们如同我梦中的人影，而我的头不停地从一个梦境切换到另一个梦境。浴池里有一池冷水，旁边放着许多没有标签的酒。一盘曲奇饼在大家中间传来传去，角落里还放了一桶花生和另外一个装花生壳的桶。

我欣赏了一会儿音乐，想融入节奏中去。有人递了一杯水给我，我喝完了水，还想再来一点，于是有人又给我倒了一些。

“你要学会放松点。”给我倒水的女子说道，说话时害羞地看着我。放松这个念头让我忍俊不禁，我实在忍不住，笑了。真不知道我上次放松，无所事事是什么时候了。我也想随性而活。可巴顿、布里奇，所有人都在等着我回话。印第安纳波利斯，盖瑟斯堡，好多地方在等着我复命。

可我还是放松了下来。接下来的一小时，也许是好几小时，我没干别的事，一直在数屋子里面有几个人。我模糊感觉到人们在来来往往，他们都很友善，欢声笑语，掌声不断。一直有人在开玩笑，大家气氛融洽，笑闹不止。我不时听到：*拜托，哥们，你知道我没扯淡。她提那个干吗！她提那个事干吗！*

我感觉身边有一大群人，一群快乐、生机勃勃的黑人，但实际上屋里除我以外只有五个人，或者说在我头脑清醒后看到的只有五个。除了埃达外还有两个女人，一个叫玛丽莲，小矮个，有些淘气，一头长发在脑后扎成辫子，她就是给我倒水的人。另一个是沙伊，年纪要大一些，生了一对丹凤眼，善于察言观色。大块头叫奥蒂斯，皮肤很黑，一身结实的肌肉。最后一个叫马龙，留着脏兮兮的山羊胡。他是在广场上揍我的人，不过也是他用纸袋装了些冰块，轻轻压住我耳朵上的瘀青上为我消肿。“我打人时下手是挺重的，”他一边说一边调整着冰袋，“没办法，我就是这脾气。”

“你们都没有服役名吗？”我问马龙，然而回答我的却是玛丽莲，她站在房间的另外一头，我没想到她会听见我说的话。“当然有了。我们才懒得用那个名呢。”

我笑了。我看了看玛丽莲，竟发现脑海中没有可以形容她肤色的词汇，比如野蜂蜜色或浅色系什么的。我六年前在亚利桑那州训练时背过颜色表，但我找不到词来形容她的肤色。如果所有这些事，我冒的这些风险，最后徒劳无功，我又回到布里奇的控制之下，我的日子肯定不会好过。想到这里我脱口而出：“感谢上帝。”马龙问：“为什么感谢上帝？”

“不为什么。”我说。我小心地移开冰袋，又谢了他一次。

“你没事了吧？”他问。我答道：“没事了。”于是他把冰块扔进了水槽里。

音乐暂停了一下，有人将磁带换了面，音乐再次响起，这回声音更大。有很多人在演唱，有时候有歌词有时候只有曲调，原始的、自由自在的旋律配上和音，然后是不断重复的快速乐段。强劲的鼓点、拍手声和口哨声混合在一起。不管是什么音乐，它仿佛打开了我尘封已久的记忆，我的记忆中有一段这样的音乐。我曾经渴望着了解它，我终其一生，体内都有着这种渴望。

我感觉我慢慢地活过来了，如同一口枯井又一点一滴地蓄满了水。我站了起来，大家都在对我鼓掌，之后他们的笑声停止了，因为我傻里傻气地鞠了一躬。我跟他们跳了会儿舞，还婉拒了玛丽莲递给我的大麻烟，我可不想知道奥氮平和大麻搅和在一起是什么感觉。

之后我坐到了厨房餐桌边上，这时我才发现有一个很老的白人老头在屋子里。我敢发誓他之前没有在屋里，否则我肯定会看见他，可另一方面他看起来似乎一直就在屋子里，他坐在轮椅上，靠近餐桌，穿着深色西装，打着黑色领带，活像是出席葬礼。其他人都拿着易拉罐或是玻璃瓶，而他弯曲的手指却握着一只玻璃酒杯，里面有一些冰块，还有一点残留的深褐色液体。

“我的杯子是不是空了，孩子？”

“什么？”我刚才一直在看着窗外——这间地下室两扇挑高的花园窗，可以看见一片灰暗的天空。我一直在想自己在什么地方。

“屋子里很暗，不过我想我的玻璃杯应该是空了。”他的嗓音十分微弱，不过仍然带着深厚而考究的南方腔调，“我的杯子确实空了。能麻烦你给我倒点酒吗？在冰箱旁边的柜子里有一瓶尊尼获加的红标威士忌。”

他用苍老的眼睛看着我。我找到了威士忌，给他倒了一杯。

“谢谢你了，年轻人。很感激你。”白人老头慢慢品着酒，舔了一下他开裂的一双薄唇，“我想我还不知道你叫什么。”

“他叫以利亚，先生。”埃达抢着说道。她来到了我旁边，一手握着我的肩膀。他弯过细长的脖颈，看了她一眼。

“以利亚？”他问，眼神慢慢地回到了我身上。

“没错，律师大人。”埃达定定地看着我。我说道：“对，先生，我叫以利亚。”然后，我又按照礼数说道，“认识您是我的荣幸。”

“荣幸……”他努力清了清嗓子，“能认识你才是我的荣幸。”

他可能中过风，因此身体行动不便。身体有一边瘫在了轮椅上，像是正在融化的蜡烛。我想他可能有100岁了吧，说不定有上千岁了。他看上去老态龙钟，老得不成人形了，脸色苍白，坐在一张老式轮椅上，全身没有半点生气。

“以利亚。”他看着我，用舌头舔了下一口黄牙，“现在，你的任务已经开始了。你正在找通往自由的道路。以利亚，你度过了最困难的时候，但前方仍然阴云密布。我很难想象……”他又顿了一下，费劲地清了清嗓子，“很难想象你现在是什么感觉。但大家都知道这里，孩子，在这间屋子里没有人会不欢迎你。因为，这里是……”他尽量张开了骨瘦如柴的双手，“庇护所。”

“那么，”我说道，“谢谢你。”除了这句话也没别的可说了。

“是的，先生。律师大人，”埃达代我解释，“以利亚要上路了，要去应许之地了。”

“上帝祝福你，孩子，”律师说道，“上帝保佑你。”

说完后他仿佛睡着了，头歪向一边，眼睛合上，像个洋娃娃一样。

“先生？”埃达问，“拉塞尔先生？”

“他睡着了。”刚好经过的马龙说道，手里拿着一瓶啤酒。

“没错。”埃达拍了拍老头的手，“你说得对。”

“知道吗，早晚有一天，他睡着睡着就过去了。”

“给我闭嘴。”埃达说。她冲着律师温柔地笑着，马龙晃到别处去了。“不过他说得对。他总是这样睡着又醒过来，总有一天他不会再醒来的。”

周围的人渐渐安静下来，小声交谈，窃窃私语。大块头奥蒂斯和娇小的玛丽莲坐到了我之前坐的椅子上，她坐到了他的大腿上，两人互相依偎着。

“所有新来的人都叫以利亚，我们就是这么告诉他的，省得麻烦。”

我挠了挠额头：“北边的人交代我，来这儿之后的安排要和他商量。”

“行啊，”埃达说，“你和他说去吧。”

我看了看律师，又看了看她，她露出笑容，我也笑了。

“行不通，对吧？”埃达摇了摇头。她拿了条毯子盖住老人的腿，拨了拨他眼前的几根白头发。“可我们没法对北边的教会大爷们解释，是一群黑鬼在打理这边的事。”

库克和我驱车经过梅里迪安街去纪念碑时，他也跟我说过类似的话，说这是知更鸟思维，说这话的时候还带着一脸嘲笑。

“所以他……”我警惕地看着熟睡的老人，“他是你们的主人。”

她又笑了，笑声低沉，悦耳。“对，他是我的主人，以利亚。这栋房子，这座院子，屋里的东西，屋里所有的人，都是他的。”

“你相信他。”

“当然。我们很相信他。对他的信任胜过其他任何人。你听说过格利弗的案子吗？”

我听说过这件事。我再一次看向老人，试着在他衰老的面容下找出些端倪。有一段时间我痴迷于奴隶法的历史，研究了所有的高等法庭的判决书，背诵过长篇大论的裁决和异议。

埃达这句话唤醒了我对格利弗案的记忆。案子中的奴隶工作名叫格利弗，原本是路易斯安那州一个小农场主皮博迪的奴隶，皮博迪带着他去纽约州参加了表兄的婚礼。在婚礼进行的过程中，在夜店外等候的格利弗和几个当地年轻人起了冲突，他出于自卫参与了斗殴，结果因持枪罪进了联邦监狱。在牢里待了八个月后，一个当地的废奴组织赶在皮博迪之前带走了他，并且向法院起诉，索要他的自由权，他们机智地提出，联邦监狱位于废奴区域，在其中住满了半年之后就满足长期居住条款。根据这一条款，这名黑奴的住址已发生变更，所以他已经获得自由了。

纽约巡回法庭判决他胜诉，而最高法院本来也可能做出相同的判决，然而坏就坏在从亚拉巴马州来了个巧舌如簧的律师，是那种表面光鲜的南方律师，穿着白西装，里面有红背带，留着山羊胡，和桌对面这位垂垂老矣，拿个杯子手都在颤抖的老头完全不一样。

“那个案子本来会成为里程碑式的案子，对不对？”埃达说，“是对蓄奴者旅行条例的沉重一击。可是那个混账律师从畜奴州大摇大摆地来到法庭，说什么……那个，什么来着？说旅行的时间长短并不重要，重要的是……”她打了个响指，试着想起那个词，“马龙？那个……”

“意图。”律师睁开一只眼，轻轻说道，“根据法律条文，决定性因素不是奴隶旅行的时间长短，而是蓄奴者旅行的意图。”

“没错，没错，律师大人。”

他的眼又闭上了，呼吸轻微而平缓。

“他成功了。最高法院吃他这一套。”埃达说，“格利弗戴着手铐脚镣，让警察押回了农场。皮博迪一转眼就把他卖到了国外。”

这件事让我心头生出一股悲凉，一股悔恨的酸楚。所有人都有自己的归宿。我想起了玛莎，拘谨地坐在熊童子餐厅里，她现在肯定走了，应该走远了。我希望如此，可我又希望她没走。

律师的两只眼睛都睁开了，两只小小的、混浊的、湿漉漉的眼睛。他举起酒杯，说道：“敬格利弗，干杯。”

在场的奴隶们也举起了杯子，齐声说道：“敬格利弗！”他们饮尽杯中的酒，继续聊天，律师的眼睛又合上了。

“有件事我得问你，埃达，我不明白。”我看着老人，他的头慢慢垂到了胸口。“我不明白你们的选择。”

“让我猜猜，”埃达笑道，“你不明白我们为什么不离开这里。”

“是啊。这里明明……”我指了指在椅子里缩成一团的律师，酒醉不醒的律师。根据我的观察，这屋子周围没有狗，也没有守卫。

“离开这儿又要去干吗呢？”她拍了拍律师的头，走到料理台前，开始煮咖啡。“去北边？把我的命交到你那个疯子神父手里？然后一辈子都要担心买东西时会被人跟踪？奥蒂斯，帅哥，我们还有牛奶吗？”

奥蒂斯几大步走到冰箱前，拉开了冰箱，埃达将咖啡豆放进咖啡机里。

“每次开车时就会被警察截停？走路时随时可能让警察一枪崩了？”

“待在家里也有可能。”奥蒂斯补了一句。

埃达点点头。“你们听过关于南边的各种破事，”她说，“我们也听过北边的破事。”

她启动咖啡机，倚在料理台上说道：“听我说，我们可能会有很多种活法，可能会生在各种家庭，对吧？我生在了南边，来到了这栋房子工作。这个耳背的老头成了我的主人，我出生的时候估计他已经100岁了，他内心充满了负罪感，晚上都睡不着觉。他的钱几辈子都花不完，又有这么一栋大房子，是潜逃者最好的藏身之地。所以，我们就这么住下了。但我们随时可以逃走。大家都可以逃走，对吧，奥蒂斯？”

“没错。”他点点头，往杯子里放糖，“说得对。”

“可我们留下来是为了做点好事，对吧？做点真正有意义的事。”

咖啡煮好后，我跟着埃达来到了台阶上，马龙推着律师的轮椅离开厨房，经过了我们，然后经过了沙伊、奥蒂斯和玛丽莲，经过了料理台上码得像座小山般的酒盒，仿佛一幢摇摇欲坠的摩天大楼，随时可能倒下，散落到滑腻的瓷砖地板上。

4

“听着，我表姐说你是个值得信任的人。她说，这个从北边下来的人，你要告诉他你的能耐。”埃达语速飞快，说话时没有看着我，“所以我现在会告诉你一些事情，你不准问我任何问题。”

“好，”我说，“你表姐是谁？”

“我刚才不是说不准问问题吗？”

“好的。”

“明白吗？我现在跟你说一点事，你好好听着。”

埃达和我站在屋外，此时大阳出来了。我们身后的大宅有着山形墙和阁楼，刷着雪白的墙漆，两扇玻璃门擦得锃亮，通往外面石板铺的露台，我们坐在那儿喝着咖啡。在经历了闹哄哄的一晚后，今早的宁静让人身心得以放松。后院有一片山坡地，草已经返青，沾着露水，一望无际。

“你现在想知道这份合同，一星期前，在星期天完成的合同。你想知道哪个环节出了差错。”

“你说的是什么合同？”

“你是在开玩笑吗？脑子还不清楚？我说了，不准问我问题。”她被我惹得不耐烦地叹了口气，摇了摇头，可忍不住还是回答了，“我们当然会签合同了。不然你以为我们在这儿干吗？没错，我们是在为上帝做事，可我们不是笨蛋。我们的服务是要收费的。先付钱，否则谁都别想离开。”她喝了口咖啡，用舌头舔了下牙齿，“可这家伙……问题是，给他制订的计划没有出一点差错。一切都很顺利。每个步骤都是按照计划执行的。”

“但偏偏就出了差错。”我说。

“你给我闭嘴，知道吗？听我说就好。”

我喜欢埃达的脸。她长了一张方脸，一个非洲人典型的大鼻子，额头也很阔。她又用橘色头巾遮住了一头短辫子。我估计她这么做是避免邻居起疑心。律师的房子周围有一圈很高很密的篱笆，但如果邻居们见到在露台上有两个黑人坐在很有品位的户外椅上，热火朝天地讨论一个潜逃者的路线，恐怕会吓一跳。

“你在查的这个年轻人，我们交代他的事他都照办了。我们四个月前就告诉了他时间是哪一天晚上，告诉他要怎么办：他要在那天得病。他做到了。”

我又有问题想问，但暂时隐忍不发。埃达正在语速飞快地告诉我经过。他们接到北边朋友的消息，说需要帮助一个年轻人带着他拿到的一个包裹逃出来，钱已经付了。

“而且站里面有我们的人，知道吗？”

“站里面？”

她的回答先是狠狠的一记眼神（不准问问题，笨蛋），然后才说：“卫生站。每到星期天，上面会安排两个姑娘到西区职工卫生站上班，那天晚上两个姑娘都是我们的人。”

她们是 24 岁的莫尼卡·史密斯和 27 岁的安吉莉娜·克罗斯。两个穿着白色护士服的工作女性，解放奴隶事业的斗士。她们自愿到种植园工作，通过了重重考察，得到了美国医学协会的工作许可，负责救治生病的黑奴。她们必须先在卫生站工作一段时间，以赢得信任，讨好负责排班的工作员，然后才能轮班到执行计划的夜晚。

“那个年轻人按照我们的安排，到了卫生站，吐得一塌糊涂，而我们的人也和他接上了头。”

这一次我把问题变成了对事实的评述。“想要病得让人送进种植园的医院，肯定不是小病。”

埃达点点头：“想要受伤或生病并不难。但难的是病得恰到好处。那种地方伤病本来就很多。身边的工具都是针、刀带这些危险的物件，一不小心跌倒，袖子还有可能卡进传动轴里。我听说有个男人的脸让铬铁烫伤了，他们把他带到卫生站，一小时后就让他出来了。大部分的伤情都只是草草诊治一下，或就地处理一下，他们给你包扎好，也许打一针类固醇，就让你回去干活了。

“所以能管用的，让人送你去卫生站的病，是中毒。你知道，在成衣厂工作在这方面有一些优势，那里有密封剂、化学原料和清洁剂等。你得掌握好分寸，不能吃下去太多，吃的分量要正好让你病得很重，病到快死了。然后肯定会有人送你去卫生站。”

这让我想起了几天前的事，想起地下的那条隧道，躲在印第安纳波利斯地底的那个少年。凯文几乎毫无血色的皮肤。唉，那个少年。那个英俊的少年彻底毁掉了。

现在不能耽于思，而要敏于行。

“按照计划，他因为重病来到了卫生站，身上带着包裹。”

埃达向后缩了缩，头一前一后地摆动着。“我不知道。计划里面有些细节我从来都不知道，明白吗？但我认为，那个包裹是直接交给了司机。根本没有到卫生站。但这事你得问那两个护士，可惜这不可能了。你也别问我，对了，那个信封里鬼知道装了什么，我不知道，也不在乎。”

就这样寒鸦到了卫生站。时间很紧，上路的时间安排在 8 点 49 分，要把他安置在一辆货车上。车上拉了要出口的 4200 个螺栓，车上的货物都装了箱，放到了栈板上，要通过红色高速公路运到别处。

少年到了卫生站，包裹通过某种方式也送到了，放到了司机穿的夹克口袋里。也许司机喜欢上了当班的一名护士，莫尼卡或安吉莉娜，想讨她的欢心，也许他给她带了一束花，她为了表示感谢抱了他一下，顺便把信封塞进了他的口袋。也有可能在司机到外面闲逛，伸伸胳膊活动腿，准备开往下一段行程时，一名护士把信封从窗户扔进了车里。

埃达并不知道这些事。她说如果我想知道包裹是怎么从护士手里传到司机手上的，我只能去问那两个护士中的一个。

“但我不可能找到她们去问。”

“答对了。”

至于寒鸦，应该说是寒鸦的身体，他们将这份最关键的货物装进了桶里。

显然，卡车要在安保区内上货，种植园的保安会反复检查每项货物：他们会打开每个箱子，用手电筒照栈板上的所有货柜。不过，反奴阵线的人也很聪明，也在一直想办法骗过保安。黑豹党出资在大沼泽地那儿建了一间工作室用于研究，聚集了一批工程师研发出各种东西，努力解决最关键的问题：怎样让人藏进车里并躲过这些反复的检查。他们发现，有一样东西在包装好了后不会开箱检查，这就是医疗废弃物。潜逃者可以穿上一件橡胶紧身衣，再配上一根细长的呼吸管用来呼吸，就像潜水人员佩戴的那种呼吸管，潜逃者可能以这种方式藏进医疗废弃物里并存活下来吗？因此安排的计划是，潜逃者生病，让人送到卫生站，然后挣脱了管制，跳窗逃跑，而实际上他却藏进了装医疗废弃物的大桶里。

埃达描述了这个过程，这种感受不难想象，穿着黏糊糊的紧身橡胶衣，缩成一团，钻进桶里，然后封上盖子。然后你只能无助地蜷缩在桶里，一路任人滚到目的地，途中可能撞到各种东西，在黑暗中，陪伴你的只有酷热与恶臭，此外还有你吞进肚子里的毒药、清洗剂和化学品……让人越发胆寒的是，当你“滚”出卫生站，前往装货区时，有一件事是肯定的：当局会派出前来抓你的人，所以这种计划不可能成功。

“整个计划就是这样。”埃达说，“这是最难的一部分。然后那个年轻人上车，卡车通过种植园大门，通过亚拉巴马州的边界，开向了自由之地。”

埃达拍了拍手，像是拍掉手上的灰尘，仿佛在说，任务完成了。

“事情就是这样？”

埃达斜眼看了我一眼。“这只是我们设定好的计划。要我说，事情就是这样。我们知道卡车顺利离开了，我们知道两个护士完成了分内的事。这就是我们知道的。”

“好吧，”我说，“好吧。”

可我的事进展并不好，根本不能用好来形容。我想调查的线索没有一点进展。凯文钻进了桶里，逃了出去，那个信封在司机的口袋里。然后呢？

“那个年轻人是在哪里下的车？”

“这事就不归我管了，你得去问司机。”

“司机在哪里把包裹交给他？他下车之后，怎么走完剩下的路，回到北方？”

“我说的话你没听见吗？我再告诉你一遍，我不知道。”

我杯里的咖啡已然饮尽。我站起身，望向阳光下的草坪。只得到这么点线索还不够，远远不够。我低头看向仍然坐在露台椅上的埃达。

“我得和那两个护士聊聊。”

“这恐怕不行，因为她们不存在。”她笑道，“她们从来没存在过。”

她这番话激起了我的火气，同时我也有些沮丧。巴顿当初的话是，去找律师，他会告诉你接下来怎么办。于是我来了，可我得到了什么帮助呢？阳光慢慢洒向草坪，一点一点地照亮这片绿地，慢慢向我们逼近。

“好吧，我得找司机谈谈。我要怎么联系那个司机？”

“我不知道。”

“埃达，帮帮忙吧。”

“我跟你说的是实话，老兄，我不知道。两个护士是马龙的一个亚特兰大的熟人介绍的，她们到卫生站上班后，那个司机是她们自己联系的。”

“怎么联系上的？”

“两个年轻漂亮的护士，你觉得要怎么联系？听我说，好吗？我和卡车司机没有联系过，我不知道他的名字，也不知道他的电话号码。你要找他，只能去南雄公司问了。”

“我要怎么混进南雄公司？”

她仰头大笑，看到我无动于衷的脸后才收起笑容。

“老兄，我们干的事是帮人逃出南雄公司，不是送人进去。”

埃达站了起来，她觉得我们已经谈完了。她打了个哈欠，把剩下的咖啡渣倒在拉塞尔律师种的一棵树旁边，树上正开着花。

“你知道那个姑娘的事吗？”我平静地问道。

埃达想了一下才回答，想的时间可不短。“哪个姑娘？”我知道她在明知故问。

“卢娜。”

这一回她回答得又太快了：“没听过这个名字。”

“你当然听过。她是最先收集到包裹里证据的人。”

我不知道卢娜怎么办到的，埃达肯定也不知道，但卢娜完成了最难的任务。几天前寒鸦站在河中间，痛哭流涕地说是卢娜帮地下航线收集到那些珍贵证据，是她承担了所有的风险。

然而埃达仍然在摇头，收紧了下颌。“我不知道你说的人是谁。”

“你当然知道。”

我闭上眼睛，想起了寒鸦，真名叫凯文，想起了他的生命一点一滴地逝去。

“而且你应该知道，”我对埃达说，“她以为自己做了这件事后能获得自由。”

“没错。”埃达应道。她这话说出来真是神奇，她刚才还咬定自己不知道我说的是谁，她没听说过这个名字，此刻她却说：“但是，她的时机还没到。”

“可能吧。”

“不管她得到了什么承诺，那些承诺不是我许下的，懂吗？”她脸上露出了固执的神色，昨天在广场上，当另外两人揍我，把我拖上车时，她瞪眼怒视着我，脸上也是这副表情。“我可没有给她那些承诺。”

她走向玻璃门，我跟在后面，此刻我脑海里想的全是卢娜。我猜凯文把神父那伙人跟他说的话转告给了她，我猜她也服了毒，喝下了一点化学品或清洁剂，然后毒性发作，让人送到了卫生站，然而当她醒来后却发现寒鸦不见了，她仍然留在原地。寒鸦抛弃了她。比终身为奴更悲惨的事是，你看到的一线希望就这样消失了。我知道她接下来的命运。成衣厂的人发现资料丢了，然后发现是卢娜捣的鬼，于是他们对她严刑拷打，这是布里奇的说法；他们宰了她泄愤，则是库克的说法。

这对于凯文来说是致命一击，当听到库克告诉他卢娜的悲惨命运时，这成了最终压垮他的一根稻草。

她先是被捉住，然后饱受折磨，最终付出了生命的代价。

然而血腥的杀戮尚未开始。潜逃计划进行得非常顺利：凯文让人送到了卫生站，两个护士把他塞进了一桶医疗废物当中，运到了货车上，在环环相扣的合作下，他顺利逃出了成衣公司。包裹也到了司机手里。计划没有出半点差错。那么那个该死的包裹究竟在哪儿呢?

“喂！喂！”

马龙一路从屋里跑了出来，撞到了正在进屋的埃达。他直冲冲地朝我跑来，突然抓住了我两条胳膊，紧紧地攥住。“喂！你他妈的是不是认识一个白人妞？”

5

马龙之前一直在洗车，洗律师的三辆老式凯迪拉克车，一次开出一辆到车道上进行清洗，顺便观察街上有没有人窥探，有没有什么异常。他果然有所发现：一辆粉色的南非产的两厢轿车，停在这处远郊宁静的富人区街道上，异常扎眼，车里前排有个白人女子在打盹。

他把玛莎带到了地下室，坚持要人拿枪对准她，看住她。

我说是他们大惊小怪了，埃达也同意，但马龙却说："我们怎么知道这女的是谁？"沙伊也开了口，很小声地冲着我发难："我们连你是什么底细都不知道。"我很庆幸没人注意到。于是我们尴尬地回到了地下室，坐到餐桌边上，把事情说清楚。清晨的地下室完全变了个样：昨晚用过的碟子堆在水槽里码得老高，阳光穿过了百叶窗，在地上留下了一道道的光影。

我和玛莎坐在一起，她的双腿紧张得晃个不停，一脸的疲急、担忧和恐惧。沙伊和马龙坐在一起，正对着玛莎。马龙拿着手枪对准玛莎，她把事情的经过说了一遍。埃达站在水槽边上，双手抱胸，静静听着。

“我看到你……被这些人……”说到这儿玛莎突然意识到了什么，马上改口道，“我看到你被人打了。我很害怕。”脸上没有那副猫眼墨镜，头上没有发饰之后，她比我印象中成熟了一些。“然后我就开车跟在了这辆车后面，很小心没让人发现。”

“你这么干也是真够蠢的。”马龙评价道。

“我觉得我们要多加小心，注意有没有人跟踪。”

说话的是站在水槽边上的埃达，她的责备让马龙更为恼怒。他冷哼一声，靠上椅背，脸上露出冷笑。沙伊十分温柔地摩挲着他的肩膀，这一招果然有用，我感觉他紧绷的神经放松了下来。爱情果然能驯服猛兽。

“行了。”埃达不耐烦地说道，“我问你，”她指了指玛莎和我，“你认识这个男的？”

“是。”

她指向我，又指了指玛莎：“你相信她吗？”

我犹豫了一下，在犹豫的这一两秒内我内心生出一份恐惧。我并非不相信玛莎，而是不相信自己。

“对。”我点点头，“我相信她。”

“好吧。”埃达耸了耸肩，“你是不是还想进南雄公司找那个司机？”

埃达是个运筹帷幄的人。她、巴顿神父、库克警官，还有我都是这种人。她找了张椅子，端到餐桌边上坐下，阐述了她的想法。因为玛莎是白人，所以她之前能帮助我通过边检，现在她可以发挥相同的作用。当埃达和盘托出她的计划，具体说到每一步怎么走时，我用余光观察着玛莎，发现她听得非常认真。我记得她的眼睛平时总是不停打转，如今却专注地看着埃达。她已经准备参加这个计划了。

然而这是个疯狂的计划，毫无疑问，要冒极大的风险。埃达和她的几个同伙能告诉我的关于南雄公司的信息少得可怜，他们并不清楚南雄总部的布局和安保流程。大部分他们得到的信息都是二手的，甚至是三手消息，而且多半是以讹传讹的失真信息。对于我提出的问题，他们只能答上来一小部分：没错，我们出入南雄公司都会留下录像资料；没错，整个园区到处都有摄像头，但是在只限白人工人进入的区域里没有摄像头，因为亚拉巴马州的法律禁止对员工进行没有正当理由的监控录像。

我看过这个案子的完整卷宗，在南雄公司的平面图中有一栋农业创新部大楼，在它的后面有一栋没有标明名称的建筑，我想不出它有什么作用，现在我有点想问问埃达知不知道这栋建筑，可我又不能问她，因为这样一来我势必要解释我怎么会看过南雄公司的平面图。

等我们谈完时，我们尽可能拟好了一个相对周详的计划，而玛莎依然保持着沉默。她的双手静置于原处，没有把玩她的戒指，没有把一绺头发含在嘴角。我恍惚间有种幻觉：她真实的自己悄无声息地从身体中飘走，仿佛一个长久以来寄生于另一个人身体中的人。

我看着她，自然而然地说道：“你不用冒这个风险，你已经拿到钱了。”

她慢慢转过头来看我。

“你对斯托本维尔的事是怎么想的？”她问道，我眨了眨眼。

“什么意思？”

“你觉得那事不靠谱。斯托本维尔的那个自称能帮我黑进那个数据库的人。”

“火炬之光。”我应道，“对，我觉得不靠谱。”

“那现在呢？”

“现在怎么了？”

我太了解她的表情了。我懂了她指的是什么。机会。

“如果这个计划，如果她，对不起，你叫……”

“埃达。”

玛莎对埃达笑了笑：“谢谢。如果埃达的计划成功了，我们进入了那家公司，那么你不觉得可能有办法直接进入那个数据库吗？当我们走进那家公司，打入他们内部之后，你不觉得有这个可能吗？”

“有可能。”

“有可能。所以，所以我不能错过这个机会。”

“但是……”我想阻止她，可看到她的脸，她眼中的神情，我没法继续说下去。

“我会给我姐姐打电话，让她再多照顾莱昂内尔一天。”

“这我明白，可是，玛莎……”我欲言又止。

“这件事很危险。”她慢慢说道，“要冒很大的风险。这我都明白。但是，但是！如果用这个办法能查清楚那个人出了什么事，”她说的话有疑问的意味，但语气却满是坚决，“那么我必须做这件事，我必须这么做。”

“但是，你得明白……”

“我明白。”

“我不能保证一定能查到你要的信息。”

我并不是诚心诚意地反对她。她的态度很坚决，我本来可以说服她放弃这件事，告诉她还有别的办法。我可以向她坦白一切，撕掉我的层层伪装，让她看清楚我的真面目。我可以告诉她，就当这整件事都没有发生过。

但我知道，这也是我的机会。于是我告诉她，如果她确定要这么做，那么我会支持她。我告诉她如果她帮助我潜进那家公司，我会帮助她查找她想要的资料。我会告诉她这番话，是因为我需要她，她是这个计划里不可缺少的环节。我的心情如同一张网，织就这张网的一半是同情，一半是狡诈。

那一天剩下的时光里我们和律师的仆人留在了豪宅中不断修改、完善我们的剧本。沙伊跑到楼上，从律师亡妻的衣橱里拿了不少衣服到地下室来。我最后挑了一件桃红色的羊毛衫，一条马龙的没有口袋的黑色裤子。“这裤子不错。”他说，“穿它就对了，相信我，那边的人不喜欢黑人穿能装东西的衣服。”

我们没有再见到老人，不过我听到他的声音，听到他在隔壁的卧室里，在睡梦中发出的三四声呻吟。

6

周四清晨，天清气朗。我和玛莎梳洗打扮一番后准备就绪。我们把玛莎的车停到了南雄成衣公司宽敞的停车场里，走下车，关上车门。

洗过澡的玛莎精神焕发，穿着鲜红色女性职业套装，胸口别着绿色胸针，这件经典的珠宝是律师早已过世的妻子的首饰。玛莎打扮成了古典、娇美的白人女子，而我穿着桃红色羊毛衫和无袋裤，脸上已经露出了仆人的微笑，步伐中已经露出了怯生生的姿态。我从后备厢中拿出行李箱，里面装有商务贸易用的各项东西。

玛莎走在前头，我跟在身后。这里是南方，我拉着行李箱要负责拿行李。她回头看了一眼，我也抬头看向她，我们眼神交会了一秒，彼此透露出最后一点人性的关怀，然后进入主仆角色的状态。

种植园很好找，刚驶下 4 号公路我们就看见一个巨幅的绿色指示牌，下面印着公司的格言：美国国产棉，南部手工品质，以及我在寒鸦的锁骨上见过的公司标识。在这片广阔无垠的南方，在那个信封上也会有这样的一个标识，那是我要在这片大海里打捞的一根针。

南雄公司总部共有三栋大楼，三栋雄伟的玻璃幕墙大楼屹立于停车场之上，在阳光照射下熠熠生辉，每栋楼上都有公司的标识。楼前面水泥地的广场上有三面旗子，其中一面上也有公司标识，另外两面分别是亚拉巴马州的州旗和美国国旗。除了旗帜外，还有一个造型别致的下陷式喷泉。广场上还有一座巨型抽象铜雕，气势惊人，走近后会发现它根本不是抽象雕塑，而是一个棉桃，一个雄浑有力的棉桃，如同一颗胜利之果。

我以前在曼哈顿、波士顿和华盛顿都见过大公司的广场。这个广场和其他公司的广场没什么区别，就像一个模子刻出来的。

我紧紧握着行李箱的拉杆，紧跟在玛莎身后，她戴上了墨镜，遮住了一双善良的眼睛。她来到中间那栋大楼的门口，停下脚步，我上前替她拉开了大门。她经过我，径直走入大楼，没有说谢谢。她已经进入了角色，准备开始行动。

我们走进了一个拱形大厅，和外面初秋的温暖比起来，屋内略带一丝寒意。在大厅对面有一面天蓝色的墙，印着“南雄成衣有限公司”几个雪白大字。旁边有几张巨幅照片，分别是快乐的亚洲小孩踢足球、玩侧手翻、背着大书包，他们身上穿着鲜艳的棉织服装。

“您好！”前台接待人员向玛莎打招呼，她的工作台大得像是一艘太空飞船，工作台两旁各有多部电梯。接待人员金发碧眼，擦了口红，戴着很有品位的金项链。“请问您有什么事吗？”

我低下头，玛莎面露微笑。

“早上好啊。我是桃树企业管理公司的简·雷诺兹女士，我是来见马修·纽厄尔先生的。”

“好——的。”坐在巨型半圆前台后的接待员说道，“好”字拉得很长，她在电脑上输入相关信息，拿出日历翻看，她问道：“请问您有预约吗？”

“预约啊，可以说有，也可以说没有。”玛莎答道，我仍然低着头，眼睛看向地面，但我能从她的声音中听出她在眨眼。“我们是在蓄奴商业组织大会上认识的，是6月的事了吧？马蒂[①]，抱歉，是马修·纽厄尔先生人真的很好，他说如果我得空来到了亚拉巴马，一定要到南雄来看看。”

“哦，”金发女郎说道，“我明白了。”

玛莎口中的蓄奴商业组织大会，像南雄这样的大型种植园应该会派大型代表团与会，不过马修·R. 纽厄尔，南雄的运输部副经理助理会不会去就不一定了。我和玛莎现在是在赌运气，

① 马蒂（Matty）是马修（Matthew）的昵称。此处玛莎用昵称来称呼他，是为了假装与其相熟。——编者注

风险共担。

“你能给他打个电话，看他在不在吗？当然我应该提前给他打个电话——我只是刚好约了人在布莱辛见面，所以我临时想……”

金发女郎已经在忙了，她向玛莎露出职业性的微笑，伸出食指示意她稍等片刻。她将电话听筒夹在耳下，按了话机上的一个按钮。大厅对面的电梯门开了，但没有人出来。我们在路上演练了会发生的事，讨论了所有细节和各种可能，然而现在要玛莎出马。我的任务是低下头，眼神 45 度向下，然后始终保持微笑。

大厅里没有警卫，没有身材魁梧、眼神锐利、腰上别着枪的保安。也许金发女郎的桌子下面或脚边有报警铃，也许旁边还有一把枪。大厅里有摄像头，大大方方地露在外面：一个在前台顶部，镜头对准下方；其他几个摄像头分布在电梯门上方。埃达曾说过，在公共空间会有摄像头，但私人场所不会有，比如高级主管的办公室，这是她最近掌握的情报。我们只能据此行动，但实情究竟如何我们并不清楚。

前台人员用手遮住听筒，问道：“抱歉！您能再说一下您是哪家公司的吗？”

“桃树公司，女士。”我说，“桃树企业管理公司。”

“我们是顾问公司。”玛莎答道，恼怒地看了我一眼，如同在责备一个逾矩说话的下人，“负责提高办公效率方面的事。

不过我这次来呢，主要还是私人拜访，只是来打个照面。”

我握住双手，金发女郎听到玛莎的话后应了几声，然后又对着听筒说了几句话。

我站在原地默默等候，脸上带着笑，眼睛看着地面，努力压下心头的眩晕不适，我正在边缘处徘徊，穿过这些门，进入电梯后向上，在这三栋大楼之后，就是*那个地方*……

我尽量放慢呼吸。玛莎看着空旷的大厅，我不知道她在想什么。我们已经完全进入了扮演的角色中，是我让我们走到这一步的，我感觉到了角色的重担压在我身上，这时前台人员抬起了头，红唇绽开，露出恶魔般的微笑。

“您运气不错。”她对玛莎说道，“他正好在这里，马上就下来。”

“是吗，我可真走运。”玛莎说，“太棒了。”

“是啊。”她吸了吸鼻子，说道，“不过您的黑人需要接受安检。”

安检的流程和边界处一样。头皮、腋下、牙齿、舌头都要检查，扒了裤子，脱掉衣服。南雄公司专门安排了一个房间做安检，就在大厅隔壁，安检员是一个一脸倦意的自由黑人，他皱着眉头，用粗壮的手指摸着我的身体。我直挺挺地站着，伸出双手。感觉仿佛回到了贝尔农场的学校，在那里，我生命中第一次经受这样的检查。这是我上的第一课：你的身体不属于你自己。

这个地方，这个种植园，和贝尔农场有天壤之别。无论是规模，还是工作内容，都属于对黑人的另一种奴役，和我生长的那个只有 30 亩大的小农场完全不同。在这里没有绿草如茵，没有农田、猪群、牛棚和地窖。我要走进的是一个 24 小时不停运作，极其现代、高效，有着信息化的物料追踪和复杂的员工管理条例的企业。房间的左上方有一个摄像头，冷漠地对着安检员和我录像，安检室的影像发送到了监控部门，我感觉到一脸倦意的安检员摸着我的胸口，同时似乎也感觉到了贝尔农场警卫们粗糙的手磨蹭着我的皮肤，恍如隔世。

“好了。”无聊的安检员打破沉默，站起身来脱掉手套，扔进了垃圾桶，“穿衣服吧。”他迅速地打开了我拖着的行李箱，翻了翻里面的东西：里面有玛莎的几件换洗衣服、几双鞋，还有一台未开机的笔记本电脑，他打开后又合上了，看样子没兴趣检查它。

“行了。”他说，“你通过安检了。”

然而他不等我放下胳膊，就在我手腕上缠了个东西，一个浅绿色的纸手环，手环紧紧地套在了我的手上，压住了汗毛。

“这个是身份识别手环，”安检员说，“证明你是强制劳作人员，是我们公司的员工。”

“哇，”我说，“哇，哇。”

“别担心。你离开大楼时还会到这儿来，到时会给你摘掉。

公司规定在办公区域内黑人必须佩戴手环。”他给我看了看他深红色的手环。

“你们没有特定颜色的手环来区别我这种人吗？像我这样的黑人，只是……只是访客而已？”

“没有，哥们，我们没那种手环。”他的声音很冷漠，毫无情感，“我们很少遇到这种情况。”

玛莎留在大厅里等我，她的手搭在了一个穿运动夹克的矮胖白人胳膊上，两人正在谈笑风生。这个人就是纽厄尔，和他在南雄公司网站上的照片一模一样，照片是我们昨天下午讨论计划时用律师下人的老旧笔记本电脑搜到的。

锁定他的人是玛莎，他的大头照可以看出他其貌不扬、下巴松弛、一脸傻笑，他在公司的头衔也比较悲催，资历平平无奇。于是玛莎锁定了他：*就是他，他就是我们行动的跳板。*

我们锁定的这个家伙现在出现了，矮冬瓜一个，头发稀疏，一张粉嘟嘟的胖脸，穿着休闲裤，皮鞋擦得很亮，玛莎一只手握住了他的手臂，两个人像老朋友一样聊得热火朝天。

“我当然记得你了。”马修·纽厄尔装模作样地说道，“你这种美女别人一见就不可能忘记的。”

“真要这样就好了。”玛莎应道，发出一阵清脆而虚伪的笑声，“我希望如此。”

“说实话，你正好遇上我心情好的时候。我们这个星期太顺利了，简直是天助我也。”

我顿时想起了汽车旅馆电视上的巴特里奇，突然的一声枪响，这个女人中弹后向前倒下，渐渐瘫倒在地。这对南方奴隶主而言是喜讯，对南雄公司来说是天上掉下个大馅饼。然而纽厄尔指的是迟来的霜冻。“都快到万圣节了，地里还有棉苗开花。这种好事可不是年年都有的。”

当我穿过大厅走向他们时，有一瞬间我的笑容是真诚的，这份笑容来自对玛莎的欣赏。我点着头，眼神中带着赞赏。我看着她碰了碰纽厄尔的胳膊肘，天哪，她天生是干这一行的料。

“嗯，纽厄尔先生……”

“别见外啊，简，叫我马蒂好了。”

“好吧，马蒂。对了，这是我的助手。”

纽厄尔看了看我，小眼睛里露出几分不解。他脖子上挂着工牌，他的外貌和照片里一样，脸部松弛，发际线后移。拍公司证件照时，他换了个发型，留起了汤米·杰斐逊那样的马尾辫，不过并不适合他。

“你的，嗯，助手？”

“助手，助理。”她向他眨了眨眼，用口型比出“下人”两个字。“怎么叫都可以，反正他得听我指挥。”

马蒂上下打量了我一番，勉强笑了笑。

“助手两个字让人觉得……”他耸了耸肩，“听着很滑稽。

黑人不该用这个词。”

笑，笑得开怀一些。我尽力保持着笑容。“我懂，先生，我懂。”我看了一眼玛莎——现在是简·雷诺兹女士——确定她允许我说话，“我本来就是个滑稽的黑人。”

马修·纽厄尔愣了一下，然后笑了，从喉咙里紧张地发出嘶哑的笑声，对我们俩这个奇怪的组合摇了摇头。外面的旗帜在强风中噼啪作响，照片里的亚洲小孩永远地固定在了侧手翻的瞬间。

“到顶楼来看看吧，”纽厄尔说，“参观一下我们公司。然后我们再聊聊你们的生意。”

这栋大楼统一采用了舒服的色调，粉白和淡蓝，每一面墙上都挂着取材于照片的大幅宣传画。在通往电梯的路上，我们见到的宣传画是一位东南亚裔的主妇，正从衣柜里抱一沓毛巾出来，而在衣柜另一头站着一名黑奴，手里捧着耐用的纯棉毛巾。他一脸笑容，毕恭毕敬，简直微不足道。

我并没有为之色变，也没有放慢脚步。我经过这幅宣传画，紧跟在玛莎身后，观察着四周。

我注意到走廊里照明灯的布置，先是两个一组，然后是三个一组，两个和三个交替出现。我注意到宣传画里奴隶们穿的裤子，和马龙的黑裤子一样，我上半身穿着浅桃红色的羊毛衫，下身也穿着一样的裤子。我注意到地面铺着昂贵的白色地毯。我注意到了所有的细节。

电梯无声地载着我们迅速上楼，快得都让我耳鸣了，我不停地收紧下颌再放松，安安静静地在两人身后当个隐形人。除了装在电梯上方一角的摄像头外，我观察了电梯的所有细节。我研究着电梯门上的按钮板，上面写着：默多克电梯公司。是路易斯安那州的默多克。玛莎不时地笑着，和纽厄尔打情骂俏。

“你猜错了，先生。”她说，“不是的。我们是从伯明翰分部来的，公司的总部在佐治亚州。”

“哦，是佐治亚州啊。”纽厄尔道，“‘投降之州’最近怎么样了？”

“讨厌。”她边说着边打了他胳膊一下。

他满脸堆笑，紧张地看着她，生怕自己惹恼了对方，赶紧又安抚道：“开个玩笑罢了，过去的事就让它过去好了。每个州都有权选择自己的道路。这才是美国的精神。”

当纽厄尔说着这些陈词滥调时，我又想起了巴特里奇，她双手张开，向前倒下，围观人群一阵惊恐。我不知道玛莎对此做何感想。电梯响了一声停下，我们走出电梯，直接沐浴在阳光之下。顶楼只有一个房间，四面没有墙，都是玻璃窗，房内铺着大理石地板，阳光如水银泻地，洒满了这间开放式顶楼房间。

“这里是我的办公室。”纽厄尔说道，随后立即扑哧一声笑了，摆了摆手，“开玩笑，开玩笑。这里是观景平台，我们称它为凌霄台。我喜欢带人来这里。可以看清楚周围的环境。”

他走到玻璃窗前，示意我们跟上——实际上是只示意玛莎跟上。他已经或多或少遗忘了我的存在，我和那只行李箱没什么两样，我只是个下人，都不用拿正眼看。

他站在玛莎身边。“这地方不错吧？”

“的确。”

如同隐形人一样的我也看向窗外。大多数建筑与我们身处的这一栋相仿，都是玻璃幕墙建筑，矗立于草坪上，在阳光下闪闪发亮。各种楼房积聚成群，划分为不同区域，由蜿蜒的步行道、黑色沥青的马路连接，同时还有高耸的铁栅栏隔开。此时的我仿佛同时身处两地，在都城十字路口旅馆的房间里，我看过南雄公司的全景卫星图，而此刻的我又亲眼看见了这个种植园，见证了实物的样貌。靠近看，细节之处越发清晰，如同从一副骨架上长出了肌肉的人体。

我忙着对比各处，将我在卫星图上看见的图形与实体建筑一一对应：办公室，外围建筑，交货与收货中心，机械加工厂。有五栋砖楼是员工宿舍，围绕着一座高塔而建，塔顶有一个玻璃穹顶。

我还没有看见什么异常，大脑已经提前有了警觉。人去哪儿了？贝尔农场到处都是奴隶，喧闹不止，有时会唱歌，有时会互相责骂，有时候监工和白人工人会责骂我们。而在南雄公司的草坪上鬼影都没有一个。我估计员工们都在建筑里面上白班，受人奴役。不过……

“你看，那边是成衣厂。”马修·纽厄尔说道，指着大如美式橄榄球场一样的厂房说道，厂房外墙上连着各种管道，房顶上的烟囱喷出一股股黑烟。“那边是我们公司最核心的部门。”

纽厄尔一脸得意，看着下方的大片草地和华美的建筑，带着指点江山的意味介绍着南雄公司，仿佛南雄公司在为他卖命，而事实恰恰相反。

“那栋厂房里面有轧棉机在作业。”纽厄尔说道，“里面还有清洗机和晒布机等设备。我们公司有国内最大的高产量圆座轧棉机。”

“真厉害。”玛莎应道，“了不起。”

而这时我已经发现了目标，卫星图上没有标名称的小方块，实际坐落在农业创新部大楼后面，是一栋黑色小楼，没有号码，没有名牌，也没有宣传画。

自然，我不可能问纽厄尔那栋楼是干什么用的，也不能让玛莎问他。我是个黑人，在他们眼中是个隐形人。

“顺便说一下，我们公司采取的是 24 小时不停工工作制，”纽厄尔接着吹嘘道，玛莎不停地点头，眼珠瞪得老大，一脸惊叹。“每周 7 天，每天 24 小时，永不停工。员工会上不同的班别，有早班、午班、晚班和夜班。从早到晚，不停不休。对员工实行轮休制，每 7 天休息一天，这样设备就不用停机了。节假日也一样，复活节和圣诞节也要轮休。唯一能让我们停工的只有恶性事故，而我们……”他握拳轻轻敲了敲他的秃脑门，“已经有 29 个月没有发生恶性事故了。”

说完后他笑了，笑得很开怀，然后冲我眨了眨眼。“小子，在我们公司上班的你的兄弟姐妹们很喜欢这里，没有一点抱怨。我说的是实话。”

看样子他希望我回应，于是我回了话：“您说得对，纽厄尔先生，您说得对。”

纽厄尔闻言使劲大笑，笑得喉咙一抽一抽的。

“小子，我是认真的。这里不是 50 年前的奴隶工厂，甚至和 10 年前比都有天壤之别。人们一想到奴隶制，‘仍然’会想到皮鞭、电击枪、戴着尖刺项圈的恶犬那些可怕的东西。但我们这儿是家现代化的工厂，是 21 世纪的工厂。你看那里——”他举起一根胖手指指向某处，强迫我看过去，“那里是员工宿舍。有四千多人住在那里。我们在里面建有娱乐中心，还有健身器材，我们不仅鼓励员工使用其中的娱乐设施，还会要求他们锻炼身体。看到中间那座塔了吗？有个尖顶的那座塔。站在塔顶的警卫可以看清楚每一个房间，而每一个房间里的人也能看见警卫。所以人人都知道他们是安全的，大家在互相照应。对了，这种设计是杰斐逊时期传承下来的，所以你看见的是个伟大的传统。”

他的手突然紧紧握住了我的胳膊，仿佛我们是志同道合的兄弟。

“忘掉皮鞭，好吗？忘掉电击枪。你可能知道，这是法律允许的，但我可以告诉你，因为我了解在六楼工作的人，我可以告诉你我们公司不会使用电击枪。可能偶尔会用一下，但只在万不得已的情况下才会使用。而大部分时候我们还是将激励作为主要的公司政策，明白吗？”他的手紧紧地掐着我的胳膊，如同镣铐一般，“再告诉你一件事，我听过有人质问我们，你们给这些可怜的黑人都吃些什么啊？有时候晚上回到家，只能用面包夹肉充饥时，我真想到公司的餐厅吃那些黑人的工作餐！”他说得自己都笑了，“当然我只是想想！千万别告诉我老婆！”

我笑了，开怀大笑。加把劲，维克多，别演砸了，布拉泽。赶紧完成这个任务，找到那个卡车司机，查清那个信封的去向。把那样该死的东西带回去。我只需要完成这个任务就好了。于是我继续笑个不停。

我的笑声感染了纽厄尔，让他充满了信心，转头对玛莎说道：“想不想知道一个秘密？”他靠近她，像煞有介事地说道，“如果南雄公司是个国家，我们的国民生产总值会比罗得岛还要高！”他挺直了背，眼瞪得很圆，脸都激动得红了，“你说，我们公司牛不牛？”

“真的很牛。”玛莎应道，“真的很牛。”

置身于这高楼之上，有一样东西你能看到，但却没有在卫星图中反映出来的，就是棉田，它们一望无际，从园区向四面八方不断延伸，如同在宇宙飞船上观察月球表面。站在此处，我虽然看不见他们，但我知道此刻有数以百计的强制劳作人员忙碌于白色的棉田之间。我望着远方的田野，陷入沉思：等我找到司机，从他嘴里获知我要去的下一个地方后，我能够离开这里，而这些我看不见的奴隶仍将留在此地，今生今世无法踏出这里半步。

面对这种现实你要如何自处？是把它当成一块石头捏在手中？将这块石头从这栋高楼中丢出去，任它自由坠落？还是将它吞入腹中，直到去世之时仍然觉得义愤难平？

电梯铃响了。“好了，参观结束。”纽厄尔说道，“我们下去吧。”

玛莎真的该改行专职干这个。

我们来到马修·纽厄尔位于 14 楼的办公室，办公室面积很小，我们经过了一条冷气开得很足的走廊，隐约能闻到一点咖啡香味，我们三个人几乎就把他的办公室占满了，办公室内有一些文件柜，一张黑色办公桌，桌上放着一台电脑。玛莎和我在律师的地下室里已经演练过这个场景，反复排练过各种情况，于是当纽厄尔关上门之后，她就准备粉墨登场了。

“好吧，既然我们是来贵司‘拜访’的。”她说道，听她这么说他咯咯地笑了。

“要开始了，对吗？要开始向我推销了。”

玛莎眨了眨眼："让你猜到了。不过我保证，马修，绝对不是向你强买强卖。"

"叫我马蒂。"

"马蒂，我只想问你一个问题。"

"好啊。"他皱起了双眉，双手握在一起。站在玛莎身后，立在门边，我露出纯良的笑容，扮演一个善良、听话的黑奴，不过我能猜出他在想什么，我知道他心里打的算盘：*反正我也没有实权。我啥事也拍不了板。*他已经带我们参观了公司，这是他职责范围内必须做的事。他的微笑已经带有几分歉意，很快这位从桃树企业管理公司来的清秀佳人，从天而降闯入他生活的女人就会发现，他没有实权。所以我们选他真是选对了。

我的眼神逐个扫过屋内的四个角落，没有摄像头。当然，也有可能屋子里装了袖珍的摄像头，埋在墙里，或藏在电灯里。但至少我没有发现明显的摄像头。

"我只想问你一个问题，"玛莎说，"同时，这也是一个非常简单的问题。"

"好……"

"这个问题真的，答案可以说是……"她拍了拍脑门，"呼之欲出了。"

"好的。"纽厄尔笑道，"说吧，我一定能答上。"

"我的问题是，贵司卖的产品是什么？"

纽厄尔鼓起腮帮子，摊开双手。"棉花？棉纺制品？"他害羞地、试探性地问道，像是个被人捉弄的孩子，不知道自己有没有答对。于是又给出了几个答案："品牌？一种，嗯……"他思索着合适的措辞，"一种生活方式？"

"不对，先生。"玛莎边说边慢慢地摇了摇头，镇定自若。我简直要为她的表现鼓掌。"贵司卖的产品是'时间'。"

她开始阐述这一概念，有理有据，言语中充满自信，而我则开始用双眼打量他的办公室：两个文件柜；一个落地书架，上面放了各种文件夹和公司条例；一张结实的办公桌，金属框架，玻璃桌面，桌上整齐地放着三个相框（照片分别是纽厄尔的妻子、他们夫妻的合照，以及他们两人带着一条巧克力色的拉布拉多犬）。还有一个隐藏物件，虽然看不见但肯定存在的，指纹式报警按钮，很可能在桌子下方，不然就应该在椅子下面。在纽厄尔的右后方有一扇单开门，里面不可能是什么盥洗室，纽厄尔的级别不可能有这种福利，多半是衣帽间或储藏室。

我在审视他这间整洁的小领导级别的办公室时，玛莎正在对着纽厄尔侃侃而谈："贵司一共有四千，两百，三十二名员工，"她在数字间略做停顿，这是一种老练的技巧，说明她事先做过功课，"你们贩卖的是'他们的时间'。他们为公司工作的有价值的每一小时、每一分钟，都是你们的产品。

"现在，我们拿一个强制劳作人员出来举例，他可能处于你们工作流程中的任何位置，对吧？他可能负责拆卸包装，他可能是织布工人，无所谓，他可能水平很高，可能是个模范员工，他可能是制版工人，对吧？”

“对……”

“假设他工作一小时，请问这一小时内有效时间有多少分钟？”

纽厄尔迟疑了片刻，他知道这里面有门道，然而他看不出门道。“60分钟？”

“不对，先生。”玛莎——应该说是年度最佳员工简·雷诺兹——说道，“可能只有50分钟，可能是半小时，也可能是100分钟！这完全取决于那个人的注意力，取决于他的身体状态。而我们桃树公司，我们做的生意，就是销售有效工作时间。通过我们的激励和校准系统，我们能增加你们黑奴每小时工作中的有效时间，你知道这意味着什么吗？”

“嗯……”他对回答有些畏惧，怕自己又答错了，“意味着我们能做出质量更好的服装？”

“这意味着利润，纽厄尔先生！”她摊开双手，“意味着更多的利润。”

纽厄尔大笑：“这确实是我们希望的事！”

我陷入了短暂的幻想，对我们做成一笔生意的前景感到兴奋。雷诺兹女士和我会回到伯明翰公司分部汇报我们搞定了客户，将它录入系统，和其他销售员工击掌庆祝，然后开会交代技术人员跟进。简·雷诺兹会成为本月最佳员工。我会得到什么呢？一个自由身的黑人助理能得到什么奖励？如果另外有一个平行世界的话，或许能有奖励吧。

“实际上，”玛莎说，“我可以给你展示一下。我能向你展示一下吗？”

“当然。”纽厄尔应道。他站了起来，仿佛她要带他去别处。“你可以展示给我看。”

“阿尔伯特？”

我在后面像弹簧玩具一样活了过来，答道：“我在，女士！”

“帮我放一下幻灯片好吗？”

她语气里有几分不耐烦，仿佛不敢相信我居然没有提前做好准备。我见到了她对纽厄尔使的小眼神，以及他回给她的眼神，两人的无声对话是：*这些黑人，永远是这样*。我打开行李箱，开启笔记本电脑，按了几个键。纽厄尔跑到我这边，尴尬地挤在自己的办公室中，双手背在身后，他的马尾遮住了粉颈。

“好，”玛莎说道，“我们开始吧。阿尔伯特，你去关上灯行吗？”

“开关在那儿。”纽厄尔指着一处说道，我立即过去关了灯。

“我现在向你展示的，”玛莎指着第一张幻灯片说道，显示的是桃树公司的标识，我们从它的官网上复制过来的，现在投影到了纽厄尔办公室的百叶窗上。“请允许我向你介绍，桃树公司的专利技术。让你体验一下，首先……”

第一张幻灯片灭了，但第二张并没有亮起来。

“怎么回事……”黑暗中的玛莎问道，“阿尔伯特？”

“怎么了？”纽厄尔问道。

“阿尔伯特！”她的声音变了，尖得像是碎玻璃一样。“阿尔伯特，帮我们开一下灯好吗？”

我赶紧开了灯。玛莎站在原地，惊慌失措，双手紧张地叉在腰上。纽厄尔觉得有些好笑，不清楚这是怎么回事。“雷诺兹女士，简，没事吧？”

“当然，没事的，纽厄尔先生。”

“叫我马蒂。”

“马蒂，就是，那个，公司的人派我出来向客户推销产品，可是给我的却是坏掉的设备。也不给我一个……一个……”这片刻的停顿是她表演中的唯一瑕疵，“一个能帮上忙的‘助理’。”

纽厄尔没有注意到她话里的停顿。他什么都没注意到，光想着当护花使者了，径直跑回自己小小的办公桌前，拿了些纸巾给她。

“我明白，相信我，给你纸巾，雷诺兹女士——”

“叫我简好了。”她说。

“简。”

马修·纽厄尔脸上浮出一丝笑意，眼中升起几分希望。玛莎接过他递来的纸巾擦了擦眼角。她真的流泪了，我差点笑出声来。我依然站在电灯开关边上，靠着门，继续当一个安静的隐形人。不过说真的，她真是太会演了。

“我本来准备了一组很好的幻灯片。”她指着笔记本电脑，“我说真的。本来里面有一个很棒的演示文稿文件。”

她现在用的招数是，让接下来的事由对方主导。她领着对方走向自己的目标，牵引对方的力度刚刚好，既能引着对方前进，又不会引起对方警觉。她做起这件事来得心应手。或许所有女人只要有心，都能牵着男人的鼻子走。

“我真的很想单独为你介绍业务，就我们俩。”简简单单的一句话，表面上是在说公事，但她的措辞恰到好处，很能拿捏暧昧的分寸。

“这样吧，简，”小笨蛋纽厄尔上了钩，“我们去餐厅，我请你吃顿午餐，好吗？我们可以共进午餐，然后……你再向我介绍你的业务。你不用再去玩这些科技装备。你只需把你们的业务向我解释一遍，我们再来讨论。你觉得怎么样？”

她的眼里写满了感激，纽厄尔真是个救星，纽厄尔真是个绅士，奇迹发生了。

“马蒂，你人真是太好了。相信我，我们的产品真的很棒。”

“当然了，”他说，“所以我很愿意听你介绍介绍。”

他站起身来，她关掉了笔记本电脑，跟着他走到门口。其实我们就只往电脑里面放了这一张幻灯片。

“嗯，等一下。”她说道，飞快地看了一下我，确认我们的戏要继续演下去。我轻轻点了下头，轻到纽厄尔不会发现。

简·雷诺兹说道："有没有地方可以让我的助理待着？"

"这个嘛……"

纽厄尔停下脚步，有点不知所措。我相信他是真的忘了屋里还有我这个人。"其实，他可以留在这儿。我们出去后门会自动锁上，等我们回来后才能打开。你觉得这样安排可以吗？"

当然，他不是在问我。简·雷诺兹说她完全同意，于是他用手扶着她的背，领着她出门，进了走廊。

门关上后我等了 5 分钟，我一动不动地站在原地，默数着秒数，整整数了 300 下。

数秒时我的神情完全符合简·雷诺兹对她的黑奴的预期，站在角落，头看着地面，不会碰屋里的任何东西，像个关了电源的机器人。

数完 300 后，我立即跳起来行动，脑海中仿佛响起了动人的音乐，响起了在律师家地下室中听到的狂野节奏。音乐钻入了我每一寸肌肤，我带着这样的快节奏开始了工作。我的脚下仿佛踩着动感的鼓点，动作中似乎蕴含着上升的音阶，在这间小办公室里四处游走。

我把纽厄尔的椅子拖到书架前，站在椅子上，用手指一个一个清点着最顶层的文件夹，摸到了厚厚的灰。第二层也一样，地上的一层也一样，文件夹上全是灰，这些厚厚的文件夹和条例手册只是充门面用的。

我已经知道下一步要怎么办了，我知道自己必须得设法登录纽厄尔的电脑。现在已经是21世纪了，任何重要的信息和文件，都会保存在电脑硬盘或是服务器上。但不到万不得已我不想使用黑客技术，我盼望着能在别的地方有收获，就差跪下来祈祷了。我拉出办公桌的狭小抽屉，在一堆订书机和剪刀里面翻着，然后我来到文件柜前蹲下，把一枚回形针掰直了。

玛莎和我约定好，给我留下的时间是25分钟，15分钟的时间让我在纽厄尔的办公室寻找我们需要的两样资料，她的和我的；另外去餐厅和从餐厅回来各占去5分钟，这段时间是我的回旋余地。

时间已经过去了9分钟，5分钟用来数数，4分钟用来找东西，这时我把掰直了的回形针头伸进了文件柜的廉价锁的锁眼里。我回想起当初我在圣安塞姆天主教礼拜堂的情景，从上星期四到这个星期四，短短7天，我的生命像是经过了一个轮回。混进大楼，撬开柜子的锁，这些只能算是简单的任务，不用思考或提前计划的任务，不会后悔、与良知无关的任务。只是一项有时限的、具体的任务。我转了转回形针，再轻轻一拧，把这个儿童玩具似的破锁打开了。我脑中的音乐又奏响了，欢快的、象征胜利的音乐。

文件柜一共有5个抽屉。我从上到下搜索了一遍。

里面放了各种资料：订单、交易记录、维护日志，一个厚文件夹里有上百辆卡车和拖车的相关文件。我把文件挨个儿抽出来快速翻阅，再放回去，每一份只用 45 秒。文件包括事故报告、保险单据、车辆登记信息等。最底下一层的抽屉放了财务报表，包括订单、发票、季度油费支出汇总表和车队运营成本报告。

在最底层抽屉的最下方，在一堆吊挂式文件夹下，有一沓用橡皮筋扎起来的纸，卷起来后塞在了角落。

我要找的资料不会藏在这么隐蔽的位置，不过我还是把这一捆文件从它隐藏的位置拿了出来。这是一份打印出来的手稿，有些页有折角，有些页的角落还画着一些涂鸦。作品的标题是《我也爱您，先生：惊世绝恋》，旁边写着“马修·纽厄尔著”。

“上帝啊，马蒂。”我轻声骂道，把手稿放回了原来的位置，“真有你的。”

我回到办公桌前，动了动鼠标，让电脑从休眠状态恢复到工作状态。我掰着手指关节，没有坐下。我用手压着桌面，弯着腰，开始工作。

以前我在芝加哥时，曾有人悄悄把美国执法官署调查中案件记录的网址告诉了我。当时我胆战心惊地坐在图书馆的个人机位前，用身体挡住电脑显示器，不让别人看见我 5 岁时的档案照片。*我真的长那样吗？*我点击了缩略图，放大照片。我看到了那双眼睛——照片中的那个我吓得我往后一缩，仿佛窥见了魔鬼的真容。照片里的那个人真的是我吗？

后来，我学会了电脑的知识，学会了入侵数据库、防火墙的方法。这些知识都是从布里奇的手下那儿学来的。我在亚利桑那州学习了四个月，有大量的时间是待在黑漆漆的房间里，浏览不同的数据库，入侵安全服务器，学习在网上追踪用户。

而要登录傻蛋马修·纽厄尔的电脑不需要入侵任何防火墙，因为他用铅笔把密码写在了那张他和他老婆还有他家狗狗的照片背后。我全选了他的硬盘分区，然后输入搜索条件，对搜索结果进行优化后，查到了存放在他硬盘上的一张合约司机登记信息的数据表，同时在内部服务器上也有备份，最近一次更新是在 10 天前。

里面的卡车司机分配了四个字的编码，在寰宇物流公司的安吉名下，我查到了一个编码：HR59，它有一个对应的名字：威廉·史密斯。

威廉·史密斯，我瞪着显示器，停了下来，双手随意放在键盘上。纽厄尔显示器右上方的时钟提醒我还有 9 分钟时间。威廉·史密斯名下没留登记电话或邮箱，没有任何联络方式。

我怔怔地看着这个名字，感觉时间在慢慢地流逝，脑海中狂躁的音乐依然播放着，我琢磨着在亚拉巴马州有多少人叫威廉·史密斯。就单独拎出伯明翰地区，和威廉沾边的名字：威利、比利、比尔[①]，叫这些名字的人会有多少？在原本应该登记史密斯先生电话号码的地方是一串六位号码，应该是他的驾照

① 威利（Willy）、比利（Billy）、比尔（Bill）都是威廉（William）这个人名的变体。——编者注

号码，再往下一点，有一个更难懂的编码：FWH9，B8，是字母和数字的结合。该死的威廉·史密斯。

我忍不住握紧拳头捶了一下桌面，震得电脑颤抖不止。放松，维克多，别着急，布拉泽，放松一点。

就算我找不到这个司机，至少可以帮玛莎找到她要找的人。完成我的另一个任务，是我到这儿来的另一个原因。我背下威廉·史密斯的相关信息，关掉了数据表，返回硬盘中，疯狂地敲打着键盘，重重地喘着气。我只剩下不到 8 分钟了，而我只花了 3 分钟就找到了玛莎原本想花三万块去找的东西——臭名昭著的火炬之光数据库，里面记载了南方蓄奴四州所有的奴隶，总共 300 万奴隶，可以按照服役名，身份证登记号，或身上的标记和伤口来检索，数据井井有条，功能简单明了，用户友好度很高。

我就这样找到了他，找到了山姆森，玛莎的爱人，莱昂内尔的父亲。我找到了他，知道了他后来的命运，记录正显示在我面前的屏幕上。我站在桌前弓着腰，瞪大了双眼，陷入了短暂的沉思。

“太惨了。”我平静地说道。

我又读了一遍记录，准备把这段简单的故事讲给她听。这是她心里的一道坎，现在她终于要知道结局了，这个最坏的结局。

走廊里“嘀嘀”响了两声。我猛地抬起头，看见门让人慢慢推开。

他们提前回来了。

我无处可躲，身上也没有武器。门开了，纽厄尔出现在门口，他穿着乐福鞋，站在地毯上，挺着啤酒肚，厚实的右手握着门把手没有动，我渐渐握紧了拳头。他的眼里盛满了疑惑和不解，想弄明白眼前的情况：一个黑人站在他的办公桌后面，手放在键盘上。玛莎在他身后，站在走廊里，眼中有着歉意——我已经尽量拖住他了……

“这是怎么……”他问，“你……想干什么？”

“别冲动。”我说道，语气严厉而冷静，“别冲动。”然而纽厄尔的男性本能此刻却莫名其妙地冒了出来，他用身体挡住了玛莎，有个黑人正在他的办公室里捣鬼，他得保护他的客人不受伤害。而玛莎的脑子动得很快，她已经闪入门内并关上了办公室的门。她用两根手指比出手枪的形状，压上他的后背，这么老套的把戏居然让纽厄尔上当了，他举起了双手。

“上帝啊，”他对她说道，“你们俩……”他的脖子这时通红一片，眼睛泛出了泪花，透露着迷茫，“你和他是一伙的？你们想干吗？”

玛莎没有回答。我继续像教宠物那样跟他说道：“慢慢向前走，把手举好。”

他没有反抗。双手举得更高，把合身的运动外套都撑变形了，里面的衬衫下摆也跑到了腰带外面。

“别……我从没有……我从没有伤害过任何黑奴。”他诚恳地说，“我没有干过这种事。”

“跪下来，把手放在脑后。”

他笨手笨脚地跪了下来，这个吓傻了的、风度尽失的胖子老老实实地服从着命令。跪下后，纽厄尔冒险看了一眼办公桌，看了一眼报警铃和电话。他知道自己的死期到了。他的生活本来很优渥，而在夜不能寐时，脑海里一个可怕又幽暗的角落一直在提醒他，这一天终会来临。这份恐惧和控制仿佛一体两面。他为一家超大型企业工作，公司的营收与罗得岛州的产值不相上下，而这一切建立在压榨黑人的基础上，公司像对待囚犯一样将黑人关押起来，这么做肯定事出有因。不可能是因为黑人在受苦受难，他们的苦难里长出了棉花，使设备得以运转，这怎么可能是囚禁黑人的理由呢？南雄公司粉饰太平，拍下他们的笑脸，而在那些笑脸之下，在黑人的心里，住着一头野兽，而这才是囚禁他们的理由。

此时，此地，他的报应终于来了。我俯视着他，而他居然在发抖，胖嘟嘟的脸蛋和粗厚的脖颈都在颤抖。

“马修，我现在问你，”我尽可能平静地说道，“FWH 是什么意思？”

纽厄尔眨了眨眼：“什么？”

他的额头冷汗涔涔。玛莎的视线不停地在我们两人之间游移。

“FWH，”我重复了一遍，“这个缩写。我在你的合约司机名册中找到的。请你告诉我它是什么意思。”

“它是……那个是……白人员工宿舍（Free White Housing）的意思。”他的声音颤抖不止，“我们有白人雇员，他们住在那儿……”

那个卡车司机，白人雇员，住在那儿。该死的威廉·史密斯居然住在这儿。

我走到纽厄尔身边，蹲下身来。我瞪大了眼睛，咬紧了牙齿。我不会干掉马修·纽厄尔，不过他现在的恐惧刚好可以为我所用。我会将他的恐惧当成枪，当成百元大钞，当成掰直的回形针来撬开他这把锁。

“FWH9，”我说，“B8是什么意思。”

“白人员工宿舍第9区，B单元8号房。那边……有很多栋宿舍楼。我不太清楚。”

“一般会有奴隶去那儿吗？”

“去……哪儿？”

“白人员工宿舍。”

“会，当然会。比较少见，但会有。有黑鬼——对不起，对不起，先生，有奴隶——对不起……有黑皮肤的人……对不起。上帝啊。”他舔了舔嘴唇，鼻涕也流出来了。马修·纽厄尔以后告诉别人这段经历估计会夸大其词，说我拿着一把步枪逼迫他，甚至可能说我拿着机关枪，玛莎两手各持一把手枪，我们两个人还都带着刀。

“所以奴隶有可能会去那里，对吧？”

“是的。”

很好，我想知道的几乎都知道了。我脑海中的音乐又响起了，搅动了我的五脏六腑。当我意识到接下来会发生什么，接下来我要做什么时，我的心中升起一股狂喜，那个人，威廉・史密斯就在这儿。我打开纽厄尔办公桌顶层的抽屉，翻找着里面的杂物，心里迅速有了主意。“那就好。”

“你要……”纽厄尔问道，“你要干什么？”

“跪好了，老兄，别动。”他好好地跪在地上，双手抱头。

纽厄尔看向玛莎，而她根本没注意到。她现在站到了桌子后面，她看见了我刚才在看的画面，双眼正死死地盯着屏幕。可怜的玛莎。

我从纽厄尔的桌子里拿出剪刀，他瞪大了双眼，都快凸了出来。“不要！”他尖声叫道，膝盖在地上向后蹭，手仍然抱在头上，保持着这个别扭的姿势。“我从没有伤害过任何黑人。”

“拜托你，安静。”

我解开衬衫纽扣，脱掉鞋子。我右手拿着剪刀对准纽厄尔，问道：“到白人员工宿舍第 9 区要怎么走？”

他告诉了我走法。在他说话时，我用剪刀在脖子上划出一道很深的伤口，鲜血喷涌而出。我必须得流血，得有一处新伤，才能进行下一步。我知道，奴隶必须病得很严重，上吐下泻，丢了半条命，才会有人送你去卫生站。而刀伤对卫生站来说只是小意思，只要给你打一针类固醇，包扎一下，就可以打发你走了。

“玛莎，”我说，“在书架最下面有一个急救箱，你能从里面给我拿些纱布吗？”

她仍然在电脑前面，看着屏幕一动不动。玛莎的眼神没有放在我们身上，她的注意力完全在显示器上，看着山姆森的脸庞和他被捕后的遭遇。她向前迈出一步，伸出手，想要触摸屏幕，却停在空中，透露着无比的凄凉。

我自己取了纱布，慢慢用纱布包好了脖子。包扎完毕后，我的脖子上绕了三圈厚厚的纱布，伤情很逼真，如果我是南雄公司的奴隶，锁骨上会有字母 G 烙印，而包扎的纱布正好挡住了这里。从纽厄尔那里打听清楚了怎么去白人员工宿舍后，我把打印机和电脑接的电源线一根一根地拔了下来。即使显示器的屏幕黑了下去，玛莎仍然没有转移视线。

我又问了纽厄尔几个问题，得到答案后，我推着他趴到了地上。

“我从没有……”他哭着说道，“从没有……”

“我知道，”我应道，“你从没有伤害过任何黑人。但是我现在要把你绑起来，捆住你的手和脚，堵住你的嘴，让你发不出声来，再把你关进储藏室里。”

我捆好他，将他关进储藏室，确保他远离报警铃和电话座机后，我温柔地牵着玛莎走到桌前，我握住她的双手，让她看向我的双眼。

“接下来你的任务是坐电梯下楼，走过大厅，和那个金头发的姑娘告别，然后上车，开回北方。”

“嗯，”她说，“好的。”

“你听见我说的话了吗？”

她的目光虽然离开了屏幕，可她的心还在那儿。她仍然挂念着他，挂念着已远在天边的山姆森。我紧紧地捏着她的手，试图唤醒她的注意力，不要再神游天际。

“你得去你姐姐家把莱昂内尔接出来，带上我给你的那笔钱去加拿大。或者去国外，只要离开美国就行，去个好一点的地方，你明白吗？”

“我明白。”

“那笔钱够你在别处开始新生活了，而我要你做的就是这件事，懂吗？带着孩子离开美国，带他离开这里。”

“那你呢……”她看向我，看着光着身子，脚上没有穿鞋，脖子上缠着纱布的我。全身上下只剩下一条黑裤子，看着邋遢又可怜。一副奴隶的打扮。“你要去干什么？”

“我得了结这件事。”

“可你怎么脱身呢？”

“我会想办法的。”

她的眼神终于不再茫然了，她的神志终于清醒了。

“什么办法？你能想到什么脱身的办法？”

7

可怜的纽厄尔吓得不轻，吓得说话都不利索了，勉强回答了我所有的问题，甚至包括那个我没有想到要问的问题——我在第一次看卫星图时发现南雄公司的外围有一条黑色虚线，我猜不出来这条线有什么用途。现在他告诉我了，这是一条铁路线，地下铁路线。它不是电网，也不是管道设施，而是地下铁路线，把强制劳作人员从宿舍运到工作地点的地下铁路。

这解释了纽厄尔带我们到顶楼夸夸其谈时，我没有看见任何奴隶在工作的原因。奴隶们在遥远的棉田里劳动，在成衣车间里做活儿，他们通过地下铁路到达各个工作地点，以避开人们的视线。奴隶们不会经过南雄公司的总部大楼，而这里面充斥着像马修·纽厄尔这样的人，整天忙着在会议室开会、打电话，对黑人“秋毫无犯”。

纽厄尔告诉我要坐劳作电梯，它可以直接通往站台。于是我进了那部电梯。我光着膀子，光着脚，脖子上缠着纱布，手腕上套着绿色手环，再加上我的黑皮肤，看上去和南雄公司的奴隶别无二致，我搭乘劳作电梯从纽厄尔办公室所在的 14 楼前往站台，我微微垂着头，觉得头脑滚烫。

随着电梯渐渐下降，我听到了歌声，是嘹亮的劳动歌曲，电梯门打开，我走进了一个巨型房间，里面有一屋子的人在唱歌。

这些人和我一样，光着膀子，光着脚，他们背对着我，我只能看见他们的后背和后脑勺。屋内有一排又一排的黑人，足有数百人之多，他们笔直地站着，歌声响亮。

他们齐声高唱着“我的双手天生要劳动，劳动精神我牢记于心胸”。歌曲的旋律像童谣般简单上口。“每一天我努力劳动，”我钻入人群，找了个位置站好，“南雄，我的心里气势如虹。”

此刻我站到了这群奴隶当中，没有人多看我一眼，没有人问我是谁，我无非是另一个光着膀子、戴着手环、穿着黑裤的奴隶，只不过脖子和肩膀上缠着几圈纱布。

“昨日我们业绩恢宏……”我留心听着歌词，默默记在心里，“上帝，请继续保佑南雄。”

歌词只有这么几句。接下来就是重复上一段了，于是我也开口唱起来：“我的双手天生要劳动……”

我的左右手两边都是人。身旁一人和我年纪相仿，颧骨隆起，眼睛很小；另一边是个中年人，宽额阔鼻；他身边的人有张国字脸，高颧骨，下颌上有凹纹，面容出众……奴隶们依次排开，在这儿可以见到世界上各种各样黑皮肤的人：棕黑、浅黑、黄黑、橙黑色的，黄铜、青铜、以及金黑色的……

“我的双手天生要劳动……”

他们的歌声里没有任何情感。以前我们在贝尔农场也要唱歌，走路时、在外场工作时都要唱歌，如同一两百年前的奴隶时代一样，唱着灵魂乐和劳动歌曲，唱着调皮又傻气的歌词，渴望着自由，或用白人们听不懂的黑话拿主人找乐。而在这个站台上唱的，完全是另一种歌。我的视线扫过很多人，他们眼睛看向前方，双唇像木偶一样一张一合，只是机械地唱着歌，反复唱着这几句，歌颂他们对老板的热爱和对工作的热爱。

这不是黑人的灵魂音乐。

而且这里没有女人，女人应该在别处。女人们都到哪里去了？来到这里，和这些人并肩而立后，我有些体力不支，觉得自己可能会摔倒，但我不能这么做，因为这些人都站着没动。他们笔直地站着，眼睛直视前方，全身唯一在动的就是一张一合的嘴唇。

于是我把注意力放在了屋子的环境，观察各种细节。我现在位于一个地下车站，在火车站月台上，和我以前追踪逃犯时去的纽约和华盛顿火车站月台很像。屋子大如山洞，高耸的穹顶上吊了些电灯，光线昏暗。水泥地面高耸于地下铁道通风井上方，如同悬崖峭壁。我把注意力放到屋内各处，放到我的歌声上。“我的双手……”

我压抑着情感，压抑着所有的情感，我必须这么做，而我也确实这么做了，和他们一样，摆出面无表情的脸，全身只有嘴巴开合。但是我离他们太近了，离他们的脸太近了。在我给布里奇卖命的这几年里，我一直很害怕看到资料里有照片的一页，看到我要追踪的逃犯的真实相貌，现在我就和这些奴隶在一起。看到的不是什么奴工、什么“强制劳作人员”、什么奴隶，不是那些虚浮的称谓。这些称谓只是一层假皮，一撕就掉，他们是人，活生生的人，而此情此景就是他们的命运。

当唱到“劳动精神”时音乐戛然而止，人们的歌声也停了下来。

“抬起胳膊。”内部广播系统传出一个声音，声音很响，有些颤抖，很扁平。“举起手。”

所有人听令行事：伸出胳膊，举起手。我也照办了。东窗事发了——我的冲动突然化为一股惊恐。纽厄尔挣脱了绳子，跌跌撞撞地跑进了铺着地毯的走廊，高声呼救。或者可能是玛莎出事了，他们在大厅里拦下了她，他们拦截了她的车，然后她没有守住秘密……

“仰头。”

大家头向后仰，凝望着天花板。我周围的人像机器人一样麻木地服从着指令。这事似乎每天都在发生，不过是常规流程。

我的左手上系着安检员给我戴上的绿色手环，我的右手上拿着一张园区内临时通行证，是我逼着纽厄尔给我开的，还盖了章。我注意到我周围有些人也拿着相同的通行证，而其他人两手空空。除了绿色手环外，有些人胳膊上还戴着各种颜色的手环。这是一套按各种条例和规章运作的系统。

内部广播又响了："站好别动。"所有人成了木头人。一屋子光着膀子的男人，仰着头，伸着胳膊，像是一片树林。

"45 岁以下的人，放下手。"

大部分的人放下了手。我也照办了。年纪更大的人仍然伸着胳膊。

有一个人在站台巡视。奴隶们见他过来纷纷让出了一条道。和我们一样，他也是黑人，不过他穿着衬衫和靴子。他走到离我只有几英尺的地方，但没有看向我的方向，没有发现我这个入侵者，而我站在原地，和所有人一样垂着头。火车进站了，我感觉到了一股熟悉的沉闷的干热风从隧道另一头吹过来，但没人敢动。

这个黑人也许是警卫，也许是管教，他挨个盘查着这些举起胳膊的人，还要检查他们的口腔。他强迫他们张嘴，把食指伸进他们嘴里，然后在他们口腔中转一圈，先摸上面，再摸下面，然后收回手。他面无表情，脸色阴鸷，和哈勃一样，那个我小时候在贝尔农场欺负我的人。想起哈勃，我又想起了卡索，我感到一阵眩晕，仿佛天崩地裂，把我的人生震成了碎片。而这时这名管教似乎找到了目标，一个 45 岁以上的中年男人。他从对方嘴里抽出手指，让他弯下腰，然后开始拍打他的全身。

火车已经到站停稳，车门打开。但没有人敢动。

“站直了，”那人对他说道，“跟我走。”

那个中年人点了点头，放下手，跟着对方走出人群，走向站台尽头的出口，他和别人一样一脸麻木。然而，从他的眼里我看到有火花正在跳动。那是全然的恐惧。我之前看过现在种植园执行的惩处方案最新版，自从我在贝尔农场时就在执行的这套体系。现在政府允许奴隶主将奴隶绑在木桩上，往他们嘴里灌水，让他们体验溺水的感觉；现在也允许奴隶主电击奴隶，而且有技术保证能精准地控制电压；也可以使用长期暗室囚禁，噪声干扰等惩罚。当然，所有的惩罚都有条例可循，而且劳动管理局的人员会在场监督。

那个中年人就这样被带走了。没有人告诉我们上车，大伙各自登上了火车。

每辆车厢里有 24 个人，每边站 12 人。车上没有座椅。所有人都站着，直视前方。火车从车站驶出，大家又开始唱歌，重复着同一首歌的歌词。火车上也没有车窗。站在我对面的人长了啤酒肚，脖子很粗，双眼凹陷。火车在隧道里的回声很大，咆哮着在黑暗中前进。在火车的轰鸣中高声唱歌令我无法集中精神。

火车会围绕着种植园转一圈，一共会停 14 站，我只需要坐到第四站：火车从总部出发，第一站是设备维护场，第二站是一号成衣车间，第三站是二号成衣车间，第四站就是白人员工宿舍。我看向啤酒肚男人身后，在车厢连接处钉了块金属牌，上面有一行小字：肯塔基州路易斯维尔市斯台普利机车制造公司。我注意到在肯塔基三个字下面有一颗螺丝松动了，宛如一个平头的银色昆虫，从车厢表面秘密地探出小脑袋。在火车的一路颠簸中我一直盯着这颗螺丝看。

到了第一站设备维护场后，一位中年白人妇女上了车，她穿着劳动管理局鲜艳的橙色连衫裤。歌声暂停，火车重新开始行驶，她顺着车厢中间朝前走，数着人数，一边数一边按着手里的小型计数器，每数一个人就按一次。她一边数数一边心不在焉地吹着口哨，如同在鸡窝里从一群鸡中间路过时一样。没有人看她。火车里的人也不会看任何人。我们继续唱歌，我盯着那颗松脱的螺丝。“我数好了，各位，”她高兴地说道，“谢谢你们。”然后她去了下一节车厢。在一号成衣车间有九名奴隶下了车，又有九名奴隶上了车，站到了他们的位置。我没有关注那些新上车的人。

我要找到威廉·史密斯，我有事要问他。找到那个包裹的去向，然后想办法脱身（“什么办法？你能想到什么脱身的办法？”）去找那个包裹。

我应该思绪起伏，应该感到兴奋，至少应该狂喜一时半刻，等了这么久，终于等到一个能脱离苦海的机会。

然而在这辆火车上，站在这些今生今世都必须搭乘这辆火车的人中间，我怎么也开心不起来。我只想了结这件事，办完这事，然后离开。

火车行驶到第三站和第四站中间时临时停车了。

“手伸进去。”内部广播响了，我还没明白这句话是什么意思时，一副手铐降了下来，吊在我面前，车内其他人也一样，如同坐飞机时机舱失压后降下的氧气面罩。我学着别人的动作，伸出胳膊，把手穿进手铐里。手铐自动锁紧了，金属环扣在我的手腕上。我的园区内临时通行证仍然拿在手中，捏在大拇指和食指中间。

车厢两端的车门打开，分别走进来一个人，两个都是黑人，和站台上带走那个中年奴隶的黑人一样。无论他们在这里的头衔是什么，总之是一脸威严。其中一个牵着一条狗。两个人穿着制服，和大厅里的安检员的款式相同，和纽厄尔办公室的地毯颜色一样：雪白的上衣，淡蓝的裤子。

“各位，站好了。”从车厢前门上车的人说道，“今天有谁精神不错？”说话的是两人当中个子较高的那个，体格魁梧，深色的眼睛炯炯有神。他的声音中气十足，抑扬顿挫掌握得不错。“今天有谁精神不错？”

“我！”大家齐声回答。

“很好。有谁觉得身体很棒？”

这回我做好了准备，我也喊道：“我！”

他点了点头，面露笑容。“大伙都知道，南雄公司爱你们所有人。”

车上所有人一齐回答：“感谢南雄。”

“南雄公司把大家‘照顾得很好’。”

“感谢南雄。”

另一个站在车厢尾的管教，热情地点着头，附和每一句话。他手里拉着狗链，脸上专注的神情和狗的表情相得益彰。

“有件事我想问问大伙。”导演这场滑稽秀的管教舔了舔嘴唇，在车厢里踱步。那条狗嗅着周围的气味，我有点怕那条狗。“是谁让我们有衣服穿？”

“南雄！”

“是谁让我们吃饱饭？”

“南雄！”

“没错。唱起来，兄弟们。跟我一起唱！”

于是我们又唱起了那首歌，尽量在胸中唤醒劳动精神，有管教在场，大家这次明显比之前唱得更有活力了。我们唱歌时，两个管教开始工作，挨个检查奴隶们的证件，每人负责一侧。他们不是只看两眼就算了，而是拿出笔，仔细检查证件的内容，而周围的人歌声不停。

“没问题。”他们盯着每个人的脸，然后检查证件，点点头。“没问题。没问题。”

我的证件有问题。当我这一边的管教（牵着狗的那位）靠近时，我趁他检查我旁边人的时候仔细看了看他的园区内部临时通行证，发现我让纽厄尔给坑了。在证件底部，在签名的旁边（没有专门的方框），别人的通行证上都有一个手印。不知是有意还是无心，我的证件上纽厄尔没有摁手印。

我依旧唱着歌，思考着我的选择。我的双手仍然铐着，陷阱已然设下，机关已经安置好，我除了钻进去之外，别无选择，只能继续唱歌。

我看见管教开始检查下一个人，我疯狂的游戏即将迎来尾声。我知道，我应该感觉害怕。我应该为自己掉进命运的陷阱感到恐惧。

然而我脑中想的是：我辜负了你。这是我脑中闪过的念头，像一句祷文一样，但我不知道该向谁祈祷。我辜负了谁呢？

管教来到了我前面，打量着我的脸。他从我手中接过了通行证，仔细地看着。他的表情没有变化，没有板起一张圆脸。“昨日我们业绩恢宏……”我唱道，“上帝，请继续保佑南雄。”管教稍稍回过头，看了一下另外一名管教在哪儿，他拿走了我的通行证，等他把通行证还给我时，通行证底部已经有了一个手印。

“没问题。”他嘟囔了一句，然后转而检查下一个人。

当检查完所有人之后，手铐松开了，刚好能让我们抽回手，但并没有缩回去，当火车继续前行时，这些手铐仍然在我们眼前来回晃着。

下一站是白人员工宿舍，我到站后下了车。

这个时刻直到如今我仍会想起。我向上帝发誓，真的会想起。

我试着自己重复这个动作。这个危险而飞快的小细节：迅速把拇指放进嘴里抿一抿，弄湿，然后在纽厄尔的签名上抹了抹，把蘸了墨汁的手印摁在我的证件角落，一气呵成，悄无声息。

我时常会回忆起这一刻，如果能对他说声谢谢，说点感激的话该多好啊。他是一个陌生人，却成了我的救命恩人，我真想给他一个热烈的拥抱。我回忆起贝尔农场和芝加哥的岁月，想起那些数不清的点滴人间亲情，正是依靠它们我们才能对抗这残酷的世界。

下了车后，白人员工宿舍第 9 区遥遥可见，那是一栋其貌不扬的公寓楼，周围环绕着高耸的铁围栏。我确定好方向，直视前方，迈开腿，飞奔向目标。我挺直脊梁，拿着通行证，跑过守卫塔，心想：*无论如何，这个任务终于要结束了。*

围栏并没有上锁。我进去时，有两个白人正要出来，穿着皱巴巴的蓝色工作服，上面有南雄的标识，我闪到一边，垂下头。他们没有注意到我。这里的宿舍楼和穷乡僻壤的住宅小区一样，毫无特色：每间宿舍都有一个正对前方的小阳台，楼下有一个水泥地的院子。一共有六层楼，每一层有四间宿舍。房子建得和牢笼一样，如同五斗柜的抽屉，如同旅馆墙上的钥匙架，所有宿舍一模一样。

我找到 B 单元，按了 8 号房的门铃。我必须保持冷静，静候着有人来应门，扼制一颗不安分的心。我又按了一遍门铃。

我心想：莫非公司的人发现他干的好事？威廉·史密斯的事情被人知道了？他可能逃了，也可能死了。

然而当我再次按响门铃时，我听到有脚步声传来，有人急匆匆地跑下屋里的楼梯。

“别摁了，”门内有人喊道，“别摁了！”

一个男人猛地拉开了大门，此人长得挺吓人，细长的脖子，一头油腻的长发，像个玩重金属的摇滚乐手，他探出脑袋，迅速扫视了一下院子。

“进来，老兄。快点，赶紧进来。”

8

比利·史密斯的状态非常不好。

“天哪，天哪，天哪。”他摇头晃脑，不停磨牙，一边嘴里翻来覆去念叨着这个词，一边用手摸着油腻的头发，“天哪，天哪。”

“史密斯先生，我们坐下来再聊，好吗？”我说道，说了不止一次，但他坐不住，或不想坐下。他让我叫他比利，因为人人都叫他比利，这是他说的唯一有用的一件事，至少开始是如此。屋里有两张折叠椅，我坐在其中一张上，看着他抽着烟，像关在笼中的老虎一样在小屋里来回溜达，乱弹着烟灰，跨过塑料泡沫饭盒和空啤酒瓶。比利完全不像我印象中的卡车司机：他瘦得像根竹竿，眼神四处游移，神经质一样。

“拜托你，一定要告诉他们我很抱歉，”我们见面的前几分钟里，无论我问什么，无论我怎么转换话题，他就是反复说这一句话。“告诉他们我真的很抱歉，好吗？”

“没问题，”我说，“我一定转达。听我说，比利……”

“你会告诉他们，对吧？”

我没法让他停下来，没法让他听见我说话。比利完全沉浸在他自己的世界里。公寓里的空气浑浊难闻，散发着一个吓傻了的二流子的气味，这家伙估计靠吸毒来混日子，如今就像是毒瘾发作的样子。

“我已经尽力了，好吗？这事怪我，可有时安排好的事情偏偏就……我已经尽力了，好吗？”

他用烟屁股重新点了一根烟，郁闷地摇了摇头：“我不知道自己为什么会跟着蹚浑水，真的不知道。”他紧张地抽了口烟，抖动着身体，“知道吗，关键就是看谁守大门，本来看门的应该是默夫，谁知道那天偏偏就不是默夫，我一点办法都没有……我对不起他们，你能帮我捎句话吗？行吗？”

“史密斯先生！”我高声喝道，然后狠狠拍了一下桌子，这一招终于唤回了他的注意力。他停下了脚步，用食指揉了揉眼，摇摇头，终于仔细看了我一眼：我没穿上衣，下身是一条黑色裤子，戴着绿色手环。

“你这上班上了一半，是从哪儿溜出来的？”

“我不是这里的奴工，比利。我是从外面来的。”

“真的假的？”他瞪大了眼睛，“你怎么进来的？”

“这不重要。”

“天哪，真是要命了。”他冲到窗户边上，撑开百叶窗的窗棂，看了一眼窗外，捂紧了胸口，“天哪。”

然后他又不搭理我了，进入了一个新的自我世界中。这家伙的大脑承载着恐惧和悔恨，如果我没判断错，他正处于早期毒品戒断期。

“有人要来了。”他说道，“有人要他妈的过来了。”

“谁要来，比利？”

“这里管事的。”他瞪了我一眼，“管事的想来就来。这房子不是我的，懂吗？他们什么时候来都行，这是他们的权利。虽然我住在这里，但这是他们的房子，每个月我都得交房租。吃的、水、煤气，什么都要收费。”他整个人都躁动起来，语速飞快，像是疾驰的火车，“那些人随时都会闯进来。我有个朋友杰基住在 C 栋，他们从他屋里搜到了黄色录像带，其中还有黑人姑娘演的色情片。这是他们最讨厌的，当即就把他开除了。我还认识一个住在第 6 区的人，叫波罗、保勒，还是保瑟什么的，他把大麻装进塑料袋，藏在马桶的水箱里。管事的立马就开了他，好在他身上没有半点黑人血统，否则绝对会被卖到国外去。”比利又来到窗边，又偷偷瞄了一眼外面，“见鬼了，他们真的随时会闯进来。所以我才怕得要死，懂吗？”他几步走过来，猛地坐到我对面，“行了，我们开始吧。你想知道什么？”他一拳头砸到桌上，“你到底想知道什么？”

“你刚才提到一个叫默夫的人，谁是默夫？”

“小混混一个。关键是那天晚上默夫不在岗，他居然没在岗。”

默夫是一个门卫，而之前和比利一样曾经当过卡车司机，默夫欠了比利很多人情，比利帮他的忙多到数不过来。“而且我还帮他找女人。帮他找了上百次。”而上个星期天晚上本来排的班是默夫看门，负责放行大卡车司机。哦，原来卡车和司机要分别过安检。卡车在装货时要搜查一遍，然后由另一组人再搜查一遍，然后再封箱。装货完毕的集装箱会拉到出发区，公司一共有七个这样的出发区，在这里将集装箱与卡车连接。卡车司机赶到出发区，在这里拿到通行证，然后上车出发。

“说正经的，”比利郁闷地说道，长吐了一口烟，“我真不知道自己是怎么扯进这堆烂事里来的。”

也许比利不清楚，但我已经猜出个大概。埃达觉得是那两个支持废奴的美貌护士色诱了他，让他就范，但真正见到比利这个神情恍惚的老烟枪，我觉得毒品才是将他拿下的法宝。

“关键就在那天搜身的人是谁，本来应该是默夫。而且我拿到那个信封了，信封已经到我手里了。”

有人交代比利把夹克搭在阳台上，搭在第 8 区三层的阳台上，到了星期天晚上他去拿夹克时，果不其然，口袋里多出了一个信封，里面装了东西。如果带了违禁品，司机在出发区绝对过不了搜身检查，而那天晚上如果是默夫当班，那么就有了机会，整个计划的成功，就取决于默夫放比利一马。谁知默夫当天得了感冒。

“你能相信吗？”他掐了一根，又点一根，“他居然感冒了。”

当时，凯文仍然待在那个可怕的地方：一个装满了医疗废物的，固定在车厢里的桶里。卡车开动，他要忍受车轮的震动、周遭污水的摇晃，以及在黑暗中令人窒息的恶臭。在卡车开出去几英里之后，比利在洗车点将他捞了出来。他可以继续下一站的行程了，但卢娜在哪儿？那个包裹在哪儿？

“比利？”

“只能说是运气不好。”

“比利。”

“运气太差了。”

“比利，东西在哪儿？”

他揉了揉眼，望向我。“什么东西？”

“那个包裹，史密斯先生。你的意思是包裹从来没有离开这个种植园？它还在这里？”

“对，还在这儿。”他已经快要崩溃大哭了。他看着我，用脏兮兮的手指按着太阳穴。“我就是这个意思，它还在这儿。”他一个激灵站起来，快到差点摔倒。“在我的冰箱里面。”

这个包裹，我通往自由的车票，完全符合“地下航线”对它的描述。

一个装了资料的信封，五英寸宽，七英寸长，半英寸厚。正面印了南雄公司的标识，后面有凯文的名字缩写。我用食指指尖摸了摸他的笔迹。

我的内心平静如水。我用手抚摸着信封，按捺着自己极度渴望的激动之情：重获新生的梦想即将实现，前往小美国，在那里有我的小木屋，烟囱里有炊烟冒出，门前有枫树和结了冰的一面湖水。

信封里装的东西很少，中间略微凸起。

寒鸦，本名凯文，这个年轻人有着惊人的勇气。他居然一直在欺骗那些教会的蠢材。“把那个女孩救出来，我就告诉你们我把信封藏哪儿了。”实际上他根本没拿到信封，他根本没见过，没亲手碰到过信封。

他撒下了弥天大谎，骗过了巴顿，骗过了我，骗过了所有人，只为救卢娜这女孩出来。

而结果是她丢了性命，他也死了。

而我来到了他曾经战斗过的地方，心中再次升起一股对他的悼念，这个胆大包天的小孩，他死在了北方的那条河里，而我来到了这里。

比利·史密斯站在我身后，身体一前一后地晃着，手扶着头，喘着粗气。

“就是那东西，说真的，能摆脱掉它我很开心。那东西都让我晚上做噩梦了。吓死人的噩梦。”

“是吗？”

“是的。”他的口气臭不可闻，“你认识那个女的吗，那个吃了枪子儿的女的？我梦到她了。头一天晚上的事。梦里面她好像在……录口供。我梦到有一张长桌，上面有麦克风，周围有一群丑八怪盯着她看，就是那种衣服上别着国旗胸针的人，知道吗？”

我转身看向比利，手里拿着信封，感受着它轻飘飘的重量。

“在场的人都跟发疯似的，骂她各种难听话，叫她黑鬼姘头什么的，然后有个人走到她身后……”他用手比出枪的形状，然后假装开了一枪，神情痛苦，“砰，一枪打碎了她的头……我刚做了这个梦，第二天就在新闻里看到了这件事。”

我将信封从背后插进裤子里，用腰带别住。我仍然在等着内心掀起波澜，感受胜利在望所带来的兴奋与冲动，等待着感受对未来的憧憬。

“东西你拿到了，接下来怎么办，哥们？”比利问，“有人会来接你？你已经有了计划？”

“没有。”

“什么？什么意思——那你要怎么出去？”

“我们会想出办法的，比利，”我说，“我们可以一起想出个办法来。”

“我们？”他瘦猴般的脸上两只眼睛都要瞪出来了，“不可能，不行，不行。门儿都没有。”

比利和我在这个问题上达成了共识：我不可能逃出去。他告诉我，人们尝试过各种方法逃出去：把人塞进板条箱里，缝进汽车座椅里，封进放上栈板的箱子中间，藏在前盖下面，抱住底盘，悬在车下。

“寒鸦不是逃出去了吗？”我说，“你把寒鸦带出去了。”

“对，可那是经过精心安排的。你有没有听懂我说的话？那个计划安排了整整一年。要知道，我只是计划中的一部分，我根本不知道他们计划了多久。你现在打算怎么办？你有什么主意？难不成坐在副驾驶座上？”

“这不行，”我说，“这肯定不行。”

不过我是考虑过这个方案，它是被我否决的方案之一，我脑子里盘算着各种方案，权衡各种可能性，以找出一个可行的方案。我可以把比利当成人质，拆掉他的一条沙发腿做成假枪，也可以用冰箱的零件做个假炸弹，绑在他胸口，出门时威胁看门的人我要杀了他。

但这样的方案有很多瑕疵，很多漏洞。

我回想起南雄的地图，想起靠边的那些建筑。那一栋农业创新大楼呢？它后面那栋黑楼呢？地图上没有标出它，它很独特。在我看来这样一栋独立运作的楼房可能有它自己的出入口。

所有这些计划都有瑕疵和漏洞。

我站在原地，时间就这么过去了一刻钟、半小时。我也开始像比利一样，在斗室内跳起困兽之舞，来回踱步，而比利这回坐了下来，看着我思考。

地下隧道，送货卡车，员工停车场。

我望向窗外，种植园上日头已经西斜，院子里物影渐长，围栏外的草坪染上一层暮色，这时一个真正的计划在我头脑里渐渐成形，它不是个好计划，连个合格的计划都算不上，但可能是所有坏计划中最好的一个。

“比利，你们能自由到城里去吗？”

“当然可以。”他坐在桌边，嘴角衔着一根烟，警惕地看着我，“我可不是奴隶，老兄。我只要签个字，告诉他们我的去向，什么时候回来，回来时再签字就行了。”

“很好。”我点点头。这事有戏。我坐到比利对面，说道：“你现在到市里去，找一部收费电话，然后打一个电话，电话号码我会给你。你要把我告诉你的话原封不动地告诉对方，接电话的人会说好的。然后你待在原处别动。10 分钟之后特纳警报会响起。”

“什么？你到底是什么意思啊？”

“听着，你只要打这个号码，”就是这个马里兰州的电话号码，我在执法官署的上司，我的救星，“然后特纳警报就会响。他们会封锁这里，然后派出防暴车。”

特纳防暴系统是一种互助防御系统。政府要求南方蓄奴四州每一个县的种植园都要配备加强防暴车（称为特纳防暴车），上面会有一队武装民兵，这支队伍可以去其他种植园镇压奴隶暴动，人人都知道奴隶暴动的威胁非同小可。1831 年弗吉尼亚州的一名奴隶率众发起暴动，造成了 50 多人遭到屠杀的惨案，这名奴隶叫奈特·特纳，这个防暴系统就是以他的名字命名的，不过直到 1972 年卡罗来纳地区斯塔曼暴动发生之后，该系统才得到了推广。

“听懂了吗？”我问比利，“到时会响起警报，防暴车会出动。”

“然后呢？”比利说，“你怎么办？”

“我会在防暴车上。”

这个计划也许能成功。当然，仍有一些地方需要完善，我得再坐一次地下火车，再唱几遍“我的双手天生要劳动”，再玩几个花招，但我已经做好了准备，我相信比利也做好了准备，然而就在这时，外边一片喧哗。

有直升机旋翼的转动声，十来辆车子的轰鸣声，快速逼近。车门打开，楼梯上传来脚步声，比利的噩梦成了现实。

我大声呼唤着他，跑向窗口时回头看了他一眼，比利躺倒在地，晕了过去。看窗户外面已经无济于事了，有人已经破门而入了，十几个人高喊：“不许动，跪下！黑人，跪下！”然后是一连串的子弹上膛的声音。我双腿跪下，按照指引，举起手，双手抱头，然后低下头……

我身上没有枪，没有刀，只有那个装着资料的信封，然而当他们将我拖到外面楼梯时，这个信封也让他们拿走了。

9

我知道自己在一间地下室里，但我知道的只有这么多了。

我吃了一些拳脚。他们将我拖出白人员工宿舍时，对我一顿棍打脚踢，然后将我塞进了防暴车里。再然后带我进了一栋楼，坐上了一部电梯。我恍惚中察觉到电梯的制造商和南雄公司总部的一样，路易斯安那州的默多克公司生产的默多克牌电梯。中途有人用电击枪招呼了我一下，于是我不支倒地。

醒来时我发现自己躺在铁板地上。我的胳膊和腿上有的地方蹭破了皮，还有瘀青。铁皮地板很冰，我身上一丝不挂，手上和脚上都戴着镣铐，连着镣铐的铁链固定在地面上的一个金属环上。

我清醒过来，然后又昏迷过去，这个过程反复了一两次。

我是不是把自己想得太厉害了？以为自己真的能瞒天过海，逃出这里？像比利说的，坐在副驾驶座上开车出去？

我真的以为自己无所不能吗？

迷糊之中我一直觉得屋里面还有一个人，一团阴影，蜷缩在角落中。

“有人在吗？”我甚至礼貌地轻声问了一句，但没人回应，我使劲侧过头看了看，才发现屋内并无他人，只有我一个。

然而当我再次清醒时，却听到了别人的呼吸声，急促的呼吸，然后那个人轻轻地拍着什么东西，啪，啪，啪。

“醒了吗？”

我转过身子去看，引起铁链叮当作响。

我还不知道说话的人是谁，但我知道他站在屋子的另一头。他仍然在拍着什么东西，啪，啪，啪。

我转过头，忍住剧烈的疼痛，看清了说话的人。他进到了我的牢房中，靠在铁门上，双手抱胸，一脸不耐烦。他右手拿着我的信封，不断地用信封拍打着左臂。

我见过这个人，但想不起他是谁。他脖子很粗，皮肤很白，眼神阴鸷。

“好了，”他说，“赶紧起来。”

我知道在哪儿见过他，我在印第安纳波利斯吃的第一餐的地方，喷泉餐厅。他是库克的搭档，那个粗脖粉面的家伙。他是莫里斯警官，那个慢性子警察。我估计有人跟他说了我的事。

“起来。”他再次说道，“我们该走了。”

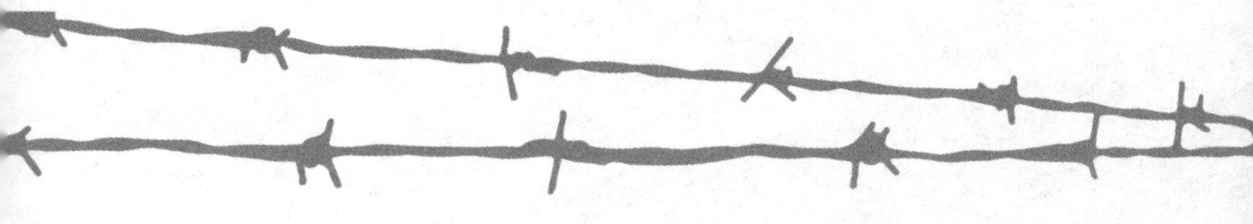

第三部分

北方

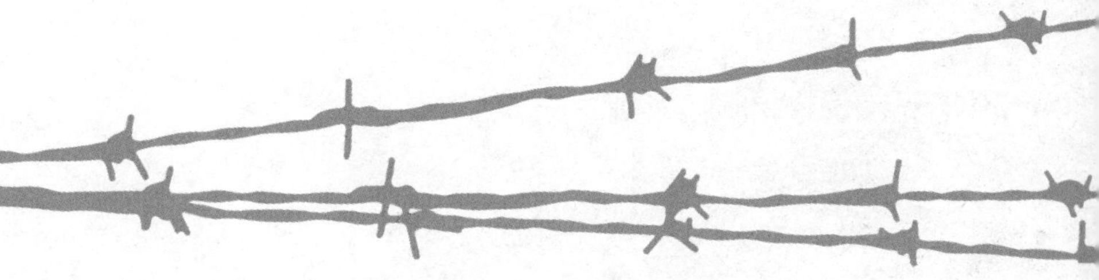

妥协不是人类最坏的原罪，但却是人们犯下的最频繁的罪过。只有这个罪过是所有人每时每刻都会犯的。

——凯文 · 肖特利牧师 1982 年就《紧急必需品保障法》的评论

你并不孤单

我与你做伴

纵然你我相隔千里

我始终为你守候

——迈克尔 · 杰克逊 1994 年发表的《你并不孤单》（You Are Not Alone）歌词

1

我又来到了一间旅馆房间。

或许是汽车旅馆吧，我不清楚。莫里斯按住我的头，把我塞进一辆银色无牌轿车的后座，然后摸黑开车行驶了几小时，随后我见到了一排霓虹灯，显示“有空房”几个字。我见到一栋平房，然后来到了 4 号房的门口。我又来到了一个无名小镇，走过另一个空旷的停车场，来到另一间简陋的旅馆房间。

莫里斯敲了敲 4 号房的房门，开门的竟然是威利 · 库克，脸上堆着奸诈的微笑，眼里闪着嘲讽。他没穿制服，卷起了袖子，嘴里嚼着口香糖，一见面就举起了双手，仿佛在和老朋友寒暄。

“不错啊，”他说，“你办到了。”

“上帝啊，”玛莎在他身后说道，“天哪……”她的声音让我想起自己现在是怎样一副尊容，伤痕累累，打着绷带，戴着镣铐。库克没有回头，说道：“你老实待在原地别动，宝贝。”

我望着玛莎慢慢坐到床沿。我挤出一个笑容。*没事的*。我尽量用表情来安抚她。*没有看上去那么糟*。莫里斯至少帮我摘掉了脚镣，至少我穿上了裤子。

莫里斯把我推进了屋子里，我按他的要求站到了摇摇晃晃的小桌前面，桌子位于餐厨区与床之间。库克挑了张桌旁的椅子坐下，把双脚搭在了桌上，如同辛苦了一天的工人回家后放松一样。桌上放了一把枪，不是他的警务佩枪，是一把短管转轮手枪，还有一台笔记本电脑。

莫里斯把信封丢给了库克，库克接过信封后先拿到手中感觉了一下，然后放到了桌上。他戴的金戒指敲在廉价木料上，发出了清脆的响声。

“不错啊，”他说道，“干得真不错。”

莫里斯拿了一瓶啤酒，然后坐到窗边一张软垫椅上。他一手拿着啤酒瓶，一手拿着他的佩枪，枪口对准玛莎。

她看上去很糟。一脸憔悴和困惑，显得有些神志不清。还好她脸上没有伤痕，嘴角也没有流血。一对深色眸子里布满了恐惧，不停地在莫里斯、库克和我之间游移。

早知如此，这姑娘真该跑得远远的。在印第安纳波利斯，在亚拉巴马州的格林谷，在南雄公司总部，她都应该离我而去。她本来有无数次的机会可以离开。

“我不明白这是怎么回事，”我问库克，“你这是演的哪一出？她怎么会在这儿？”

他吹了个泡泡，然后用牙齿咬破了泡泡：“你忘了？”

“忘了什么？”

“你的追踪器，小子。巴顿神父的笔记本电脑，可以连上你的追踪器，实时追踪你的位置。”

“我没有忘。”我说，“我没记错的话，我们谈好的条件是我拿到丢失的包裹后，会回印第安纳波利斯，把它直接交给巴顿神父。”

“没错。这是我们商量好的计划。”

我的脑子里不断冒出各种问题，一个接着一个，然后一起跑了出来，如同从泥潭中钻出来的不明生物。难道他们一直都知道我在当双面间谍，我会把这个该死的信封交给执法官署？还是只有库克警官发现了我的底细，又或者说巴顿也知道了？莫里斯又是怎么回事，库克跟我说过他对地下航线的事一无所知，他怎么成了跑腿的，他又怎么知道这些事要如何处理？莫里斯怎么会有权从大型种植园的牢房里带一名黑奴离开？

虽然我有一堆的问题，然而我开口问的，仍然是我刚才问过的那个问题：“她怎么会在这儿？”

“她是我们的保险。”库克道，“保证我们得到我们想要的东西。”他转了下椅子，对玛莎说，“告诉他吧，宝贝。”

“他们抓走了他。”她的语气像溺水般带着鼻音的哭腔，“他们抓走了莱昂内尔。”

我回头看向库克问道：“为什么？为什么？”

“冷静点，小子，”莫里斯把枪口转而对准我，“别那么冲动。”

玛莎站了起来，双手在身体两侧握成了拳头，莫里斯又把枪对准了她，说道：“你也一样。”

“别这样。”我对玛莎说道，想让她平静下来，也让我自己平静下来。不管这是怎么一回事，我想这两个家伙不是在开玩笑。“别这样，坐下来。”

这事对玛莎来说，又是一次打击。她在几小时前刚知道山姆森的下场，现在又遭遇了这个打击。玛莎坐到床边上，抬起头，看向天花板，月光穿过百叶窗的窗帘，斑驳地照在她脸上，为她平添了几分沧桑与凄凉。

“我正准备把包裹交给你！”我对库克说道。我体内滋生出一种新的绝望，像内出血一样喷涌而出，这种绝望甚至感染了我的声音。“我正准备把包裹交给你们！”

“你当然会交给我们，”库克说，“我相信。”然后他像是临时起意一样换了个话题，“对了，你一直没跟我说过你的上线叫什么名字。那个，你在执法官署的上司。”

*唉，玛莎，*我心想。*唉，玛莎。*我又往她的伤口上撒了一把盐。

“布里奇。”我平静地说道，“路易斯·布里奇。”

“是他啊。”库克把口香糖嚼得噼啪作响，“我刚才一直在琢磨，要是咱俩的上线是同一个人，你说是不是挺好玩的？”

谜底就此揭晓。实际上，是多个谜底，一起同时揭晓。

“不过呢，我的上线是个女人。”库克道，“美国执法官署警司肖娜·劳勒。我从没见过她，不过以白人来说，电话里她的声音真是性感得要命。”

他说完冲玛莎眨了眨眼。

“我不……”她说，“我不……”她又站起来了，莫里斯命令她坐下。她问：“他说的是什么意思？”

“我和你这位男朋友，吉姆，或维克多，或……你叫他什么来着？布拉泽，我喜欢这个名字。我和布拉泽是一丘之貉，守着同一个秘密。”他从摇摇晃晃的椅子上抽回腿，冷静地起身，手指着我，慢条斯理地吟诵经文般说道，“他是捕奴恶魔，是逃犯猎人，是政府特工。”他放下手，重新坐下，“我也一样。”

我等着玛莎回应些什么，做出任何的回应，可她什么也没说。她或许应该说“我不相信你”或者“这不是真的”，然而她在那个角落没有发出任何声音。

我没有再看她。我不敢再继续看她。

库克终于收起了脸上的笑容，眼中褪去了嘲讽，脸上不再有讥诮，他脸上原本的自以为是、扬扬自得一瞬间化为乌有。隐去笑容后，他变成了另外一个人。他一动不动地坐在椅子上，脸上露出倦意，收敛起各种情绪，眼神中有几分悲伤，仿佛海面之下勉强可见的暗涌。

我不知道自己现在是什么样子，但我知道我终于不用再伪装成任何人了。我不知道在这个小房间里，当库克揭了我的老底，当我终于向别人显露我的真实身份时，我是怎样一副模样。

“兄弟，你信我一句话，我也不想这样。”库克声音低沉地说道，“我一点也不想这样。可你是我解脱的机会，明白吗？你是我脱身的机会。”

他又站了起来，向前倚靠着桌子，试着向我解释：“我本来的任务是揭发巴顿。这是上级给我的任务：揭发巴顿的秘密，然后就放我自由。这是我们达成的协议，我为这事辛苦了两年。在这两年里，他始终只让我负责一些无关紧要的小事，跑跑腿，充当打手，都不是什么要紧事。整整两年啊。”他举起手，伸出两根手指。

他猛地转身面对玛莎：“然后，你的这位朋友突然出现了。”我没有看她，我不敢看她。“可怜的、口齿不清的吉姆·德克森出现了。说什么要救在矿场做苦力的老婆。于是我的机会来了。我把你引荐给了神父，我求神父，说我们帮他一把，这回让我当主力军，我不懂的地方就教给我。这是我了解他们的机密，打进他们内部的机会。劳勒警司一直说，查出他们的秘密，告诉我们，然后你就能交差、获得自由了。”

每次他说“自由”这两个字时，我都感觉到一阵恶心。上帝啊，执法官署的人到底对他做了什么，又对我做了什么。我们就这么变成了怪兽，四处搜寻猎物，寻找着翻身的机会。

“可是你，”他伸出一根手指冲着我摇了摇，“你藏着秘密。你的身份和我一样。我简直开心死了，哈哈。这比我想象中的更完美。”

莫里斯打了个长长的响嗝。他踏实地坐在扶手椅里，有些无聊，执行一个黑人和一个女人的看守任务对他而言不在话下。我看着库克，回忆起那天早上在白河时他的兴奋之情。凯文死了，马里斯狂怒不已，巴顿在哀悼，库克把握住了良机。我当时有所顿悟，而他也一样。

“我劝说巴顿，让他派你去执行取包裹的任务。我告诉他我们可以追踪你的芯片，因为我在执法官署里面有熟人。然后我给劳勒警司打了个电话。”

我那时也给布里奇打了电话，让他去了巴尔的摩机场，而库克（谁知道这是不是他的真名）在给劳勒打电话。盖瑟斯堡当天电话响个不停。

“我说，美女，还记得巴顿心心念念想拿到的证据吗？我把那个证据交给你如何？企业非法合伙谋取私利，这可是违反联邦法律的重罪。结果呢，她对此很有兴趣。她爱死我的主意了。”

我和库克的上线想得到这个证据是出于同一个目的，那便是毁掉它。然而现在和库克解释这事已经没有了意义。

“而且比证据更棒的是，我告诉她，如果我能交给你一个跟我一样的捕奴恶魔，逃犯猎人，而他却叛变了，是不是很棒？这小子现在在给地下航线干私活，如果我把他交给你们，是不是很棒？如果我能办成这事，你就放我走，行吗？再不放我走可就说不过去了。”

他从桌上拿起信封，我突然感到一阵心疼，这让我很意外。我感觉他手里拿着的是我的心脏，仿佛他正握着我的命门。在凯文付出了这么多之后，在卢娜付出了这么多之后，这份证据要送到执法官署，任由他们毁掉，这个想法让我很痛苦。即便是我也难以接受。可这份证据正好会到它理应去的地方，不是吗？我本来也没打算把它交给巴顿神父，让他能公之于众。

然而在库克揭开层层谜底后，我却懊恼于未能实现另一个结局，渴望着那个我从没想过的胜利。

“接下来我们要做的呢，哥们，”库克说，“我们会取出这块移动硬盘，接上这台笔记本电脑，”他指了指桌上的电脑，“确定你没有偷梁换柱。我爸以前总说，抓贼拿赃，捉奸拿双。然后我会给劳勒警司打电话。”

他撕开信封。我举起了双手，铁链哗啦直响。

“等等。如果巴顿是对的呢？”我说，“如果这里面的信息真的能……”那句话是怎么说的，那些带给人希望的疯话？“动摇奴隶制的根基呢？能改变世界呢？哪怕……仅仅是可能呢？”

“得了吧，”他说，“巴顿满嘴跑火车你也信。”

“对，我知道，我知道。”我向库克走了一步，眼角却瞄着莫里斯，“可我们现在说的是未来，这个国家以及300万奴隶的未来。”

库克的回答我很熟悉，不久之前我心里有着同样的想法。“我管不了300万奴隶的未来，”他说，“我先得为自己的未来着想。”

“等等……”

“哈哈！”他打开了包裹，拿出了里面的东西，他抬头看向我，“这是什么？”

房间另外一头也有动静，莫里斯从椅子上站了起来。“这是什么？”

我们都盯着库克手里的东西，突然玛莎开始行动。她从床上跳了起来，莫里斯见状也离开了椅子，两人快如灵动的舞者。她抓过莫里斯的啤酒瓶，在桌边敲碎，手里有了现成的武器，而莫里斯自己送上门来，他冲过来，直接撞上了碎玻璃瓶。

玛莎又把玻璃瓶往里送了几分，他惨叫连连，我趁势一个冲刺，扑倒了桌子，库克受到冲击撞到墙上，脑袋狠狠地磕了一下。

“该死的。”他说道，伸手拿到了从桌上滑下的手枪，而我的手抓住了他的手，使出全力将我们两人的手从桌上抬起，库克攥着手枪，而我抓着他的手指，两个人都在怒吼。莫里斯一手捂着伤口，另一只手里拿着他的自动手枪，他在瞄准玛莎，而玛莎刚刚滚到了床下面。

我死死地掰着库克的手指，然后一声巨响，只见莫里斯应声倒地。但他仍然向我开了一枪，而我并没中弹，反而是击中了库克，血从他的咽喉处像泉水般汩汩流出。他的双眼慢慢瞪大，大得像是当年卡索的双眼。当年那个雨夜，在荒野中卡索的那双恳求的眼睛。卡索想要回去救里迪，我说不行，我们不能回去，我也很害怕，但这样的机会错过了就没有了，再也不会有了。里迪已经要死了，这场雨下得这么大，围栏柱的根基已经松了，这样的机会千载难逢。我说了卡索对我说过千万次的话，我说我们是不同的人，有更好的未来等着我们，但他说如果我们死了什么前途都没有了！如果我们在逃跑时被抓到，结果不是死，就是让人卖到国外，我们什么前途都没有了！他当时怕得要命，我明白，我也怕得要命，但是在雨中站在那儿吵架没有一点意义，我们必须要跑，我们不得不跑。我抓住他的脖子，告诉他我们必须要跑，他却拒绝、挣扎，跟我扭打在一起，我紧紧掐住他的喉咙，他的眼睛越瞪越大，渐渐地停止了反抗，然后我跑了，我一个人跑了。奔跑时雨水冲洗掉了我身上的血迹，也抹去了我在贝尔农场生活的一切痕迹。

“他死了，”玛莎在声嘶力竭地嘶吼道，“维克多！布拉泽！他死了。你救不了他了。”

库克倒在了我身下。我们俩都摔倒在地。我的手捂着他的喉咙，我想要帮他止血，让血重新流进他的身体。我想救这个人，而他的瞳孔放大，两眼已经失神了。

我慢慢地收回了手。我全身沾满了鲜血，手上、胳膊上、赤裸的胸膛上。我站了起来，看见房间里也是血泊一片。

“没事了。”玛莎嘴里念着，她全身颤抖不止，我也同样在颤抖。“没事了，没事了，没事了。”

2

天空中飘着雨丝，纪念碑下的灰色台阶很湿滑。

我双手揣在口袋里，站在英烈雕像下方。我没有抽烟，没有仰头，只是在感受丝丝细雨轻抚我的脸庞，我站在那儿一动不动。我站在林肯像的下方，胳膊上仍然戴着绿色的手环，我静静地把玩着手环。我什么事也没做，等候着我约的人。

此时的街道多少显得有些空旷。佐治亚街上的酒吧区离这儿有四五百米，偶尔会传来一些欢声笑语。我见到远处的市场街上有一对男女互相依偎，跌跌撞撞地上了一辆出租车的后座。

然而在这夜阑人静之时，沿纪念堂圆环而建的商店与办公楼都已关门闭户。在这深夜时分，在这座城的中心地带，只有我一个人在这里，只有我和林肯的塑像。或者说我也是一座塑像。

如果是维克多站在这里等人，他会有什么感觉？老维克多的脑子里会想什么？

我不知道。我的内心已然麻木，各种情绪让雨水洗刷得半点不剩。我幻想着，如果我的人生有另一个版本，我会站在原地喜极而泣。也许我真的该好好哭一场，让泪水滑过我坚如磐石的脸庞，滑过上面的沟壑，如同雨水打在人像上一样。如果我的人生能够重来，也许此刻我会心如刀绞，无比悔恨。

然而我没有半点这种感觉。我将自己紧紧地裹在大衣里，双手插进大衣的口袋中，就这么站着、等着。

我的一侧口袋里装着手枪，在口袋里沉甸甸地坠着；在另一侧的口袋里，我的右手捏着信封的一角，不停地将它折起又拉直。

天空中可以看见月亮晦暗不清的轮廓，巨大、巍峨的亚伯拉罕·林肯雕像屹立于我上方的阴影中，俯瞰着这座城市，这个国家，他所有未竟的事业。

“维克多？”

“是我，过来吧。”

布里奇来了，他小心地走上台阶，一步一阶，不想摔倒，我不由自主地感觉到一点失望。我心中多少盼望着他和我想象中不一样——美国执法官署警司布里奇会不会有特工的铁骨风范呢？说不定他身高在两米以上，体型偏瘦，穿着标志性的得州牛仔靴，戴着久经风霜的斯泰森毡帽呢？说不定他戴着犹太教的圆顶小帽呢？说不定他是黑人呢？

别做梦了，布里奇就是眼前的这副尊容：胡须灰白，额头宽广，头发稀疏；穿着深褐色的宽松长裤，棕色的皮鞋，与深秋的印第安纳州完全不搭。他站在我前面，如同一介平民前来向君王与大臣求情办事。他只是个身体肥胖、双目无神的中层干部，完全符合我对他最恶劣的想象。而他，就是我的痛苦之源。

我向他走去，扬起一只手，他也举起一只手做回应。布里奇打了条棕色的素色领带。

布里奇走上台阶时我还在摆弄着信封的折角。

按照我的指示，布里奇是只身赴约的。我见到他把车停在了梅里迪安街。他是从驾驶座上下来的，我不能确定后座上有没有人，但这并不重要。在这台阶上现在只有我和他两个人，布里奇慢慢向我靠近，没有带包，也没有带手提箱，按照我的指示举起了双手。我想清楚了所有这些细节，选好了见面的时间地点：公共场合，深夜时分的公共场合，午夜时四下无人的市中心地区。现在是星期天凌晨 1 点，离玛莎和我回到北方已过了两天；离凯文被塞进桶里，一路滚到卡车上已过去了将近两周；离我来到都城十字路口旅馆，住在玛莎和她的儿子同一条走道的房间里已过去了十一天。

我将手伸进了另一边口袋，布里奇突然停下脚步，手举得更高了。我笑了，心中隐约泛起一丝得意：即便只面对一个人，即便只是一瞬间，能感觉到大权在握也非常好。

我不是要掏枪，而是要把信封拿出来。

布里奇的眼神表示他心里一块石头落了地。我很容易猜出他的心理活动，现在没有电话线的阻隔后，要猜他想什么比以前容易多了。此刻他就近在咫尺，整个人像儿童简笔画一样简单、直白。他伸出手，仿佛我会把信封直接交给他，从他的神态可以看出他身上压力不小，不管是谁施加给他的压力。

我把信封又放回了口袋，他迅速伸了伸舌头，舔了下嘴唇。

“这是那个信封吗？”

“是的。”

他点了点头，又舔了舔嘴唇。“老实说，维克多，你干得很漂亮。我不知道你是怎么办到的，但这件事你办得很漂亮。”

“我就是干这行的。”

“对。”他点点头，“没错。好吧，希望你不会吓一跳，我愿意兑现我的承诺，只要你把信封……”

他又走上一级台阶，现在我的另一只手从口袋里伸了出来，拿着手枪。他见势立即停下。

“那是什么东西？”我问，“信封里装的是什么？”

他收住了脚步：“你打开信封了？”

典型的布里奇风格，用问题回答问题。我也继续问道：“你觉得呢？”他的眼睛露出厌恶的神色，他不喜欢我的腔调。“我当然打开了。”

事实上，我口袋里装的就是一个撕开了一边的信封。我取出里面的东西，拿在手中，让雨夜里幽暗的月光照亮它。它是一个玻璃或聚苯乙烯材料做的小瓶，里面装满了透明液体，瓶口用可以拧开的盖子密封。在经历了这么多波折之后：最先是卢娜将它偷偷携带出来，放到威廉·史密斯的上衣口袋中，然后比利临阵慌了手脚，藏到了冰箱里，然后我拿到了它，又转手经过了莫里斯和库克，再回到我手上，经历重重险阻后，在这个小瓶里流淌的不是我原来以为的证据，而是要用显微镜才能分辨的物体。

“它是什么？”

布里奇抿紧了嘴唇，让嘴唇隐没在了胡须当中。“我不是科学家。”

“没错，我也不是。”

我等着他的回答。布里奇现在知道了我的条件是什么。只有他告诉我这瓶子里是什么东西后，我才会把这东西交给他。

“据我所知……这种液体里……含有一种细胞。”

“人类的细胞？”

“不能说是，也不能说不是。”

我用手枪瞄准他：“布里奇。”

他的脸一阵抽搐，不知如何回答，不知道自己能不能回答。答案我早已经知道了。我去了圣安塞姆天主教礼拜堂，找到了惴惴不安的巴顿神父，他的同伙库克神秘地失踪了，一起消失的还有追踪我的设备。我首先控制住马里斯，用手枪抵住他的背，让他别轻举妄动，然后我跟巴顿神父聊了聊这事。我的做法和刚才一样，一手拿枪，一手握着这个小瓶子，把两样东西同时亮给他看，把他震惊得脸色惨白。我问他，这不是什么狗屁马来西亚空壳公司的财务记录，对不对？

在枪口之下他向我坦白了这是什么东西，承认他一直知道事情的真相：他派我到南方去拿这样东西，给我安排好了一套建立在谎言之上的说辞，而当初给凯文安排的也是同一套说辞。因为真相太沉重、太危险了，尽管他费尽心机想要拯救黑人，但并不相信穷困、愚蠢的黑人能保守秘密。又是一层秘密，在秘密之下仍然存在的一层秘密。

当时我将这个该死的小瓶子亮在那头恶狼眼前，威胁他我会毁掉这玩意儿，这样他就不能当众揭发这件事了。我用打火机打着火，放到信封下面，巴顿粉嫩的小脸上爬满了恐惧，哀求道："别这样，别这样……"

而现在我面对的是布里奇，他的表情和巴顿一样忧心忡忡。

"它们是合成的细胞，维克多，从卵子中提取的……卵子是从人体实验对象身上提取的。"

"是奴隶吧。"

他叹了口气，抬头望向雕像，仿佛这位英烈能给他带来一些安慰。我必须要得到答案，必须要他亲口说出答案。

“是还是不是，布里奇先生？”我向他的方向走了几步，走下台阶，一手持枪，一手拿着信封，“你以为我会吓到逃跑？你以为我接受不了这件事？在我经历了各种噩梦之后，你以为我接受不了这件事？”

“好吧，”他说，“我说。南雄公司有一个医学实验室，行了吧？卵子是从人体实验对象身上提取的，据我所知，卵子的细胞核已经移除了。然后有从其他实验对象身上提取的物质……总之，他们在进行的实验，是在……”这事听起来很疯狂，但确实是真的，而布里奇不是科学家，说不明白也在情理之中。他说道：“总之，他们是在造人。一般人很难理解。”

但我能理解。我理解得比他更透彻。在地图上农业创新大楼旁边的那栋小黑屋里，他们把卢娜这样的姑娘找来，然后从她们身上提取卵子，分离出其中的DNA，合成杂交细胞，建立细胞系。

巴顿对这事有自己的一套说法，称其野蛮地违反了《圣经》的教义：他们在把自己当成上帝，他们在造人。

我的枪仍然对准着布里奇的腹部，我对这件事的解释更加直白：“他们在人工繁殖奴隶。”

“这个，”他说，“他们只是在尝试。”

我体内升起一份蓄势待发的情绪，愤怒与恶心交织着。我知道它会像决堤之水一发不可收拾。我努力控制住这种情绪，保持声音平和。

“执法官署跟这事又有什么关系？”

“署里面有些人……”他边说边打量我，我知道他在寻找击破我心理防线的方法，看看我能接受多少事实，“要知道，我可没搅和进去。但有些人，参与了这件事。他们会想方设法为南雄公司提供一些必要的技术。”

“想方设法？”

布里奇点点头：“再提醒你一下，我没有参与。执法官署是个庞大的机构，维克多，有很多分工部门。但不可否认，如果强制劳作人员，如果他们……在伦理道德上……不再是真正的人了，一些宪法上、政治上的障碍……就会迎刃而解。”

我来回晃动着手里的小瓶，感受着里面液体的流动。这桩丑闻是巴顿想公之于众的，是执法官署拼命想掩盖的，它不是什么金融违法操作，不是什么财务上的合伙勾结。制造出人造人，这是他们的下一步。200 年来他们一直在完善奴隶制，绞尽脑汁想出新的招数，延长奴隶的工时，逼迫他们更辛苦地工作。为此他们剥夺了奴隶的姓名权，使奴隶骨肉分离，摧毁了他们的意志。而这一招是他们的下一步：斩断奴隶的血缘关系，让奴隶们既无父母，也无子女，根本无权索要自由。我的双手天生要劳动……劳动精神我牢记于心胸……

布里奇向我走近一步。“目前这个实验正处于关键阶段，我想，综合各种因素，你能明白其中的利害，以及实验不能对外公开的原因。”他现在恢复了几分胆量，语气中有了几分底气。他知道结局会怎样，所以已经做好了准备。“维克多，你把那个包裹交给我，我拿到之后，我们去鉴定一下里面东西的真伪，然后我们把它毁掉。然后我们会履行对你的承诺，放你自由。”

“什么时候？‘我们’又是谁？”

“现在就去。”就这样，他又恢复成了原来冷面上司自信的语气，“我从盖瑟斯堡带了个技术人员过来，他叫兰斯·科默。科默医生在执法官署的一个特别分部工作，他已经做好了准备。”

“准备干什么？”

“准备了结两件事。他能迅速对你给我们的液体做出初步检测，确定是我们要找的东西，确定你没有耍花招。”他揉了揉额头，“当然，我觉得你不是那种人。维克多，你向来是个爽快人，你向来说一不二。”

他活动了一下腮帮子，偏了下头，我估计他要改变策略，打一张新牌出来。

“而且，维克多，我必须说一句，你为美国出了不少力，我们要感谢你。”

我忍不住笑了。“好吧，”我说，“这是我应该的。”

“另外，嗯……祝你好运。”

我收起了笑容。他接下来要干吗？要送我一块金表吗？

这时我是不是该感觉无比荣耀和自豪？我是不是该伸出手

去，让我的黑手和他的白手握在一起，一笑泯恩仇，大家有缘再见？然而当时我感受不到这份荣耀。在我经历了大起大落的两周之后，经历了此前不堪的六年之后，我做不到。我想自己不可能如此宽宏大量，我有着各种人性的缺点和软弱，以前如此，现在亦如是。我不想原谅他，所以我选择记住对他的仇恨。另一方面，我想给他一枪，让他中弹后滚下台阶，但我也没有这么做。

“维克多，我们要明白，这个问题会出现只是一个意外。时机还不成熟时的一个意外。你明白我的意思吗？我们操之过急了，执法官署的探员们在这件事上用力过猛了。这事并不复杂。而且假以时日，这种事……”他指了指小瓶子，我看出他的手指在蠢蠢欲动，想把瓶子从我手里夺走，“一定会合法的。”

“我不觉得。我认为假以时日……”我握紧了手中的小瓶子。

然而这句话我没法说完，因为我无法不承认他说的显然是对的。他的逻辑无懈可击。世事皆如此，只会往越来越糟的方向发展。一颗石头会激起一片涟漪，然后涟漪会渐渐散去。巴特里奇出现了，她是个麻烦制造者，然后会有人出来解决这个麻烦。激起的涟漪就此消失。时间只会让事情向更坏的方向发展：邪恶的传播速度总会比善良更快，邪恶像野草，不会自动枯萎、灭亡，反而会不断生长、不断扩散。

“我再说一次。”布里奇说道，“我们把流程搞清楚。我们一起穿过四个街区，找到一辆面包车，科默医生在那儿等着。这些化学品先由你保管。科默医生会做一个小手术，从你的脊椎上摘除信号接收器。整个过程只需要四分半钟。”

只需要四分半钟！

“在科默医生和我允许你离开面包车之前，你要把瓶子交给我们，然后科默医生会进行检测。检测完成后，我们就各走各的路，从此以后你再也不会见到我。”

我点了点头。

“怎么样？这样安排可以吗？”

“还差点意思。我的身份文件呢？”

布里奇点点头，整个人已经迫不及待了。“我给你安排好了一个身份。名字是威尔逊·特勒，出生在纽约州的奥尔巴尼。是自由黑人，没有犯罪记录。护照和驾照也准备好了。”

“身世清白吗？”

“非常清白，白得像纸一样。”

“我要怎么知道真假呢？”

“你会知道是真的，因为……”他耸了耸肩，“你只能选择相信，因为这是我告诉你的。这样你能接受吗，维克多？”他笑了，嘴角微微上扬，“或者说，特勒先生？”

我前后活动了下脖子，双脚在地上移动。

“维克多，这样安排你能接受吗？”

“行，”我说，“我能接受这样的安排，好得很。”最后三个字我说得特别用力，确保我身上戴的微型窃听器能接收这几个音。这个窃听器只有纽扣那么大，放在我耳朵里，像助听器一样。是巴顿给我的。他在礼拜堂里藏有各种工具，藏在假墙之后的密洞里面。我把这三个字说得很清楚。“好得很。”

布里奇在开车，我和科默医生坐在后座，他并没有穿白袍，也没有其他任何象征医生身份的标志。他穿着黑色西装，黑色皮鞋，没有打领带，并且据他说是为了安全而戴了一个塑料面罩，像第二层皮肤一样紧紧裹着他的脸。面罩上只露出了几个洞，两个给眼睛，一个给鼻子，一个给嘴。我沉默地坐在后座，望着科默医生的面具脸，就这样过去了 45 分钟，仿佛坠入了意味深长的梦境。

在离开印第安纳波利斯 45 分钟后，我们到达了目的地，一个从印第安纳波利斯开车 45 分钟才可能到达的地方：一片一望无际的玉米地。我从车尾的小玻璃窗中看见了玉米地。面包车拐进一条土路，我们一路颠簸，深入玉米地，最终来到一个白色帐篷外，它立在两排玉米中间的一块空地上。

布里奇关掉引擎，下了车，打开了后车门。戴着面罩的科默医生下了车，我跟在后面，我们三人在茫茫的印第安纳州的黑夜中一起走进帐篷。雨已经停了，月亮出来了，好似一枚银币挂在天上，暗淡无光，散落的星辰就像一个个针眼。月光仿佛为白色的帐篷笼上一层薄纱。

帐篷里放了一张手术台，铺着白纸，周围有几盏手术灯。角落里有一台发电机在运转，为灯光和一台低矮的银色设备提供电力，那个设备和宿舍用的冰箱差不多大。

“请你把衬衫和内衣脱掉。”

沉默得像是幽灵的医生第一次开口说话了，出于训练本能我想分辨出他的口音，想从他的口音中获得更多的信息，但我一无所获。

“请你趴到台上。”毫无情绪的声音，非常冷静。在这样的声音下有一种美感，一种纯粹。“好的。”我说道，“好的。”

我趴到了台上，听见设备开始工作，我半眯着眼睛看着布里奇，他在不停地踱着脚。我听到了嵌在我脊椎里的芯片嘀嘀作响，似在抗议。

只需要四分半钟。我暗自计着时间。一分钟做准备，医生在我背上涂了凝胶，又湿又黏，像凡士林的质感。一块金属片放到了我的后背中央，然后慢慢地转着圈向上移动，我听到它发出声音，每隔两秒响一下。我听着它的声音，一直沿着我的脊椎向上移动，每隔两秒响一下，嘀，嘀，嘀。

布里奇站在角落，紧蹙双眉，专心致志地看着这一切。我开始颤抖起来。科默医生放慢了移动金属片的速度，这时金属片发出一声很长的蜂鸣，我突然感觉到一阵刺痛，有东西割破了我的皮肉。医生对我轻声说道：“好了，就是这儿。它就在这里。”我想起了玛莎，可爱的玛莎，从我的肩膀里取出子弹时说的话：行了！把这个小浑蛋……于是我笑了。见到我露出笑容，布里奇大为不解，想不通我此刻怎么能笑得出来，他走上前，弯腰问道。

“科默医生，一切正常吧？”

“正常，”医生用毫无情绪的声音说道，“已经探测到信号器了，但还没取出来。”

“好了，维克多，”布里奇轻声说道，“现在你得把东西交给我。”

“什么？”

“把信封交给我，维克多。我们必须立即拿到它，检测里面的物质。你的事得先缓缓。”

“什么……为什么？”

“我们得确定东西是真的，然后才能放你走。”

“你说过……”

“我知道我说过什么，我误导了你，可这是形势所逼，我向你道歉。在动手术之前必须要让各方都满意，这一点很重要。这是唯一的办法。”

“布里奇先生。”我说，“要动手的话就趁……”

“什么？”

“现在，”我说，“动手啊。”

布里奇一头雾水：“什么？”我是在对耳朵里的窃听器说话，随后一声巨响立即响起，一声爆炸声。从玉米地里刮过一道狂风，掀翻了帐篷，很多灯光照亮了这块空地。

布里奇自然带了武器，政府配的好枪，而科默医生也带了手枪。两个人身上都有武器，不过他们的武器敌不过马里斯的武器。一个穿着一身迷彩服的莽汉，脚穿黑皮靴，手持步枪，身后卡车的灯光照出了他长长的身影，他高声喝道："放下武器，放下，立即放下！"

布里奇丢了手枪，手枪滚到了马里斯脚边。马里斯端着枪快速走过来，一副军人的派头，他踩上布里奇的手枪，把它踢进田里。我仍然趴在台上，仍然连着那部机器：探针插进我的背，长长的金属片压在我背上，我动弹不得。

戴着面罩的科默医生却不打算投降。马里斯又喊了一声"放下枪"，但他站着没动，这显然有悖于他平时的训练，马里斯手中的步枪喷出一条火舌，医生中弹，踉跄着后退几步，然后倒地。

"不，"我在台上凄厉地叫道，"不！"

马里斯一言不发。他迅速在周围巡视了一遍，搜查还有没有其他敌人。巴顿神父从卡车前座下了车，他手里拿着一把开山刀，冷静地向布里奇走来。

我从台上翻身下来，来到科默医生倒下的地方。

我必须把他救活，这是我当下唯一的想法。我必须把他救活，这样他才能给我把探测器取出来。我将手伸到他的领口下，找到面罩的边缘，一把扯下他的面罩。他是个相貌和善的年轻黑人，嘴上留了两撇小胡子。

可是他已经死了，这名政府聘用的技术人员已经死透了，他的尸体躺在我身边，与黄土为伴，和那天地毯上的库克的尸体一样毫无生气。巴顿神父的左手紧紧将珍贵的信封握在胸前，右手拿着开山刀。布里奇跪在地上，两手背在身后，马里斯的步枪对准了他的后脑勺。

巴顿蹲在布里奇身边，宛若安抚受伤者的神父，然而他的话却字字诛心。他慢慢说道：“先生，我不知道你的罪孽有多么深重，但我知道你该如何赎罪。你欠下的血债只能用血来偿还。你必须——不！”他厉声喝道，一把掐住布里奇的脸，撑开了他的眼皮，“不行，你必须睁开眼睛。睁开。”

然而他手上的举动却不像他的言语那般自信。他举起刀，缓缓逼近布里奇的脖子，不知道该怎么下手。马里斯不耐烦地端着步枪。

“住手，”我说，“不能这样，住手。”

马里斯不解地看着我。巴顿却点了点头，他自以为了解我的想法。“你想用枪？”他问我，“还是用刀？”不等我回答，他便放下刀，把刀递给了蹲在地上的我，有根电线仍然连在我身上，让我与那个机器连为一体。“动手吧，除了这个祸害。”

“不，”我说着放下了武器，“让他走吧。你已经得到了你想要的东西，得到了我们想要的东西。进行后面的事，将这桩丑闻向世界公布。没必要一定杀死他。”

马里斯看向我的眼神冷若寒冰。“你的同情用错了地方。”

“他只是在做分内的事。”

“这不是借口，”马里斯说，“这绝不是借口。”

巴顿却有些犹豫。我第一次与他在喷泉餐厅见面时，他装出一副举止拘谨，说话含糊的样子，如今他又露出了这副神情。他放下了刀。“我不……我不知道，”他说，“像他这种人，怎么能让他活着？”

“像他这种人，”我轻轻说道，“你又是哪种人？你们又是哪种人？”

神父和马里斯离开了，只剩下我和布里奇留在玉米地里，布里奇慢慢站起。他的裤子破了，发型全乱了，他原本是个坐办公室的内勤人员，从未经历过这样的阵仗。

“谢谢你，”他说，“上帝啊，这回真是谢谢你了，维克多。”

他伸出手将我扶起，而我一股脑儿又爬上了手术台。我仍然连着那台机器，我已经做好了手术的准备。

“布里奇先生，你知不知道怎么把这该死的东西取出来？”

我能感受到手术的过程，感受到芯片从我体内移除。一点一点地，芯片与我的神经分离，剧烈的疼痛从我的脊椎蔓延开来，令我眼冒金星，痛得叫出了声。可现在已经没有回头路了，只能继续进行下去。布里奇用金属片挑起了传输芯片，捏在手中，然后从我体内扯了出去，我惨叫连连，随后我疼得晕了过去，像是中弹了一样，天地一片黑暗。

等我醒来时，天地间只剩下我一个人。

布里奇离开了。帐篷里的其他东西也不见了，支撑柱、帆布、手术设备和发电机，通通消失了。

我孤零零地躺在玉米地里，首先感觉到的是背上缠着的纱布，我流了不少血，在身下形成了一片血泊。我像是被外星人掳走后又抛弃的实验品，又像是一块化石，沉睡在早已蒸发的远古海洋的海底。

我一直等到恢复了体力才站起来，缓了一会儿，确定身体无恙后才开始行走，我得先找到一部电话。

3

玛莎的爱人并没有死，奴隶主将他卖到了国外。他现在在特别经济区，这些是我在纽厄尔的办公室通过火炬之光找到的情况。

在经历了短暂的快乐时光，与玛莎陷入情网，孕育了莱昂内尔之后，山姆森随即被捕，他的命运和其他很多逃跑失败的奴隶一样：被卖到了特别经济区里的石油开采公司，海沃特公司的老板以非常划算的价格买走了他。

特别经济区是在得州战争时期创建的，那里是美国的一片领海，由国防部和能源部共同管辖。政府认为这里的石油钻井平台和领海内蕴含的石油事关重要的国家利益，因此通过了特别的法律，修改或取消了涉及强制劳作人员在特别经济区内工作的条例，在海上作业不设监工。

当初在贝尔农场，有人不老实、违反规定时我们会互相警告：快点去干活，别干傻事，小子！那时我们想到的永远是特别经济区的恐怖。我们会提醒对方：你活腻歪了？想被卖到特别经济区吗？想当年，旧奴隶时代，马里兰州和弗吉尼亚州的人盛传棉田里奴隶的遭遇如何悲惨；而在贝尔农场的我们，则会在提到特别经济区时心生惧意。特别经济区当时在我们脑海里留下了各种可怕的印象，而现在玛莎也会联想到她的爱人可能会有的各种可怕遭遇。黑烟笼罩下，一座钢铁孤岛漂在海上。它是由脚手架与工作甲板建起的一座堡垒，它的旗杆是巨型的烟囱。油气燃烧时的橙色火焰从通风口中喷出，塔台上有卫星接收天线缓慢地旋转。

“他现在，活着还不如死了。”我对她说。

“不，”她说，“不。”

我向她坦白了一切。向她说起了你，卡索。我告诉了她我的整个人生经历。我在旅馆房间里，坐在薄薄的床单上，说起了贝尔农场，说起了你，说到了我在芝加哥的经历，我如何会给布里奇工作，后来又如何遇见了巴顿、寒鸦、科默医生，以及在玉米地发生的结局。

我说起了你说过的话，我们生活在两个世界里，这一个和另外一个，现在的和未来的世界，我们现在的人生和将来的人生。

我们来到了芝加哥，我始终没有去成加拿大。不过我也不会永远留在这儿，只是稍做停留。我真希望你能目睹我看见的一切。我的午餐是在一个热狗摊解决的，我吃了三个热狗，吃的时候想起了你。我给莱昂内尔买了一个热狗，然后又单独买了一个。

现在我走进了一部电梯，坐电梯去一家电梯制造公司。玛莎和她的儿子待在街对面的“乔伊”咖啡店。玛莎在看《芝加哥论坛报》，莱昂内尔边喝巧克力牛奶边看漫画。玛莎的小车停在外面，从我在的大楼里一目了然，我们对停车的方式特别安排过，以便有意外时能迅速上车离开。莱昂内尔只知道我们在参加一次冒险任务，这么对他说就足够了，绰绰有余了。

在这个世界里，在这个真实的世界里，我走出电梯，走上绿色的地毯。我穿着一双黑皮鞋，擦得很亮，我的步伐透露着自信，目的明确。我比预约的时间早到了几分钟，这里是休·莫兰德电梯公司，一家私人企业，成立于1927年，年销售额将近12亿美元，是路易斯安那州默多克电梯公司的母公司。

“早上好，先生。有什么能为您服务的吗？”

“早上好。我有提前预约过。”

接待我的男士微笑着请我坐下等候。我坐了下来，翻看着杂志。

玛莎和我了解到不同公司用的电梯在设计上有很大差别，涉及大量专利技术信息，包括用气动系统实现机械功能，包括缆绳的张力、内部电子系统、配重平衡的设计，以及配重平衡改变后的解决方案。甚至于电梯按钮的开关，响应时间，按下后的亮度都有相关的专利。

这些细节或许可能影响到你的任务成败，但很难知道会是哪一个细节，而了解电梯的构造是我们这次大任务中的一个环节，我们的大任务是同时关闭一个种植园内的所有电梯系统，而这个种植园由 32 栋不同的建筑构成。

“您是鲍威尔先生吗？”

“你猜对了。”我应道，站了起来。

“您好，”接待我的女人说道，“请跟我来。”

“好啊。”我用特别的嗓音说道，一个来自中西部、四处闯荡、快乐的推销员的嗓音。

这是今天的计划。更多的计划在陆续进行当中，更多的方案还在构想当中。每一天我们都活在两个世界里，每一天我们都分身两端。

找到墨西哥湾的地图，而且上面要标注所有钻井平台的位置，这样的地图很难找，但我们办到了。找到类似海沃特公司用的钻井平台的技术结构图要困难得多，但有难度并不等于办不到。

世事难料，一切皆有可能。

致谢

首先我要向我的妻子戴安娜·温特斯致以最深的感谢，同时感谢我们的孩子们，罗莎莉、艾克和米莉，我爱你们。

能找到约儿·德尔伯戈当我的文学助理和知心朋友，有莎丽·史迈利和乔尔·贝格利特在美国西岸照顾我，我感到很幸运。有劳约儿，本书才能交给小布朗出版社的穆赫兰图书公司出版，同时得到约书亚·肯德尔和韦斯·米勒两位编辑的大力协助，他们的体贴与热忱令人印象深刻。

我要向阿谢特出版公司的其他新朋友表示欢迎：里根·亚瑟、帕姆·布朗、萨布丽娜·卡拉汉、本·亚伦和他们各自的团队。任何有米歇尔·艾丽在的团队我都愿意参加。

我在印第安纳波利斯得到了多方面的帮助。感谢我的学生、同事，以及巴特勒大学（这所大学的创办者是印第安纳州著名的废奴运动家奥维德·巴特勒，大学即是以他的姓氏命名）艺术研究生院的各位朋友；感谢印第安纳波利斯都会区警察局的丹尼尔·罗森伯格警官及其同事；感谢皮尔里斯水泵公司的查尔斯·哈里斯及其同事；以及巴特勒大学的安特万·亨特教授。我要向印第安纳波利斯文学界的朋友表示敬意与感谢，尤其是印第安纳州作家中心，印第安纳波利斯公共图书馆和印第安纳波利斯阅读组织的员工与支持者。

我在本书的写作中还得到了凯文·黑斯蒂，布鲁克·皮尔斯，伊恩·楚（“吉”）和他堂兄丹的帮助，在宪法问题上得到了杰森·俄冈博士的帮助，还得到了莫顿·霍韦兹教授在百忙之中拨冗相助。

感谢费城夸克出版社的各位朋友，尤其是杰森·雷库拉克，让我得以踏上巡回售书之旅。

我在书中更改了伯格河的流向，但在印第安纳波利斯确有一条伯格河，而且其大部分确实是地下暗河。感谢斯图尔特·海特带领我认识了伯格河的全貌。各位读者有空可参观印第安纳波利斯的纪念堂圆环，但那并没有林肯塑像，而是一座在南北战争后建立的士兵与水手纪念碑，这是美国国内为纪念普通士兵而建立的第一座纪念碑。